KB059056

인피니트 덴드로그램

Infinite Dendrogram

11. 영광의 선별자

카이도 사콘 지음

타이키 일러스트

천선필 옮김

인피니트 덴드로그램

11.영광의 선별자

카이도 사콘 지음 타이키 일러스트
천선필 옮김

커버 그림, 본문 일러스트 | **타이키**

Contents

□■2045년 4월 관리 AI 2호 작업영역 '수조'

그 공간은 마치 스노우 돔 같았다.

투명하고 약간 푸르스름한 액체로 가득 찬⋯⋯ 한없이 펼쳐져 있는 것 같은 물속.

한치의 얼룩도, 한치의 생채기도, 한치의 생명도 없다.

그 안에서 자그마한 구체가 떠오른 뒤 사라져간다.

구체는 전부 똑같은 것들⋯⋯ 전부 〈엠브리오〉였다.

제0(제로)형태. 아직 이식되지 않은 상태이며, 숙주의 인격을 읽지 않았고, 태어나지도 않은 알.

무한한 가능성을 내포하면서도 그 무엇도 아닌 존재.

물속에서 떠오르다 중간에 사라져간다.

그 모습은 덧없는 거품 같은 그림자. 이 세상의 모든 것에 실체는 없고 덧없이 사라져가는 물거품이나 그림자에 불과하다는 불교의 가르침을 연상케 하는 광경이었다.

어쩌면 이 〈Infinite Dendrogram〉 그 자체가 원래 그런 건지도 모른다.

하지만 사라져가는 〈엠브리오〉는 꿈이나 환상이 아니다. 떠올랐다 사라져가는 제0형태는 〈마스터〉에게 이식되기 위해 이 '수조'에서 꺼내져 지게 된다.

무한한 가능성을 품고 있는 〈엠브리오〉의 알이 거품처럼 세계로 떠오른다.

〈마스터〉와 접촉하고, 인격에 대해 알고, 그자의 반신(그림자)이 되어 세상에 나온다.

셀 수 없을 정도로 많은 가능성의 거품과 그림자── **한없는 거품 같은 그림자.**

그 말이 제대로 들어맞는 건지도 모르겠다.

적어도…… 이 '수조'를 관리하는 자는 그랬고, 그렇게 생각했다.

"…………."

그자는 알과 비슷하게 생긴 타원형 얇은 막으로 덮여 있었다.

투명한 막은 그 물속에서도 짓눌리지 않았고, 타원 같은 형태도 무너지지 않았다.

그 막 안에 있는 존재의 모습은 인간 소녀와 비슷했다.

보기에 따라서는 고운 발 너머에 있는 귀인, 또는 베일을 쓰고 있는 신부 같기도 할 것이다.

그녀가 바로 관리 AI 2호, 험프티 덤프티.

관리 AI 중에서 〈엠브리오〉의 관리를 담당하고 있는 자다.

그렇지만 관리하고 있다 해도 그녀가 〈Infinite Dendrogram〉에서 〈엠브리오〉에게 간섭하지는 않는다.

아바타를 담당하는 관리 AI 1호 앨리스나 환경을 담당하는 관리 AI 5호 캐터필러와는 달리 그녀는 자신이 담당하고 있는 것에 손대지 않는다.

그녀의 역할은 두 가지뿐이다.

그중 첫 번째가 이 '수조'의 관리. 아직 태어나지 않은 〈엠브리오〉를 때 묻지 않게 보관하고, 찾아온 〈마스터〉를 맞이하는 관리 AI가 있는 곳으로 보낸다.

이식되기 전까지 바깥 세계의 영향을 받지 않고 때 묻지 않은 제0형태를 보존한다. 〈엠브리오〉에게 있어서 그것이 얼마나 중요한지 고려한다면 더할 나위 없이 중요한 일이라고도 할 수 있다.

"……문제없음."

험프티는 물속과 보존용액의 상태를 확인한 다음, 사라지는 듯이 '수조'를 나섰다.

'수조'를 나선 험프티는 서고 같은 공간에 와 있었다. 관리 AI 13호 체셔의 서재와 비슷했지만, 그곳보다 책장이 더 많았다.

그 책장들에 들어 있던 것은 기록. 〈Infinite Dendrogram〉이 시작된 뒤 지금까지 모든 〈엠브리오〉의 데이터가 그녀의 서고에 존재한다.

그런 데이터를 관리하는 것이 험프티의 두 번째 일이었다.

그녀는 책장에서 책등에 〈초급(슈페리얼)〉이라 적혀 있는 책을 꺼냈다.

거기에는 진화한 순서대로 [아포칼립스]나 [그랄] 같은 제7형태…… 〈초급 엠브리오〉의 이름이 적혀 있었다.

"…………."

페이지를 넘기던 그녀의 손가락이 어떤 페이지에서 멈췄다.

거기에는 [전신함 발드르]라는 이름의 〈엠브리오〉와…… 마스터의 이름이 적혀 있었다.

"……슈우."

그녀는 한 〈마스터〉의 이름을…… 슈우 스탈링의 이름을 중얼거렸다.

그녀가 맡은 일이 지금처럼 그녀의 연산능력을 압박하지 않았던 무렵…… 이 〈Infinite Dendrogram〉이 시작된 날.

그가 찾아와서 맞이한 날부터 그녀는 계속 그를 보고 있다.

루키였을 무렵에 피가로와 함께 〈UBM〉 두 마리와 싸웠던 것.

젝스 뷔펠과의 만남, 그리고 여러 번의 충돌, 협력.

카르디나에서 '마법 최강', 천지에서 '기교 최강'과의 만남.

그란바로아의 〈남해〉에서 [시체요새] 사건.

대륙 북부의 〈엄동산맥〉에서 비행요새 낙하사건.

이 〈Infinite Dendrogram〉의 이곳저곳에서 많은 사건에 휘말리고, 그녀에게 유도되기도 한 슈우의 모습을 험프티는 계속 봐왔다.

전부 기억하고 있고, 지금 떠올린 것은 어떤 사건이었다.

"[삼극룡 글로리아]……."

그녀들의 목적 중 하나…… 목적을 이루기 위한 단계 중 하나가 〈초급 엠브리오〉를 100마리 탄생시키는 것. 그렇기에 그녀들은 지금까지 여러 번 진화를 촉진시키기 위해 접근했다.

그중에서도 손꼽을 만한 것이…… 〈SUBM〉이라 불리는 강대한 재앙을 투하하는 것.

많은 희생과 비명 끝에 〈초급 엠브리오〉를 만들어낼 경우도 있다.

"후후……."

험프티는 그중에서도 최대의 재앙이었던 세 번째 사건을 떠올리고 웃었다.

하지만 희생자를 비웃은 것은 아니었다.

"'새로운 〈초급〉 같은 건──'."

황금의 재앙 안에서 맞서는 슈우의 모습, 내뱉은 말을 떠올리며…… 웃고 있었다.

그리고 관리자는 지나간 때를 회고하기 시작했다.

■2044년 11월── 관리 AI 4호 작업영역

[4호 보관고로부터 대상을 선출]
[시간 정지 보존 처리 해동 개시──── 완료]
[기동에 문제없음]
[알터 왕국 내 국경지대 11 에리어로부터 투하지역을 선정]
[결정──── 알터 왕국 북서부 〈뇌룡산〉]
[투하 실행]

[제3차 초급 진화 유발 간섭── 개시]

□■왕국 · 황국 국경지대 부근 〈뇌룡산〉

알터 왕국과 드라이프 황국.
이 두 나라는 교류가 활발했지만 인간이 지나갈 수 있는 국경
은 두 곳밖에 없었다.
한 곳은 왕국 북동쪽의 카르티에 라탱 영지와 황국 남동쪽의
바르바로스 영지 사이에 펼쳐져 있는 평야.

다른 한 곳은 왕국 북서쪽의 루닝그스 영지와 황국 남서쪽의 에르도나 영지 사이에 있는 산길이다.

이 두 국경지대 사이에는 〈경계산맥〉이라 불리는 험한 산맥이 펼쳐져 있어서 사람들이 도보로 오가기에는…… 적어도 교역을 하기에는 전혀 맞지 않았다.

하지만 진짜 문제는 험한 길이 아니다.

산을 소굴로 삼고 있는 용이 바로 그 지역을 지나갈 수 없는 진짜 이유였다.

〈경계산맥〉의 중심이자 가장 큰 산인 〈천개산〉에는 천룡종 최강인 [천룡왕 드래그헤이븐]이 살고 있다고 하며 다른 산에도 종족의 우두머리인 천룡종 용왕이 살고 있다.

〈엄동산맥〉의 내부에 산다고 하는 [지룡왕], 동서남북의 〈외해〉를 돌아다니는 [해룡왕]과 함께 삼대 용왕인 천룡왕의 주거지였기에 티안들은 그 산에 들어가지 않았다.

가끔 나타나는 실력파 무사나 최근에 증가한 〈마스터〉가 〈천개산〉을 목표로 삼고 〈경계산맥〉으로 들어갈 때도 있지만 순룡이 득실대는 환경이기 때문에 대다수가 [천룡왕]을 만나보지도 못하고 숨을 거두게 된다.

그리고 극히 소수나마 만난 자들도 단숨에 먼지가 되어버린다. 〈경계산맥〉은 불청객이 살아 돌아갈 수 없는 세계인 것이다.

그러나 〈경계산맥〉에 사는 천룡들은 침입자들에게 엄하지만 그 이외의 존재에게는 관대하다.

들판으로 내려와 다른 생물들을 사냥하는 경우는 거의 없고,

동서의 국경을 사람들이 오간다 해도 손을 대지도 않는다. **경계**를 넘어서지만 않으면 왕국과 황국에게 위협적이지 않은 이웃들이다. 그것이 〈엄동산맥〉의 지룡들과 다른 점일 것이다. 지룡은 거친 환경과 부족한 식량 때문에 산에서 나와 다른 생물들을 잡아먹는다. 예전에 록 버드 종과 생존 경쟁이 발생했던 이유 중 하나도 거친 환경이다.

아무튼 질서가 잡혀 있는 천룡들 덕분에 두 국경을 오가는 것은 지금까지도 문제가 없었다.

『흐음. 사람들의 움직임이 평소보다 많군. 인계에서 또 커다란 움직임이라도 있었던 건가? 북쪽 또는 남쪽, 한 나라에서 왕이라도 바뀐 모양이로군.』

사람들이 오가는 모습을 산맥 서쪽 끝에 있는 〈뇌룡산〉 꼭대기에서 바라보는 거대한 용이 있었다.

그 용은 전체적으로 날씬했고, 그에 비해 날개의 피막과 머리의 뿔은 거대했다.

또한 날개의 피막과 뿔 안쪽에 푸르스름한 스파크가 계속 일어나며 그 용이 막대한 전력을 품고 있다는 사실을 알려주고 있었다.

그의 이름은 [뇌룡왕 드래그볼트]. [천룡왕]의 셋째 아들이자, 국경과 가까운 〈뇌룡산〉을 다스리는 [라이트닝 드래곤]종의 용왕이다.

『조만간 수확제도 앞두고 있지. 《인화(人化)》하여 마을의 모습을 보러 가는 것도 괜찮겠어.』

그는 인간 세계를 보는 것을 좋아했다. 일부 순룡들이 가지고 있는 《인화》 스킬을 사용하여 때때로 축제가 벌어지는 시기에 거리를 산책하기도 했다.

특히 남쪽의 루닝그스 영지 영주는 그 사실을 알고 있어서, 그의 정체를 알면서도 주위에는 숨겨 함께 축제를 즐기는 친구였다.

그는 인간 세계를 좋아했다.

『그때는 동생 중 누구에게 대신해달라고 해야지. …………음?』

10킬로메텔 이상 떨어져 있긴 했지만, [뇌룡왕]은 다가오는 용의 기척을 느꼈다.

『……훈훈한 기척은 아니군. 인계에 해를 끼칠 셈인가.』

국경 부근, 그리고 인계에 해를 끼칠 생각으로 다가오는 용을 통제하는 것도 그의 역할이다.

악의를 품고 인계를 공격하는 용이 늘어나면 언젠가는 용과 인간의 대전쟁으로 발전하게 된다.

그걸 피하기 위해 [천룡왕]과 그 계보의 용왕들은 이 산의 용들을 억누르고 있다.

무엇보다 [뇌룡왕] 자신이 인간 세계에 해를 끼치는 동포를 방치할 만한 성격이 아니었다.

『음, 어떤 산의 반항이려나…………?』

처음에는 '어떤 산에서 힘을 길러 자신이 넘치는 용일 것이다'라고 짐작했다.

하지만 거리가 가까워지자 느껴지는 기운으로 그렇지 않다는 사실을 눈치챘다.

그리고 그보다 거대한 그 몸집을 보았을 때 깨달았다.

그것이── 자신들과는 다른 것이라는 사실을.

『네놈…… 천룡종이 아니구나?』

모습을 드러낸 그 용은 이상했다.

원래는 하나만 달고 있을 머리가 **세 개** 달려 있었고. 머리에 따라 뿔의 숫자도 달랐다. 해룡종이나 지룡종이라면 모를까, 천룡종이었다면 기형이라며 따돌림당할 만한 존재였다.

기형 천룡종 중 대부분은 정상적으로 자라나지 못하고 악의만을 키우는 개체가 많기 때문이다.

[뇌룡왕]은 태어난 이후로 저 삼두룡만큼 **크게 자라난** 기형을 본 적이 없었다. 이 산맥의 용이 아니라는 건 분명했다.

『대답하라! 네놈, 어디서 나타났지!』

[뇌룡왕]이 용의 언어로 포효하며 물었지만, 그 물음에 대한 수수께끼의 용이 내놓은 대답은.

『SHUEWOOOOWWWWWW.』

그저, 포효.

용의 언어가 아니라 자신의 광기를 알아들을 수 없게끔 그저 포효하기만 하는…… 원시의 외침.

『광룡놈! 말도 통하지 않는 건가!!』

그 순간, [뇌룡왕]은 삼두룡을 제거해야만 하는 적이라고 인식했다.

그와 동시에 그의 고유능력이자 최대의 공격 스킬을 발동시켰다.

등과 뿔에서 뿜어져 나오는 빛이 강해졌고, 보라색 번개가 그의 입속에서 증폭되어──.

『──《라이트닝 볼텍스》!!』

──소용돌이치는 거대한 번개로 변하여 몇 킬로메텔 거리를 단숨에 가로질렀다.

그것이 바로 〈신화급 UBM〉, [뇌룡왕 드래그볼트]의 최속이자 최대의 일격.

번개 같은 속도로 하늘을 가르며 전술핵 폭발의 몇 배나 되는 에너지를 지닌 번개로 모든 것을 태워 없앤다.

삼두룡에게 착탄된 여파로 인해 산조차도 녹아내렸다.

그 위력은 생물이라면 온몸의 세포가 끓어오르고 증발하여 죽음을 맞이할 것이 분명했다.

『어리석은 광룡놈. 동서의 국경에 나와 작은 형님이 왜 자리 잡고 있을 거라 생각했나. 어느 정도 힘을 기른 용 따위에게 당하진 않는다.』

서쪽의 그와 동쪽의 [풍룡왕]. 〈천개산〉에 자리 잡고 있는 [천룡왕]과 최대의 심복인 첫 번째 아들을 제외하면 천룡종 최강 전력이 국경 부근의 산에 살고 있다. 그 이유는 이번처럼 함부로 행동하는 용을 확실하게 격멸시키기 위해서다.

이 산을 수호하는 임무를 맡은 지 500년, [뇌룡왕]은 이렇게 용을 계속 쓰러뜨려 왔다.

그렇기 때문에 그는 자신의 승리를 의심하지 않았다.

그것은── 상대쪽 용도 마찬가지였지만.

『──SHUWOOOWWW.』

증발한 산 표면이 뿜어내는 증기 너머에서 그 용이 다시 모습을 드러냈다.

그 몸에는 **생채기 하나…… 나지도 않은 상태로.**

『……말도 안 돼.』

있을 수 없는 일이다. [뇌룡왕]의 사고는 그 한 마디로 가득 찼다.

그의 최대 공격으로부터 살아남는다, 견뎌낸다, 대미지를 크게 입지 않는다면 그나마 이해할 수 있다.

하지만 생채기 하나 나지 않은 상태는 있을 수 없다.

그건…… [뇌룡왕]의 아버지인 [천룡왕]조차 불가능하기 때문이다.

그렇다면 눈앞에 있는 용은 [천룡왕] 이상인 용이라는 뜻이다.

『……아니다.』

하지만 [뇌룡왕]은 그 비교를 부정했다.

그것은 아들로서 품은 감정이 아니라 역전의 용으로서 쌓은 경험칙 때문이었다.

『공격을 막아낸 방법이 있겠지…….』

어떠한 미지의 스킬로 《라이트닝 볼텍스》를 막아냈다.

그것을 뚫지 못하면 아무리 공격을 가한다 해도 무력화된다. [뇌룡왕]은 그렇게 생각했다.

그리고 결심했다.

『……아버님! 큰 형님! 보고 계십니까!!』

[뇌룡왕]은 하늘을 올려다보며 포효했다.

물론 [천룡왕]과 첫 번째 아들이 사는 〈천개산〉은 여기에서 보이지 않을 정도로 멀다.

하지만 그는 목소리가 들릴 거라고, 아버지와 형이 이 싸움을 보고 있을 거라고 확신했다.

『저는 지금부터 저 녀석의 비밀을 파헤치기 위해 사력을 다하겠습니다!』

[뇌룡왕]은 포효하며 팔다리에 힘을 주었다.

『저 녀석의 토벌은 제가 시체가 된 뒤에 해주십시오!』

이미 [뇌룡왕]은 죽음을 각오하고 있었다.

눈앞에 있는 용이 [천룡왕]보다 강할 거라는 생각은 들지 않았다.

하지만 자신보다는 강할 것이라 이미 확신하고 있었다.

『간다! 광룡! 네놈의 방어에 대한 비밀, 내 목숨을 바쳐서라도…… 파헤친다!』

그렇게 [뇌룡왕]은 그 용에게 달려들었고.

『——SHUHAHAHAHA.』

광룡이 비웃는 것 같은 목소리를 들은 직후에—— **숨이 끊어졌다.**

◆ ◇ ◆

□■알터 왕국 루닝그스 영지

　왕국 북서부에 있는 루닝그스 영지는 선선하고 따스한 지역이다.

　왕국에 몇 군데 존재하는 곡창지대 중 한 곳이며, 지금은 한창 수확하는 시기였다.

　아득히 먼 곳에 있는 산기슭까지 이어지는 밀밭을 바라보며 시찰하려고 와 있던 루닝그스 영지의 영주인 루닝그스 공작은 만족스럽게 고개를 끄덕였다.

　"흐음, 흐음. 올해는 특히 풍작인 모양이군."

　공작이 한 말을 듣고 곡창지대 마을 촌장이 방긋방긋 미소를 지으며 대답했다.

　"네. 올해는 〈마스터〉분들도 도와주셔서요. 수확량이나 영양가도 작년보다 높아졌고 토지의 영양분도 아직 바닥나지 않았습니다."

　"그런가, 그런가. 아니, 3년 정도 전에 〈마스터〉들이 갑자기 늘어났을 때는 어떻게 되려나 싶었고, 실제로 국토를 시끄럽게 만든 [범죄왕(젝스 뷔펠)]이라는 〈마스터〉도 있지만……. 우리 영지에는 좋은 방향으로 움직인 모양이로구나. 흐음, 좋다, 좋아. 하하핫."

　촌장의 보고를 듣고 공작은 시원스럽게 웃었다.

"보아하니 올해 수확제는 성대하게 치를 수 있겠어."

공작은 그렇게 말하며 '[뇌룡왕] 님께서도 분명히 기대하고 계시겠지'라고 생각했다. 그건 촌장이나 가족에게도 말할 수 없는 그만의 비밀이었지만.

"흐음, 흐음. 보아하니 선물을 보내도 그리 타격이 크진 않겠군."

"선물이라니요?"

"흐음. 알고 있겠지만 이 루닝그스 영지는 드라이프와 맞닿아 있고, 저쪽 에르도나 영지와도 깊은 관계를 맺고 있지. 그러니 드라이프에 경사가 생기면 나라가 보내는 것과는 별도로 선물을 보내야 하지."

"드라이프에 경사가 생겼습니까?"

"흐음. 저번 달 돌아가신 황왕의 상이 끝나고 새로운 황왕이 즉위한다고 하는군. 아직 황위 계승자 중 누구로 정해졌는지는 모르겠다만……. 뭐, 전 황왕의 첫 번째 아들인 구스타프 황자나 그의 아들인 하론 님이겠지. 구스타프 황자의 생모인 황후는 에르도나 후작가 출신이기도 하니 에르도나 영지가 앞으로도 더욱 발전할 가능성이 크겠어."

그것까지 내다보고 에르도나 후작 가문과 더욱 밀접한 관계를 맺고 싶다는 것이 루닝그스 공작의 생각이었다.

공작 가문의 재산을 써서라도 선물을 보내려 했는데, 이번 대풍작 덕분에 그것도 최소한으로 그칠 것 같다며 공작은 안심했다.

최근에 왕국은 북쪽에 있는 황국, 그리고 남쪽에 있는 레전더리아와 좋은 관계를 맺고 있다.

공작은 이번 풍작이 서쪽 나라들의 평화롭고 풍요로운 미래를 나타내는 것 같다고 생각했다.

하지만 그런 비유는—— 하지 않는 편이 나았을지도 모른다.

"……음?"

공작이 바라본 곳.

밀밭 너머에 있는 산—— 드라이프로 이어지는 길이 있는 산의 색이 좀 전과는 달라져 있었다.

산꼭대기까지 녹음이 가득 차 있었을 텐데, 왠지 모르겠지만 산꼭대기가 갈색으로 변하고 메마른 상태였다.

나무들의 변화는 산꼭대기뿐만이 아니라 조금씩, 조금씩—— 산꼭대기부터 산기슭을 타고 내려오는 듯이 밀밭 쪽으로 다가오고 있었다.

"저건 뭐지? 독인가? 독을 뿜어내는 몬스터라도 있는 건가?"

독을 흩뿌리는 몬스터는 왕국에도 여러 종류가 있다.

하지만 산을 덧칠하는 듯이 말려 죽일 정도로 강한 독은 얼마 되지 않는다.

"설마, [킹 바질리스크]인가?! 순룡 클래스 중에서도 골치 아픈 종족 아니냐!"

루닝그스 공작은 왕국에서도 특급 위험 생물로 지정되어 〈UBM〉이 아님에도 불구하고 항상 현상금이 걸려 있는 몬스터를 떠올렸다.

그런 몬스터가 이 밀밭, 그리고 도시로 들어가면 엄청난 피해가 발생하게 된다.

　루닝그스 공작은 중대한 위기감을 느끼고 있었다.

　하지만 촌장은 반대로 차분해 보였다.

　"[킹 바질리스크]라고요? 그 정도라면 괜찮을 겁니다."

　"뭐가 괜찮다는 거지?!"

　"이 마을을 거점으로 삼고 있는 〈마스터〉 분들이 있습니다. 풍작이 들고부터 순룡 클래스에게 몇 번 습격을 당했는데 그때마다 그들이 해치워주었죠. 보십시오."

　촌장이 손가락으로 가리킨 것은 말라가는 산 쪽으로 향하는 5인조 파티의 모습.

　루닝그스 공작의 《간파》로는 그들의 레벨이 모두 300 이상이었고, 그중에는 지룡종 순룡을 타고 있는 자도 있었다.

　"오오! 저 사람들이라면!"

　"네, [킹 바질리스크]라 해도 금방 해치울 수 있을 겁니다."

　루닝그스 영지의 기사단보다 훨씬 강할 것 같은 〈마스터〉들의 늠름한 모습을 보고 촌장은 절대적인 신뢰를 보냈고, 루닝그스 공작도 큰 기대를 품었다.

　그 〈마스터〉 파티는.

　──말라 죽은 나무 쪽으로 다가간 순간, 빛의 먼지가 되었다.

　"…………뭐라고?"

레벨이 300 이상인 〈마스터〉가, 그리고 지속성 순룡조차 즉사했다.

([킹 바질리스크]라도 그런 맹독은 가지고 있지 않아……!!)

더 무시무시한 존재가 저 말라 죽은 나무들 안에 있다. 공작은 그렇게 확신했다.

"서, 설마…… 그 [에델바르사] 같은 신화급 〈UBM〉인가?!"

공작의 머릿속에 스쳐간 것은 30년 정도 전에 왕국 북동쪽에 있는 카르티에 라탱 영지의 국경지대에 나타난 신화급 〈UBM〉. [무명군단 에델바르사]였다.

그때, 공작은 그 사건을 강 건너 불구경하듯이 여기고 있었다. 신화급 같은 건 그리 자주 나타나는 것이 아니고, 이 부근에서 그런 힘을 지닌 〈경계산맥〉의 천룡은 잘 통제되고 있어서 산 바깥에 있는 인간을 해치지 않기 때문이다.

"악의를 품고 저 산에서 나온 천룡인가……. 아니, 그렇다면 [뇌룡왕] 님께서 막아주실 텐데……. 으으, 대체 무슨 일이 벌어진 거냐."

공작은 눈을 꽉 감고 뜻밖의 사태로 인해 솟구친 감정을 억눌렀다.

"아무튼 곧바로 대책을 마련해야지! 우선 주민들을 피난시켜라! 그리고 서둘러 도시로 돌아가서, 아니, 마을에 있는 통신마법 설비로 왕도에 연락을……!"

공작은 대책을 빠르게 생각하기 시작했다.

왕도와 모험자 길드에 연락을 취해 즉시 상위 랭커 〈마스터〉

들을 다수 파견해달라고 하여 사태를 수습한다.

그동안 곡창지대가 괴멸적인 타격을 입을지도 모르지만 그래도 사람만 남아 있으면 재기할 수 있다. 공작은 그렇게 생각했다.

그가 생각한 대처법은 잘못되지 않았다.

그가 잘못한 게 있다고 하면── 그 몬스터의 위협도 인식이 었다.

왕국에 나타난 몬스터 중에서 최상위인 신화급 〈UBM〉.

──그것이 최대일 것이라고 견적을 내면 저 존재를 제대로 파악할 수가 없다.

"고, 공작님……. 공작니임?!"

전폭적인 신뢰를 주고 있던 〈마스터〉 파티가 단숨에 괴멸당 했다는 사실에 충격을 받고 넋이 나가 있던 촌장이…… 눈이 뒤 집힌 채 무언가를 바라보고 있었다.

"뭐냐! ⋯⋯⋯⋯⋯⋯⋯⋯⋯⋯뭐냐?"

대처할 방법을 검토하다가 중간에 그만두게 된 루닝그스 공작 은 짜증을 내며 대답한 다음…… 촌장과 마찬가지로 눈이 뒤집 혀졌다.

그들의 시선이 향한 곳은 말라 죽은 나무들 사이……가 아니 었다.

나무들이 말라 죽게 된 원인이자 〈마스터〉들을 괴멸시킨 몬 스터는 처음부터 그런 곳에 있지 않았다.

그것은 아직 **산 너머**에 있었다.

천천히, 걸어오는 듯한 속도로, 그것은 산 너머에서 조금씩 보이기 시작했다.

우선 보인 것은 머리였다.

세 개의 뿔이 돋아난 금빛 머리가 천천히 능선 너머로 보이기 시작했다.

그 뒤를 이어 공작이 볼 때 그 머리 왼쪽에 뿔이 하나 달린 머리가, 오른쪽에는 뿔이 두 개 달린 머리가 보였다.

세 개의 머리에는 머리와 같은 색 비늘이 빽빽하게 들어차 있고 기나긴 금빛 목이 이어져 있었다.

이윽고 산꼭대기에 얹은 앞발이 보였을 때, 공작은 그 몬스터가 무엇인지 깨달았다.

"황금의, 삼두룡⋯⋯."

그것은 산의 절반 정도⋯⋯ 200메텔은 되어 보이는 거대한 삼두룡이었다.

긴 목과 꼬리를 빼고 나면 100메텔 정도겠지만, 그런데도 공작이 지금까지 본 어떤 몬스터보다 거대했다.

무엇보다 생물의 본능으로 이해해버렸다.

저것의 앞에 있어선 안 된다. 목숨 말고 모든 것을 내던지더라도 도망쳐야만 한다는 것을.

"저, 저건⋯⋯?!"

그리고 그 위용 때문에 미처 보지 못하고 있던 것을 공작도 겨우 눈치챘다.

그 머리 중 하나⋯⋯ 뿔이 두 개 난 머리가 무언가를 물고 있다는 것을.

"뇌, [뇌룡왕] 님……?!"

그것은 [뇌룡왕 드래그볼트]의 시체였다.

아니, 아직 시체가 아닐지도 모른다. 숨이 끊어진 몸에 상처가 하나도 나지 않았고 매우 깔끔한 상태라 소생 가능 시간이 남아 있기 때문에 사라지지 않은 것이다.

하지만 그것도…….

『SYEWOWAWOWAWOO.』

만약 사람이었다면 미소를 지었을 것 같은 사나운 외침과 함께 뿔이 두 개 난 머리가 목덜미를 물어뜯자 [뇌룡왕]은 빛의 먼지가 되었다.

"이, 이럴 수가……. 이런 말도 안 되는 일이……."

친한 친구인 용의 죽음으로 인해 공작이 동요하는 동안, 삼두룡은 산꼭대기를 넘어 그 거대한 몸을 전부 드러냈다.

『SHEEEWOOOOOO──.』

그와 동시에 뿔이 두 개 난 머리가…… 피리소리 같은 울음소리를 냈다.

뿔이 두 개 난 머리에는 세로로 길고 거대한 눈이 얼굴 가운데에 파묻혀 있었다.

그럼에도 그 외눈은 청자색 빛을 종잡을 수 없을 정도로 뿜어내고 있었다.

그 허망한 빛을 보고── 공작은 가장 큰 공포를 느꼈다.

이유는 알 수가 없다.

어째서 그 답에 이르렀는지, 이르러버렸는지 공작은 알 수가 없었다.

하지만 그럼에도 불구하고 이해할 수 있었다.

——저 뿔이 두 개 난 머리의 외눈이 바로 나무들을 말라 죽게 하고 〈마스터〉들의 파티를 전멸시킨 원인이라는 것을.

——저것이 [뇌룡왕]을 죽였다는 것을.

"……피난이다!! 모두 즉시 저 용으로부터 도망쳐라! 죽어버린다고!!"

공작은 오늘 시찰 때 영지 주민들에게 이야기할 때 쓰려고 가지고 왔던 확성 아이템을 사용하여 밭에 있는 모든 사람에게 피하라고 외쳤다.

그러자 너무 놀라운 광경에 넋이 나가 있던 자들도 정신을 차리고 목청이 터질 듯한 비명을 지르며 정신없이 도망치기 시작했다.

공작도 마찬가지로 말을 타고 도망치기 시작했다.

훈련받은 말은 그런 상황에서도 주인을 태우고 도망쳤다.

그곳에 남겨진 촌장도 자신의 다리를 이용해 필사적으로 도망치기 시작했다.

"후욱…… 후욱……!"

공작은 공포와 긴장으로 심장이 거세게 뛰고 있는 가운데 숨을 거칠게 몰아쉬며 말을 몰아갔다.

1분 정도 달려간 뒤 뒤를 돌아보자 그 삼두룡은 아직 산 위에 있었다.

걸음걸이는 여전히 느렸고 말라 죽은 범위가 조금씩 밀밭으로 다가오고 있지만, 도망치기 시작한 주민들보다는 빠르지 않았다.

'거대하기 때문에 완만하게 움직일 수밖에 없나……!', 공작은 삼두룡을 보고 그렇게 생각하며 안심했다.

그런 안심은 분명히 삼두룡으로부터 도망치는 모든 사람의 공통적인 생각이었을 것이다.

그래서인지, 그들 중에서 그 사실을 눈치챈 사람은 별로 없었다.

그들이 있는 곳에서 보이지 않는 용의 등 쪽에서── 천천히 커다란 날개 피막이 펼쳐지기 시작한 것을.

──그래, 애초에 그들은 알고 있었을 거다.

──용은 하늘을 나는 존재라는 사실을.

삼두룡은 그 몸집과 비슷할 정도로 커다란 날개 피막을 두 장 펼치고 그 거대한 몸으로 날아올랐다.

천천히 날면서── 자신이 다가간 **모든 생명체**의 숨이 끊어지게 했다.

공작도, 촌장도, 천 명 이상의 주민들도, 그리고 비인간 범주 생물 몬스터조차도.

유언도 남기지 못하고…… 실이 끊어진 것처럼 숨을 거두었다.

그렇게 왕도 북서쪽…… 〈뇌룡산〉과 루닝그스 공작 영지는 괴멸되었다.

◆ ◇ ◆

『〈SUBM〉, [삼극룡 글로리아]. 왕국 북서부에 투하 완료되었다. 그런데 [뇌룡왕]이 죽었나? 나름대로 기대할 만한 개체였다만.』

『어쩔 수 없지요. 자아, 사아전에 설정한 대로오라며언, 이대로오 남동쪽으로오 느린 속도로 침공하고오. 일주일 뒤이에 왕도를 《절사결계》의 효과 범위이 안에에 넣겠네요오.』

『이제 지켜보기만 하면 된다. 〈초급〉을 비롯한 왕국의 〈마스터〉, ……특히 이번 위기에 새롭게 〈초급〉이 될 자가 나타나서 쓰러뜨리는 걸 기대하지.』

『………….』

『뭔가 하고 싶은 말이 있는 모양이군, 체셔. 왕국이 네 홈 그라운드이기 때문인가?』

『어지간한 방법으로는 쓰러뜨릴 수 없는 강적…… 〈SUBM〉을 투입해서 지지부진한 〈마스터〉의 진화를 촉진시킨다. 그건 이해하고 있고, 저번에는 잘 풀리기도 했어. ……하지만 하고 싶은 말은 있다고.』

『뭐지?』

『[글로리아]는…… 너무 강해. [그레이티스트 원]이나 [모비딕 트윈]과는 달라. 우리가 회수한 〈SUBM〉 중에서도 매우 완성도가 높은 괴물이야. 확실히 말해 다른 후발주자를 쓰더라도 상관없었을 텐데.』

『그렇기 때문이다.』

『……뭐라고?』

『험프티가 기대하는 [파괴왕(킹 오브 디스트로이)], 매드 해터가 눈여겨보고 있는 [초투사(오버 글래디에이터)], 앨리스가 마음에 들어 하는 [여교황(하이 프리에스테스)], 그리고 네가 계속 주의를 기울이고 있는 [범죄왕(킹 오브 크라임)]. 이런 뛰어난 인재들이 모여 있는 나라에 평균적인 〈SUBM〉을 투입해봤자…… 분명히 **아무 일도 일어나지 않을 거다.**』

『………….』

『기대하지. 왕국의 〈마스터〉가 자신들의 한계를 넘어 **가장 완성된** 몬스터에게 승리하는 것을.』

□■[삼극룡 글로리아] 출현으로부터 나흘 뒤

루닝그스 공작 영지 괴멸과 〈뇌룡산〉의 우두머리인 [뇌룡왕 드래그볼트]의 죽음.

왕국에 갑작스럽게 날아든 두 불길한 기별. 그 원흉인 삼두룡의 이름은 원격 시야 마법을 통해 [삼극룡 글로리아]라는 것이 확인되었다.

하지만 [글로리아]에 대해 이름 말고 알아낸 것은 두 가지뿐이었다.

첫 번째, [글로리아]가 왕국 사상 첫 번째 〈SUBM〉……, 신화급을 넘어선 초급 〈UBM〉이라는 것.

두 번째, [글로리아]의 반경 1킬로메텔 안으로 다가가 생명체는 모두 죽는다는 것.

즉사의 결계를 지닌 [글로리아]의 접근이 의미하는 것은 저항조차 용납되지 않는 절대적인 죽음.

죽음의 구현이라고도 부를 만한 [글로리아]의 존재에 모든 국민이 공포에 떨었고, 예상되는 침공 범위에 살고 있던 자들은 어쩔 수 없이 피난하게 되었다.

한편, [글로리아]의 출현에 기뻐하는 목소리도 있었다.

그것은 〈마스터〉…… 특히 랭커라 불리는 사람 중에서 많이 나왔다.

그들의 심정을 한마디로 하자면, '드디어 왔구나'일 것이다.

그들에게 〈UBM〉이란 자신에게 온리 원 아이템을 주는 특별한 몬스터에 불과하다.

강적이라 해도 오히려 그렇기에 쓰러뜨릴 맛이 나는 **보스 캐릭터**라고 생각한다.

게다가 〈UBM〉의 정점인 〈SUBM〉이라면 얼마나 좋은 아이템을 얻을 수 있을까……, 그렇게 김치국을 마시는 자들도 많았다.

〈SUBM〉을 토벌한 사례는 이미 있다. [글로리아]보다 먼저 나타난 〈SUBM〉, [쌍두백경 모비딕 트윈]은 그란바로아 해군의 모든 힘, 그리고 '인간폭탄' [대제독(그레이트 어드미럴)] 쇼유코킨과 '사해봉멸' [도적왕(킹 오브 밴디트)] 제타에게 토벌당했다.

[모비딕 트윈]을 쓰러뜨리고 MVP로 선출된 두 〈초급〉은 그때까지 최고위라 여겨지던 신화급보다 급이 높은 장비를 얻었다.

그렇기에 왕국에 나타난 [글로리아]를 쓰러뜨리고 그들처럼 아이템을 얻겠다는 자들은 많았다.

그리고 그들에게는 특전 무구 말고도 하나 더 쟁취하고 싶은 것이 있었다.

그것은 영광.

유희파 〈마스터〉들 사이에서는 〈SUBM〉 토벌이 〈Infinite Dendrogram〉의 엔드 콘텐츠 중 한 가지라고 생각하는 사람들도 많다.

〈SUBM〉토벌 MVP가 되면 자신의 이름을 〈Infinite Dendrogram〉에 널리 알릴 수 있다. 숙련된 토벌 랭커들에게는 그 영광(글로리아)이 매력적이었다.

토벌 랭커나 랭킹 상위 클랜은 너도나도 [글로리아]를 토벌하기 위해 움직이기 시작했다.

처음에 움직인 자들은 꼼꼼한 준비보다는 신속한 움직임을 중요시했다.

이유는 여러 가지다.

시간이 지나면 왕국 쪽이 주도하여 어떠한 대책을 마련해버릴지도 모른다.

또는 셋째 아들을 잃은 [천룡왕]이 〈천개산〉에서 내려올지도 모른다.

[글로리아]를 토벌하기 위해 이웃 나라인 황국이나 레전더리아에서 랭커들이 원정하러 올지도 모른다.

무엇보다 왕국에 있는 〈초급〉네 명, [파괴왕], [초투사], [여교황], [범죄왕]이 움직일 가능성이 크다.

그들보다 먼저 움직이지 않으면 MVP를 딸 수가 없다.

그렇게 생각한 많은 랭커들과 클랜이 먼저 움직였고.

──글로리아가 출현한 뒤 나흘 동안 대부분 데스 페널티를 받았다.

농담이라도 하는 것처럼 이름난 랭커와 클랜들이 길바닥에 굴

러다니는 돌멩이처럼 당해버렸다.

절반 이상은 다가간 시점에서 즉사했다. 죽지 않은 나머지 랭커도 신화급을 능가하는 [글로리아]의 스테이터스로 인해 쉽사리 분쇄당했다.

그들이 빠르게 움직여서 남긴 것은 멀리서 관측하고 있던 〈DIN〉의 첩보원이 얻어낸 정보뿐.

'즉사하지 않은 자도 있다'와 '[글로리아]는 어떠한 방어 능력을 지니고 있을 가능성이 크다'라는 두 가지 불확정 정보뿐이었다.

직접 맞붙은 랭커라면 더 많은 정보를 얻었을지도 모르겠지만, 그들은 그것을 숨겼다.

〈마스터〉라면 데스 페널티를 받더라도 사흘 뒤에 다시 도전할 수 있다. 그때를 위해 정보를 자기 마음속에 숨겨버리는 것도 자연스럽긴 하다.

애초에 다시 싸운다고 해도 쉽사리 이길 수 있는 존재인지…… 애초에 승리할 수 있는 존재이긴 한 건지 의문이었지만.

〈마스터〉들의 연패가 이어지는 와중에 왕국의 티안들도 대책을 마련하였다.

그것은── 장거리 공격전력이 결계 바깥에서 날리는 집중공격.

[글로리아]의 절사결계 바깥에서라면 문제없이 공격을 가할 수 있다.

[대현자(아치 와이즈맨)]의 도제들이 준비한 합체 공격마법과 현재 국교의 톱인 포 베르틴 추기경과 다수의 신도가 준비한 천벌

의식으로 동시 공격을 가한다.

　그리고 이 작전을 위해 특별한 전력을 동맹국으로부터 빌렸다.

　왕국은 준비를 마친 뒤 [글로리아]의 진로상에 있는 〈성채도시 크레밀〉에 진을 치고 요격할 태세를 갖추었다.

　또한 왕국의 움직임에 호응하려는 듯이 빠르게 나서지 않고 꼼꼼하게 준비하던 〈마스터〉들도 움직이기 시작했다.

◇ ◇ ◇

□알터 왕국 〈성채도시 크레밀〉

성채도시 크레밀.

　이 도시는 왕국의 북서쪽에 있는 국경과 왕도의 중간 정도 지점에 존재했다.

　원래는 이웃 나라와의 전쟁을 위해 지은 요새였다.

　하지만 방금 말한 이웃 나라는 황국이나 레전더리아가 아니다.

　이 성채도시의 기반은 지금 알터 왕국으로 통일된 서방 중앙부가 여러 나라로 갈라져 싸우던 수백 년 전에 마련되었다.

　도시 전역을 커버하고도 남을 정도로 강대한 방어 결계를 지닌 도시이며 당시에는 서방 중앙부에서도 손꼽히는 요새였다.

　하지만 나중에 알터 왕국을 건국하는 [성검왕(킹 오브 세이크리드)]…… 초대 아즈라이트의 단독 돌입으로 인해 결계가 두 동강 나고 곧바로 성주도 쓰러지게 되었다.

견고한 요새가 뛰어난 개인 전력에게 뚫렸다는…… 〈Infinite Dendrogram〉 역사에서는 자주 보이는 광경으로 함락된 도시이다.

지금은 국경선에서도 멀리 있기 때문에 전략적 가치가 없는 도시이며 초대 국왕의 건국 전설과 관련이 있는 지역으로 관광 명소가 되었다.

하지만 요새로서의 기능은 건재하다. 도시 주위를 둘러싸는 형태로 기동되는 방어 결계는 지금도 사용할 수 있으며, 한 번 전개하면 상급 직업의 오의로도 흠집 하나 나지 않는다고 한다.

또한 바깥에서 안쪽으로 날린 공격은 막히지만 외부로 날리는 공격은 막히지 않는다는 덤도 있다.

그렇기 때문에 크레밀에서 작전을 결행하게 된 것이다.

현재, 크레밀 주위에서는 네 집단이 [글로리아]와 벌일 전투에 대비하여 준비를 진행했다.

첫 번째 집단은 네 집단 중에서도 숫자가 제일 적고, 진한 감색 로브를 두른 [대현자]의 도제들이었다. 숫자는 30명도 되지 않지만, 모두의 레벨이 400 이상이었다. 티안 중에서도 손꼽히는 [현자(와이즈먼)]들이었다.

지휘를 맡은 사람은 살아 있는 도제 중에서 가장 연장자인 [현자] 프리겔트였다.

"이번 토벌, 우리를 총동원하다니…… 정말 큰 일이 벌어졌다는 걸 실감할 수 있군."

"[대현자] 님께서 계셨다면."

"스승님과 그란드리아 경의 근위기사단은 최종방위선이다. 그 녀석의 침공 루트가 엇나간다 해도 절대로 왕도에 침입하지 못하게끔 왕도 근교에서 대기하고 계시지."

그들의 스승이자 왕국이 자랑하는 [대현자]라면 혼자서도 그들의 합체마법과 동격의 대마법을 행사할 수 있다. 스승이 계신다면 든든하긴 하지만, 오히려 스승이 없을 때야말로 스승에게 배운 마법의 모든 것을 발휘할 기회라고 생각하는 자들도 도제 중에서는 많았다.

"우리가 행사하는 합체마법은 프리겔트 님의 제안으로 지속성 구속마법으로 정해졌다."

"공격마법이 아니라?"

"《마법 사정거리 연장》에 MP가 소모되니까, 공격 마법을 날리기에는 위력이 떨어진다. 그리고 국교의 천벌의식이나 그 병기도 있어. 우리는 움직임을 막는 데 집중해야 한다."

"그렇군. 언성 히어로라는 건가?"

"……그게 뭔데."

"〈마스터〉에게 들은 말이다. 눈에 띄지 않아도 중요한 존재라는 뜻이라던데."

"언성 히어로라. 뭐, 우리가 중심이라 생각하면서 최선을 다하자고."

"그래!"

그렇게 이야기를 나누던 도제들은 서로 손바닥을 마주쳤다.

자신들의 마법으로 승리를 이끌어내겠다는 강한 의지와 함께.

두 번째 집단은 [대현자]의 도제들과는 정반대로 600명 정도로 가장 숫자가 많았고 순백색 의상을 걸치고 있는 집단이었다. [사제(프리스트)]나 [교회기사(템플 나이트)], [승병(몽크)] 등 각각 다른 부류지만 모두가 성직자라는 점이 같았고, 숫자가 늘어나면 늘어날수록 지금부터 거행할 천벌의식의 위력이 상승하게 된다.

그렇기 때문에 아직 수행 중이라 해도 지원자라면 모두 동원되었다. 왕국을 지키기 위해 힘을 다하려 하는 그들 중에서도 막상 전투가 다가오자 겁을 먹은 사람들이 있었다.

"……다가오면 죽잖아."

"그래. 아마 죽음의 저주에 특화된 용인 것 같던데. 무섭네……."

아직 젊은 [사제]들이 그런 이야기를 나누고 있자니.

"그렇기 때문에 우리가 나설 차례인 겁니다."

한 장년 남자가 그들에게 말을 걸었다.

"베르딘 추기경 각하?!"

"어째서 여기……?!"

그렇다, 그 남자가 바로 포 베르딘 추기경.

후소 츠쿠요가 [여교황]을 가져가 버렸기에 [교황(하이어로팬트)]가 없는 국교에서 실질적인 지도자 입장인 남자였다. 직업은 [사교(비숍)]이긴 하지만 추기경이 직업으로 존재하지 않기 때문에 어쩔 수가 없다.

"불안할 만도 하지요. 하지만 더욱 불안해하는 사람들은 다가

오는 죽음과 저주에 맞설 방법을 지니지 못한 사람들입니다."

추기경은 온화하게, 그러면서도 힘이 넘치는 미소를 지으며 젊은 [사제] 두 명의 어깨에 손을 얹었다.

"우리에게는 죽음과 저주를 물리칠 힘이 있습니다. 그러니 기도하고 믿읍시다. 하늘과 수정이 우리에게 내려준 힘이 사람들에게 다가오는 죽음과 저주를 물리칠 수 있다는 것을."

"네, 네!"

"저희도 노력하겠습니다!"

베르딘 추기경은 사기를 되찾은 두 [사제]에게 미소를 지으며 고개를 끄덕였다.

그런 다음 그 자리를 떠나 마찬가지로 불안해하는 성직자들에게 말을 걸기 시작했다.

세 번째 집단은 짙은 감색과 순백색 집단보다 조금 떨어진 곳에 배치되어 있고, 진한 녹색 **군복**을 갖추어 입었다.

그들이 은빛 시트를 평원에 펼치고 무언가를 조작하자 셔터 모양으로 보이던 은빛 시트── [개러지]가 열리고 그 안에서 무한궤도가 장착된 묵직한 〈전차형 마징기어〉── [가이스트] 가 차례차례 나타났다.

그들의 이름은 황국 제2기갑대대…… 이웃 나라인 드라이프 황국에서 온 원군이다.

이번에는 우연히 합동 연습 중에 사건이 벌어졌다.

물론 곧바로 귀국할 수도 있었겠지만, 현재 황족 중에서 가장 유력한 자이자 차기 황왕이라는 소문이 도는 구스타프 제1황자의 뜻에 따라 [글로리아] 토벌전을 도우러 참전했다.

합체마법이나 천벌의식과 마찬가지로 그들의 [가이스트]도 뛰어난 장거리 공격수단을 지니고 있다. 이번 작전에 화력으로 참여하는 것도 충분히 가능하다.

그리고 그들이 가지고 있는 것은 전차뿐만이 아니다. [글로리아]가 나타남에 따라 비장의 수로 사용할 수 있는 비밀병기도 교섭을 통해 왕국 안에 가져왔다.

그 병기…… 굴뚝을 연상케 하는 거대한 포신을 지닌 포대를 [개러지]와 아이템 박스에서 파츠를 꺼내며 [정비사(메카닉)]가 조립하고 있었다.

이곳에 모인 네 집단 중 가장 이질적인 것은 네 번째 집단이다.

그들의 장비는 다른 집단과는 달리 통일되어 있지 않았다.

각자 제각각, 하지만 다른 세 집단을 훨씬 뛰어넘은 희귀도와 성능을 지닌 장비를 갖추고 있었다.

티안이라면 볼 기회도 드물다는 특전 무구조차 당연하다는 듯이 지니고 있는 사람이 여러 명 있었다.

그들은 〈마스터〉이긴 하지만, 평범한 〈마스터〉가 아니었다.

왕국 클랜 랭킹 **제2위**── 〈바빌로니아 전투단〉.

그것이 그들의 이름이다.

그들은 크레밀의 결계 안쪽이 아니라 결계로부터 떨어져 있는 평원에 자리잡고 있었다.

"오너. 멤버 287명 중에서 로그인한 사람은 256명이에요."

평원에 설치한 천막에서 서브 오너인 [초부여술사(오버 인챈터)] 샤르카가 오너에게 보고했다.

"그래. 다들 용케 모여줬구나."

"이렇게 규모가 큰 퀘스트니까요. 꾀병을 부려서라도 학업이나 일을 쉴 녀석들이 잔뜩 있거든요. 특히 우리 클랜 같은 곳에는 더 그렇고요."

"훗, 그럴지도 모르겠군."

샤르카가 한 말을 듣고 쓴웃음을 지으며 대답한 오너의 이름은 [검왕(킹 오브 소드)] 폴테스라. 왕국 결투 랭킹 제3위이자 현재의 결투왕인 [초투사] 피가로의 호적수라 불리는 남자다.

사자나 호랑이 같다는 평가를 받는 피가로와는 달리 왠지 눈표범 같은 분위기를 풍기는 남자였다.

"그리고 이번에는 단순한 토벌이 아니잖아요. 우리 홈 타운의 위기니까요. 이번에 온 힘을 다하지 않으면 대체 언제 다하냔 말이죠."

"……그래."

〈바빌로니아 전투단〉은 크레밀을 본거지로 삼고 있는 클랜이다.

그들의 생활도, 추억도, 전부 이곳 크레밀에 있다.

그렇기 때문에 그들은 반드시 이 도시를 지켜야만 했다.

"……오너. 사모님은."

"여러 번 피난하라고 했는데 말이지. '저는 [약사(매디슨맨)]니까이 도시에서 움직이지 못하는 사람들을 위해서라도 떠날 수 없어요', ……라고 하더라고."

폴테스라는 이 〈Infinite Dendrogram〉에서 결혼한 몇 안 되는 〈마스터〉 중 한 명이다.

부인은 티안이며 지금은 크레밀 병원에서 일하고 있다.

그렇기 때문에 폴테스라는 누구보다…… 이 도시를 지켜야만 한다.

그는 이곳에 있는 어떤 〈마스터〉보다 진지한 표정이었다.

"……질 수는 없다."

그때, 갑자기 그의 왼손에서 문장이 빛났고.

"단장! 반드시 이기자!"

한 소녀가 모습을 드러냈다. 나이는 10대 후반 정도로 보였지만 붉은 머리카락을 나부끼며 활기차게 움직이는 모습이 더 어리게 보이게끔 하고 있었다.

그녀의 이름은 네일링. TYPE : 메이든 with 엘더 암즈…… 폴테스라의 〈엠브리오〉다.

"반드시 이겨서! 저 녀석의 특전 무구를 선물로 삼아서! 에리카에게 돌아간다! 안 그러면 나는 싫으니까!"

"……그래. 물론이야, 네이."

네일링의 머리를 살짝 쓰다듬은 다음, 폴테스라는 미소를 지었다.

"오너. 방금 통신마법이 들어왔습니다. 주위에 몇몇…… 우리 말고 다른 클랜과 파티가 있다네요."

"우리나 왕국 전력들이 [글로리아]와 싸워서 약하게 만들면 숨통을 끊어서 MVP를 챙기려는 녀석들이겠지. 어부지리라는 거야."

그중에는 제일 먼저 [글로리아]에게 도전했다가 데스 페널티 기간이 지나서 복귀한 녀석들도 있을 거다. 폴테스라는 그렇게 짐작했다.

"……미리 제거할까요?"

"내버려두어도 돼. 협력할 수는 없지만, 전력은 될 테니까. 확실하게 말해서 이번만은 전력이 얼마나 필요할지 모르겠어."

폴테스라가 지금까지 단독으로 쓰러뜨린 〈UBM〉은 고대전설급까지다.

그것보다 두 단계 위…… 그 이상의 힘을 지니고 있을지도 모르는 상대라니, 상상도 되지 않았다.

"전력, 말이죠. 그 〈월세회〉, 그리고…… 피가로와 톰 캣이 있다면."

샤르카는 그들보다 랭크가 높은 클랜인 〈월세회〉, 그리고 폴테스라보다 결투 랭킹이 높은 두 〈마스터〉의 이름을 말했다.

"어쩔 수 없지. 그 종교단체와는 왕국이 교섭하는 중이야. 톰 캣은 십중팔구 운영 쪽 사람일 테니 이번에는 끼어들지 않을 테고. 게다가 피가로 녀석은……."

"오너?"

"……아니, 아무것도 아니야."

그와 오랫동안 싸워온 폴테스라는 피가로의 단점을 알고 있다.

그가 '혼자가 아니면 싸울 수 없는' 사람이라는 것도 잘 알고 있다.

그런 그에게 많은 사람이 공동전선을 펼치고 있는 이 전장은 치명적이라고 할 수 있다.

그럼에도 불구하고…….

『폴테스라. 나도 참가할까?』

그럼에도 불구하고 그는 폴테스라에게 그렇게 물어봐 주었다.

[글로리아]가 크레밀로 다가오고 있다는 사실, 폴테스라가 크레밀을, 그곳에 사는 가족을 소중하게 여기고 있다는 것을 알고 있기에 나온 말이다.

『필요 없다, 피가로. 너는 최강인 채로 그 왕좌에서 계속 기다려라. [글로리아]를 쓰러뜨린 다음, 내가 그걸 빼앗으러 갈 테니.』

그렇기 때문에 폴테스라는 피가로의 제안을 거절했다. 집단전을 벌이며 힘을 잃은 그의 모습을 주위 사람들에게 보이고 싶지도 않았고, 새삼 자각하게 만들고 싶지도 않았으니까.

무엇보다 '그는 계속 최강으로 있어주었으면 좋겠다'고…… 호적수로서 간절히 원했기 때문이다.

『내가 잘못한 걸까? 네이.』

『아니. 분명 그러는 게 나을 거야! 나도 그 사자가 계속 강한 상태로 있어주었으면 하고, 그렇기 때문에 언젠가 쓰러뜨리고 싶은 거니까!』

『……그렇지.』

폴테스라와 네이가 염화를 통해 이야기를 나눈 직후, 천막을 열고 〈바빌로니아 전투단〉 멤버 중 한 명이 뛰어들어 왔다.

"오너! [글로리아]를 감시하고 있던 척후에게 통신이 들어왔습니다! 목표가 도착하기까지 두 시간도 남지 않았어요!"

"그렇군. 그럼 미리 정한 대로 우리는 결계 밖에서 [글로리아]를 공격한다."

"네!"

보고하러 온 멤버는 곧바로 바깥으로 나가 다른 멤버에게도 작전을 결행할 거라고 알렸다.

"잘되겠죠?"

"잘되게 만들 수밖에 없어, 안 그래?"

드디어 코앞으로 다가온 [글로리아]와의 전투에 불안함을 보이는 샤르카에게 폴테스라는 그렇게 되물었다.

〈바빌로니아 전투단〉은 이번 나흘 동은 독자적으로 공격을 가한 클랜이나 랭커들과는 달리 왕국과 협력체제로 움직이고 있기 때문에 작전 내용도 미리 의논한 바가 있다.

작전의 내용은 다음과 같다.

우선 〈바빌로니아 전투단〉의 원거리 공격부대가 [글로리아]에게 공격을 가한다.

그 공격에 [글로리아]의 정신이 팔린 동안 [대현자]의 도제와 국교의 성직자들이 대규모 마법, 천벌의식으로 공격한다.

파상 공격으로 움직임을 막은 다음, 황국이 비장의 수인 병기를 사용한다.

모든 것이 잘 풀리면 그렇게 끝날 것이다.

"만약 황국의 병기로 쓰러뜨리지 못한다면……."

"그때는 우리가 돌진할 수밖에 없지."

불확실하긴 하지만, 〈DIN〉으로부터 다가가도 즉사하지 않는 경우도 있다는 정보가 들어와 있다.

만약의 경우에는 [검왕]인 폴테스라를 비롯한 〈바빌로니아 전투단〉의 최정예가 [글로리아]에게 근접 공격을 가한다.

그럴 수밖에 없을 거라 폴테스라는 생각했고…… **그렇게 될 것이다**라는 확신과도 같은 예감이 들었다.

황국의 제2기갑대대 소속인 [가이스트] 58대는 도제나 성직자 집단과 거리를 두고 결계 가장자리에서 대기하고 있었다.

발사 지점을 어느 정도 자유롭게 정할 수 있는 합체마법이나 천벌의식과는 달리 발사 지점이나 탄도에 제약이 있는 포격에 도제들이나 성직자들이 휘말리지 않게끔 하기 위해서이다.

그리고 탄에 맞지 않는다 해도 아무런 대책 없이 옆에 있다가는 고막이 찢어질 수도 있다. 지금 참전한 [가이스트]들은 모두 강력한 장거리포로 장비를 교환했기 때문이다.

기갑대대 대대장을 비롯한 제2기갑대대 대원들은 [글로리아]가 접근한다는 소식을 들은 뒤로 두 시간 가까이 차량 안에서 대기하고 있었다.

하지만 아직 지평선에 [글로리아]의 모습이 보이지 않았다.

"······정말 이쪽으로 오는 걸까요?"

"진로는 변경하지 않았다고 한다. 하지만 상대도 생물이니까. 어떤 변덕을 부릴지 모르고······ 최악의 경우, 뒤쪽으로 파고들 가능성도 있지."

[가이스트] 내부에서 운전수가 묻자, 차장석에 있던 대대장이 그렇게 대답했다.

뒤쪽, 즉 크레밀이다.

"그렇게 되면 어떻게 합니까?"

"주민들이 대피한 것을 확인한 다음 공격한다. 우리 비장의 수를 왕국 안에서 사용해도 된다는 허가를 받기는 했지만, 크레밀과 주민들이 휘말리게 만드는 포격은 피하고 싶으니까."

대대장은 그렇게 말하면서 '그 녀석이 도착한 시점에서 죽음의 결계로 인해 크레밀 주민들이 한 명도 살아남지 못할 것이다' 라고 생각했지만, 소리 내어 말하지는 않았다.

"그건 그렇고 설마 왕국에서 실전을 벌이게 될 줄은 몰랐습니다. 그것도 〈SUBM〉이라고 했던가요? 신화급보다 강한 몬스터를 어째서 우리가······."

황국 밖에서 목숨을 걸고 전투를 벌이게 되자 젊은 운전수는 겁을 먹고 불만을 품은 모양이었지만, 대대장은 그와 다른 생각을 하고 있었다.

"그렇게 말하지 마라. 이 나라를 지키는 건 나아가서 드라이프를 지키게 되는 거다."

"그게 무슨 뜻입니까?"

"소문이다만 말이다. 차기 황태자님과 왕국의 제1왕녀 사이에 혼인이 예정된 모양이다."

그것은 황국 내부에서 몰래 퍼지고 있는 소문이었다.

수십 년 전부터 두 나라 사이에 혼인 이야기가 오가고 있긴 했지만 두 나라의 사정상 맞지 않았고, 다음 대로 넘어오게 된 경위가 있었다.

하지만 지금은 차기 황왕으로 지목되고 있는 구스타프 황자에게 첫 번째 아들 하론이 있고, 그 하론은 구스타프 황자가 즉위하면 차기 황태자가 될 것으로 예상이 된다. 또는 한 단계 건너뛰어서 그가 황왕이 될 가능성도 있다(그리고 선대 황왕은 정식 후계자를 정하지 않았기에 현재 황태자는 존재하지 않는다).

황태자 또는 황왕과 제1왕녀. 격을 따져도 아무런 문제는 없다.

"그렇게 되면 나중에는 여기도 드라이프인가요?"

"알터가 될지도 모르지. 하지만 어느 쪽이든 상관없다. 왕국은 풍요로워. 하나가 되면 드라이프의 식량 사정도 좋아질 거다."

"외딴 마을에서는 굶어 죽는 사람들이 계속 늘어나고 있으니까……."

원인 불명의 대흉작으로 인해 황국의 식량 자급률은 계속 떨어지고만 있었다.

지금은 아직 외국에서 수입하며 버티고 있지만…… 이대로 가다간 황국의 미래가 어둡다.

"그래, 그러니 지금은 미래를 위해서라도 이 나라를 지켜야만 한다."

"알겠습니다."

그들은 그렇게 사기를 유지하며 계속 대기했다.

그리고 15분 정도 지났을 무렵.

『[글로리아]를 지평선에서 확인! 육상을 보행 중!』

척후부대가 보낸 통신이 차량 안에 울렸다.

"왔나……, 각 차량 공격 준비."

"각 차량 공격 준비!"

『라져! 각 차량 공격 준비!』

대대장의 지시를 전달하며 [가이스트] 58대가 포탑을 돌리고 포신의 각도를 조정했다.

"[초중포탄]── 장전 개시."

그리고 그들이 가지고 있는 최강의 병기도 사용할 준비를 시작했다.

◇◆

지평선 너머에서, [삼극룡 글로리아]가 나타났다.

삼두룡이라 불리게 된 이유인 머리를 움직이면서 지상을 걷고 있었다.

오른쪽에 있는 뿔 하나 달린 머리는 눈이 세 개 있었고, 눈을 제각각 따로 움직이며 주위를 살펴보고 있는 것 같았다.

왼쪽에 있는 뿔 두 개 달린 머리는 외눈을 번뜩이며 땅을 내려다보고 있었다.

그런데 가운데에 있는 뿔 세 개 달린 머리는…… 마치 잠든 것처럼 눈을 감고 있었다.

온몸이 금빛 비늘로 뒤덮인 몸은 다리로 땅에 발톱자국을 새기면서 천천히 크레밀로 접근하고 있었다.

주위에는 결계로 인해 울창하던 나무들이 말라 죽어갔다.

호수로 다가가자 물속에 있던 몬스터들이 즉사하여 수면 위로 떠 올랐다. 그것들은 소생 가능 시간이 지난 것들부터 빛의 먼지가 되었고, 드롭 아이템인 고깃조각을 수면에 남겼다. 몬스터와 수초들이 모조리 죽었고, 숫자가 너무나도 많았기에 호수가 눈 깜짝할 새에 색마저 변해버렸다.

『SHUEWOOOO──.』

자신의 주위에 목숨이 붙은 존재를 용납하지 못한다는 듯이 뿔 두 개 달린 머리의 외눈이 더욱 강한 빛을 내뿜었다.

메마르고 숨이 끊어진 대지를 [글로리아]가 나아갔다.

『…………?』

갑자기 제각각 움직이고 있던 뿔 하나 달린 머리의 눈알 세 개가 한 곳을 바라보았다.

그 직후── 그 시선 끝에서 수많은 화살과 얼음 칼날이 [글로리아]에게 쏟아져 내렸다.

그것은 〈바빌로니아 전투단〉의 〈마스터〉들이 날린 스킬 공격. 〈엠브리오〉의 필살 스킬까지 포함되어 있는 장거리 공격이 〈글로리아〉의 온몸에 명중했다.

"목표는 머리에 있는 눈알이다! 단숨에 쓰러뜨리려는 생각은 버려라! 저 녀석의 눈길을 끄는 것이 최우선이다!"

오너인 폴테스라의 지시를 받으며 〈바빌로니아 전투단〉의 집중포화가 이어졌다.

일반적인 〈마스터〉라면……, 아니, 〈UBM〉이라 해도 HP가 전부 깎여나갈 정도로 강렬한 맹공.

하지만 상급 직업의 한계까지 레벨을 올린 《간파》를 지닌 멤버가 초조함이 담긴 목소리로 말했다.

"……! 오너! [글로리아]의 HP 감소가 확인되지 않습니다!"

말 그대로 맹공을 뒤집어쓴 [글로리아]의 HP는 감소하지 않았다. 감소하기는커녕 척 보기에도 약점인 것 같은 눈알에 필살 스킬이 명중했는데도 전혀 통한 것 같지 않았다.

"역시 어떠한 방어 스킬을 지닌 건가. 하지만 완전 방어라니, 말도 안 된다고……."

'어떠한 공격이라도 완전히 방어한다', 이런 것이 존재할 리가 없다.

그렇기 때문에 한 번의 공격에 담긴 위력이나 특정한 속성을 사용함에 따라 방어 스킬을 뚫을 수 있다는 것이 정석이다.

그리고 한 번의 공격에 담긴 위력이 중요하다면…….

"오너! 왕국에서 연락이…… 티안 쪽 연속 공격이 시작됩니다!"

"좋아! 공격을 속행하며 후퇴! 휘말리지 마라!"

지금부터 진행될 왕국과 황국 합동 작전으로 격멸시킬 수 있을 것이다.

"프리겔트 님! 도제 전원 26명, 언제든 술식을 행사할 수 있습니다!"

"으음! 내가 주도한다. 영창과 발동을 겹치도록!"

길고 하얀 수염을 기른 노인, 살아 있는 [대현자]의 도제 중에서는 나이가 가장 많은 [현자], 프리겔트가 제자들에게 그렇게 말했다.

그들이 지금부터 행사하려는 것은 합체마법. 여러 사람의 마법을 특정한 영창과 합체마법 스킬로 한데 뭉쳐서 참가한 사람의 숫자와 마력만큼 위력을 증폭시키는 비의(秘儀).

타이밍을 맞추는 것이 매우 까다롭고 마력을 세밀하게 컨트롤할 필요가 있는 합체마법은 〈마스터〉들에게는 잘 맞지 않았고, 오랫동안 마법을 수련한 티안이기 때문에 가능한 기술이라고 한다.

그리고 [대현자]의 도제들은 합체마법에 있어서 대륙에서도 최고봉인 집단이었다.

『우리의 의지를 하나로 겹치자.』

""""우리의 의지를 하나로 겹치자.""""

『호소하는 것은 대지. 이슬과도 같이 대지에 우리의 마력을 스며들게 하여.』

""""호소하는 것은 대지. 이슬과도 같이 대지에 우리의 마력을 스며들게 하여.""""

『지금 이곳에 [대현자]의 도제인 우리의 비의를 자아내리라.』

"""지금 이곳에 [대현자]의 도제인 우리의 비의를 자아내리라."""

공통된 영창으로 인해 마법의 위력과 융합성이 커졌고.

『"""《유니존 매직》──《그랜드 홀더》!!"""』

합체마법의 발동이 선언되었다.

그 직후, [글로리아]의 발치에 100메텔 이상 길이의 바위팔이 일곱 개 나타났다.

바위팔 일곱 개는 눈 깜짝할 새에 [글로리아]를 구속했고, 움직임을 완전히 억눌렀다.

바위팔의 견고함과 일사불란한 움직임이 바로 정확하고도 완벽하게 합체마법을 발동시켰다는 증거였다.

"허억, 허억…… 지금이다! 국교의 성직자들이여!"

대규모 마법을 행사하여 숨을 헐떡이면서도 [현자] 프리겔트는 확성 마법으로 근처에 자리 잡고 있던 국교 집단에게 외쳤다.

그 목소리가 들린 순간, 이미 그들도 자신들이 해야 할 일을 하고 있었다.

『──하늘이여. 그저 만물의 삶을 지켜보는 천벌의 화신이여.』

베르딘 추기경이 눈을 감고 손을 마주 모으며 말을 자아냈다.

그것은 마법 스킬을 사용하기 위한 영창이 아니었다.

의식을 위해 올리는 기도였으며, 그들은 이미 한 시간 가까이 기도하고 있었다.

지금, 이 순간을 위해.

『――이곳에 죽음을 흩뿌리는 악룡이 있으니.

――저자가 악이라면.

――인과응보의 벌이 내려지기를.』

이윽고 그 기도는 정점에 도달했고, 진에 있던 성직자들의 몸에서 하얀빛―― 그들의 HP, MP, SP 덩어리가 빠져나가기 시작했다. 그것은 그들의 모든 힘의 결정이었기에 빛을 내뿜은 성직자들은 한 명, 또 한 명, [기절]하기 시작했다.

그들의 빛은 이윽고 공중에서 하나가 되어갔다.

이윽고 베르딘 추기경의 몸에서도 하얀빛이 빠져나왔고, 그곳에 있던 모든 성직자의 빛의 집합체가 된 빛은 [글로리아]의 머리 위로 날아올랐다.

그리고 집합한 하얀빛 그 자체…… 천벌의식의 마지막 한 소절을 외쳤다.

『――오소서, 《천벌의 기둥(저지먼트 필러)》.』

천벌의식. 그것은 의식 참가자 모두가 힘을 쥐어짜내고 가장 많은 사람들이 '적이다'라고 인식하는 대상에게 성속성 정화 마법을 날리는 비의.

지금 이 순간, 그들의 적은 [글로리아]말고는 없었기에 초고열 빛기둥이 구속된 바위팔까지 통째로 [글로리아]의 온몸을 휩쓸었다.

금빛 몸에 막대한 열량이 쏟아져 내렸고, 그 여파로 바위팔이 녹아내리고 용암으로 변해 [글로리아]를 산 채로 파묻었다.

상식적으로 생각하면 거기서 타죽거나 찜통 같은 열기 안에서

질식하는 결말밖에 없었지만…… [글로리아]가 반드시 죽을 거라는 보장은 없었다.

그렇기 때문에 마지막 마무리로── 황국 제2기갑대대의 병기가 숨통을 끊는다.

"대대장님! [글로리아]의 완전 구속을 확인하였습니다!"

"좋았어……, [초중포탄], 발사 준비!!"

대대장의 말에 따라 제2기갑대대의 진에서 [정비사]가 조립하던 포대에서 묵직한 소리가 울렸다.

그 포대, 정확히는 그곳에서 날아갈 포탄이 바로 이번 [글로리아] 토벌전에 있어서 최대의 비장의 수── [초중포탄]이다.

그것은 원래 황국의 상징인 [황옥자 드라이프 엠펠스탠드]가 날리는 네 종류의 초병기, [사금포탄] 중 하나.

이곳에 있는 것은 탄두에 맞춘 전용 **레플리카 포탑**.

현재 기술로는 [엠펠스탠드]의 파츠를 완전히 재현하지 못하여 사정거리는 오리지널의 100분의 1 이하. 게다가 한 번 발사하면 파손되는 것이 확실한 물건이다.

하지만 포가 레플리카라 해도 날릴 포탄은 진짜배기다.

그렇다, ──반경 1킬로메텔을 초중력으로 압축, 소멸시키는 병기의 위력은 동일하다.

합체마법과 천벌의식은 [글로리아]의 움직임을 막기 위한 포석.

이 [초중포탄]이야말로 왕국과 황국의 비장의 수이다.

"실전에서 사용하는 건 100년만인가요?"

"숫자가 적으니까."

[엠펠스탠드]의 [사금포탄]은 선선대 문명 시대에 만들어진 분량만 존재하며, 그 숫자는 현재 네 종류를 모두 합쳐 10개도 되지 않는다.

그로 인해 황국도 쉽사리 사용할 수 없는 상황이었다.

전쟁을 벌일 때 사용한 적은 없고, 지금까지 황국 영내에서 사납게 날뛰었던 신화급을 토벌할 때 이외에는 사용한 적이 없다.

물론 이번 토벌전에서 [초중포탄]을 사용하는 대가는 존재한다.

그것은 [글로리아]를 쓰러뜨리는 것 그 자체.

왕국이 판을 짜고, 황국이 숨통을 끊는다. 지휘를 맡은 대대장일지, 아니면 방아쇠를 당기는 포수가 될지는 모르겠지만 황국은 〈SUBM〉의 특전 무구를 얻을 수 있게 된다.

왕국은 자국의 피해를 줄이기 위해, 황국은 강력한 특전 무구를 획득하기 위해, 양쪽의 이해가 일치한 결과다.

『포탑…… 에너지 충전 80퍼센트!』

"한 발밖에 없다. 빗맞히지 말라고."

『라져! 목숨을 걸고 쏘겠습니다!』

포탑을 조정하는 [기술사(엔지니어)], 그리고 대대장과 포수가 이야기를 나누는 동안 지평선에 있는 [글로리아]도 변화를 보였다.

"……역시, 죽지 않았나."

굳어가는 용암이 움직였고…… 안쪽에서 머리 세 개가 용암을 뚫고 나타났다.

초고열을 머금은 천벌의식을 뒤집어쓰고도, 용암에 산채로 파묻히고도, [글로리아]는 전혀 그 생명에 손상을 입지 않았다.

역시 [초중포탄]이 아니면 해치울 수가 없겠구나, 대대장은 그렇게 생각하며 [글로리아]의 생명력을 보고 깜짝 놀랐다.

대대장이 결심한 것과 동시에 [글로리아]를 바라보았을 때, [기술사]가 발사 준비가 끝났다는 것을 알렸다.

『에너지 충전, 120퍼센트!』

"좋았어! [초중포탄], 발사!!"

『[초중포탄]…… 발사!!』

선언과 함께── 레플리카 포탑으로부터 칠흑의 구체가 사출되었다.

발사한 충격으로 인해 포신이 산산조각이 났지만, 검은 구체는 곧바로 용암 안에서 움직이는 [글로리아]에게 날아가──── 명중했다.

한순간 뒤, [글로리아]의 주위 공간이 일그러졌다.

하늘도, 땅도 일그러지고 갈가리 찢겨서 한 점으로 빨려들어가는 듯이 사라져갔다.

그 범위 안에 있던 빛조차도 삼켜지고 존재하는 것은 칠흑의 구체처럼 보이는 공간뿐.

반경 1킬로메틸에 한정된 초중력에 가져온 종언은 내부의 모든 것을 압축, 소멸시킨다.

[글로리아]도 마찬가지로 비명 한 번 지르지 못하고 초중력 지옥에 사로잡혔다.

이윽고 짧은 것 같으면서도 긴 시간이 끝을 맞이했고, 칠흑의 구체가 사라졌을 때.

그곳에…… [글로리아]의 모습은 보이지 않았다.

[초중포탄]으로 인해 소멸했다는 사실은…… 의심할 여지가 없었다.

"해냈구나……."

"네! 우리의 완전 승리입니다! 대대장님!"

100년 전에 사용하고 이번에 처음 써보는 초병기가 전설대로 위력을 확실하게 발휘해준 것에 안심하는 대대장과 천진난만하게 기뻐하는 젊은 운전수.

다른 승무원이나 다른 차량에서도 비슷한 말들이 들렸다.

그들뿐만이 아니라 [대현자]의 도제들도 마찬가지로 기뻐하고 있었다. 국교의 성직자들은 [기절]한 상태였지만 표정은 매우 편안한 걸 보니 자신들의 승리를 확신하며 꿈꾸고 있는 모양이었다.

"……후후, 이제 안심이로군."

그렇게 강하던 괴물을 이겼다. 그 사실이 가져다주는 안도와

기쁨은 매우 컸다.

대대장은 이번 싸움의 승리, 그리고 앞으로 두 나라의 우호와 황국의 미래를 구할 수 있었다는 것을 실감하며 조용히 웃었다.

"이제 대대장님께서는 초급 무구를 지닌 자가 되시겠네요!"

하지만 대대장은 운전수가 천진난만하게 하는 말을 듣고 고개를 끄덕인 다음…… 의문을 품었다.

"……? 특전 무구를 얻었다면 바로 알 수 있을 텐데."

자신이 아니라 포수 쪽으로 갔구나, 대대장은 그렇게 약간 아쉬워했다.

하지만 그렇다 해도 상관없다.

지금은 이번 임무를 달성한 것이야말로 대대장에게 무엇보다 큰 보수가.

——**되리라 생각했다.**

"대, 대대장님……."

방금까지 신이 나 있던 운전수가 겁을 먹은 듯이 떨리는 목소리로 말했다.

"왜 그러지?"

"…………."

그는 말도 나오지 않는지 그의 눈앞에 있는 운전수용 창문을 손가락으로 가리키고 있었다. 대대장은 그 모습을 보고 무언가를 느낀 다음 곧바로 [가이스트]의 해치를 열고 차량 바깥 상황을 보았다.

쌍안경을 꺼내들고 확인한 것은 압축 소멸로 인해 생겨난 커다란 구멍.

대대장은 [글로리아]가 시체도 남기지 못하고 사라졌을 거라 생각한 커다란 구멍을 보고.

커다란 구멍에서 고개를 내민── 세 머리와 눈이 마주쳤다.

"말도 안 돼……."

대대장은 쌍안경을 떨어뜨리면서 '믿을 수가 없다', '믿고 싶지 않다'라는 감정을 목소리로 드러냈다.

"모든 것을 압축 소멸시키는 [초중포탄]이라고……?! 생존할 리가 없어……!"

하지만 그 말을 허망하게 만들려는 듯이, [글로리아]는 멀쩡했다.

찢어지지도 않은 날개를 느릿느릿 펼쳐서 공중에 떠오르며 대지가 반구 형태로 소멸된 것으로 인해 만들어진 1킬로메텔의 커다란 구멍에서 빠져나왔다.

그렇다, [글로리아]는 소멸된 게 아니었다. 반경 1킬로메텔 공간이 압축 소멸되어버렸기 때문에 1킬로메텔 아래로 떨어져버렸을 뿐이었다.

그리고 [글로리아]는 그 압축 소멸과는 아무런 상관이 없다고 말하는 듯이 여유를 보이며 천천히 떠오르고 있었다.

"화, 황국 최대의 병기라고?! 그걸 맞고도, 멀쩡해……?!"

"아, 아아아……."

신화급을 말살한 전설도 가지고 있는 초병기를 맞고도 생환하여 아무 일도 없었다는 듯이 착지한 [글로리아]을 보고 제2기갑대대 대원들이 매우 동요한 것도 어쩔 수 없는 일이다.

　생존할 수 있는 생물을 상상하는 것이 더 어려울 정도로 [초중포탄]은 강력했다.

　그렇다, [초중포탄]은 분명히 매우 강력한 병기였다.

　하지만 [글로리아]에게는 통하지 않는다.

　[초중포탄]뿐만이 아니라 합체마법과 천벌의식의 일제공격도 강력했다.

　그럼에도 불구하고 [글로리아]에게는 통하지 않는다.

　왜냐하면…… 그들이 [글로리아] 공략의 첫 번째 단계부터 **잘못하고 있었기 때문**이다.

　"……전 차량 공격 개시! 통상 화력으로 격파를 실시한다!"

　대대장은 멀쩡한 [글로리아]를 목격하고 제2기갑대대의 전선이 붕괴될지도 모를 정도로 큰 충격을 받았다는 사실을 깨달았다.

　"저 녀석은 [초중포탄]으로 인해 몸속에 큰 대미지를 입었다. 지금이라면 통상 화력으로도 이길 수 있다!"

　그렇기 때문에 자신도 믿지 못하는 희망적 의견을 말하면서도 전선의 붕괴를 피해야만 했다.

　"라, 라져!"

　『라져!』

　주위의 차량이 대대장의 지시에 따라 [글로리아]에게 포격하기 시작했다.

그와 동시에 〈바빌로니아 전투단〉의 원거리 공격과 [대현자]의 도제들이 날린 공격마법도 가세하여 첫 번째 공격의 두 배에 가까운 화력이 [글로리아]에게 집중되었다.

"……!"

하지만 대대장은 눈치챘다. 눈치채 버렸다.

"……들리나?"

"뭐, 뭐가요?!"

운전수에게 말을 걸었지만 벌벌 떨고 있는 그는 대대장이 눈치챈 사실을 알아채지 못한 것 같았다.

"저 [글로리아]에게 우리 포탄이 명중하는 소리 말이다……."

"들리지 않습니다!!"

계속 이어지는 포격과 마법의 폭음으로 인해 그런 자잘한 소리를 듣는 것은 불가능하다.

하지만 청각 계열 센스 스킬 레벨이 높은 대대장은 더 깊게 이해하고 있었다.

"그래! **안 들린다고!** 명중한 소리가 들리지 않아! 마치 맞지 않은 것처럼 말이다!!"

착탄음이 전혀 들리지 않는다.

유탄이 폭발하는 소리나 마법이 작렬하는 소리가 들리긴 하지만, 철갑탄 같은 것들이 명중한 소리는 전혀 들리지 않았다.

그것이 바로 [글로리아]의 방어 능력에 관한 커다란 힌트였다.

하지만 그 사실에 관한 고찰은 이때 필요가 없었는지도 모른다.

왜냐하면 계속 공격을 맞기만 하던 [글로리아]가.

『대상의 머리에 변화가 보입니다!!』

──지금 이 순간, 공격에 나서려 하고 있었기 때문이다.

"말로만 듣던 죽음의 결계인가! 거리를 확인하라!"

"거리, 여전히 3800메텔! 결계 사정거리의 3.8배 거리입니다!"

"뭐라고……?"

죽음의 저주 범위는 1킬로메텔로 판명되었다.

그렇기 때문에 그 외부에는 공격수단이 없다.

적어도 지금까지는 사용하지 않았다. 하지만…….

『움직이고 있는 건 뿔 두 개가 아닙니다! **뿔 하나**입니다!』

"뭐?!"

다른 차량에서 들어온 통신을 듣고 대대장은 쌍안경으로 왼쪽 대각선 방향에 있는 뿔 하나 달린 머리를 확인했다.

그것은 처음 받은 보고처럼 **변화**한 상태였다.

세 개 있던 눈 모두가 움직인 갑각 페이스 커버로 인해 덮여 있었다.

그리고 이마에 돋아난 외뿔이 푸르스름하게 빛을 내뿜기 시작했고…… 천천히 입을 벌리기 시작하고 있었다.

척 보기에도 무언가를 일으키려 하고 있었다.

"……뿔 하나 달린 머리 입안에 때려 넣어라!!"

대대장은 자신의 오한을 믿고 공격 지시를 내렸다.

포탄 수십 발이, 그리고 다른 집단에서 날린 공격마법이 머리에 명중했다.

그중 몇 개는 뿔 하나 달린 머리 입속에서도 폭발을 일으켰다.

하지만 [글로리아]는 전혀 아무렇지도 않은 것 같았다.

『FLULULULULULULU──.』

이윽고 뿔 하나 달린 머리는 포효를 지르며.

『──LUSSSHHEEEEWWWWW!!』

입에서 막대한 빛줄기를 토해냈다.

"윽?!"

날아든 빛을 본 대대장은 막대한 피해와 자신의 죽음을 각오했다.

"…………?"

하지만 아무 일도 일어나지 않았다.

뿔 하나 달린 머리의 입이 내뿜은 빛을 맞은 것들에게는 **아무런 변화도 없었다.**

죽은 것도, 고온에 타버린 것도 아니었다.

정말 그저 회중전등 같은 빛을 쬐고 있을 뿐이었다.

"뭐, 지? 무슨 일이 일어나고 있는 거지?"

이해하지 못한 채 어떻게 해야 할지 생각한 대대장은.

"……전속력으로 빛 안에서 이탈!!"

"네?"

곧바로 이탈하라는 명령을 운전수와 각 차량에 내렸다.

"돌아다니기만 해도 생물을 몰살시키는 저 괴물의 행동이 무해할 리가 없잖아!!"

"네, 네!!"

운전수는 급하게 움직이며 다른 차량에 부딪히지 않게끔 전속력으로 빛에서 벗어나려 했다. 기갑대대 전체가 빛에 뒤덮여 있기에 어디가 빛의 바깥쪽인지 알 수가 없었지만, 그런 상황에서도 희미하게 보이는 다른 차량의 그림자에 의존하여 외부를 향해 달려갔다.

이윽고 그들의 차량은 빛에서 탈출했다.

"타, 탈출했습니다!"

"좋아! 그대로 거리를 벌려…… 윽?"

대대장은 빛에서 빠져나온 뒤 어떤 사실을 눈치챘다.

그저 비추기만 하는 광선을 뿜어낸 [글로리아]의 머리.

그 머리에 달린 외뿔이 서서히…… **변색되고 있었다.**

"뭐지? 무슨 일이, 일어나는 거지?"

푸르스름했던 그 뿔이 붉게 물들어간다.

그리고 완전히 붉은색으로 변한 순간.

『──《OVERDRIVE(종극)》.』

아직 빛 안에 있던 [가이스트] 37대가── **증발했다.**

한순간, 사람과 금속이 한꺼번에 **연기로 변하는** 순간이 보였고…… 그 뒤로는 아무것도 남지 않았다.

너무나도 조용하고, 소리조차 들리지 않은 완전 소멸.

경이적인 것은 빛 밖에서 그 모습을 보던 자들이 열기를 전혀 느끼지 못했다는 점이다. 금속을 단숨에 기화시킨 초초고온을 뿜어내면서도, 그것은 엔트로피를 완전히 제어하여 모든 열을 빛 안에 가두고 있었다.

"무슨, 짓을. ……괴물 같은 놈!!"

단숨에 자신의 대대 절반 이상이 사망하자 대대장은 한탄했지만, 그게 끝이 아니었다. 무시무시한 일이 일어났다.

『SHAAAAAAIIINNEEE!!』

[글로리아]의 포효와 함께 거센 빛줄기가 천천히 **움직이기 시작했다.**

회중전등으로 비추는 것처럼 가볍게── 모든 것을 증발시키는 열량을 휘두르기 시작했다.

아비규환.

살아남은 기갑대대도, [대현자]의 도제들도, 모두 아비규환.

크레밀의 결계 따윈 없는 것이나 마찬가지.

빛이 지나가면 그곳에는 한순간 연기가 피어오를 뿐, 아무것도 남지 않는다.

후퇴하면서 삼켜진 전차가 있었다.

진지 그늘에 숨어 기도하다가 진지와 함께 증발한 도제가 있었다.

빛이 몸의 오른쪽 절반을 통과하여 왼쪽 절반만 남은 몸으로 기어가다 곧바로 죽은 자가 있었다.

성직자들은 모두 [기절]한 채 빛에 삼켜졌다.

아비규환 속에서 빛은 대대장이 타고 있던 차량으로도 다가
왔다.

"대대장님! 대대장님! 어디로, 어디로……!"

"누가 빛으로부터 도망칠 수 있겠냐……."

도망칠 곳을 찾으며 소리 지르는 운전수에게 대대장이 포기한
듯이 대답했다.

그는 이미 자신의 목숨을 포기한 상태였다.

가족도 없고, 몸소 돌보던 부하들도 이 차량 말고는 전부 삼켜
졌다.

이미 그에게는 아무것도 남지 않았다.

"…………."

그저 자신들이 전멸한 이번 사건이 나중에 왕국과 황국 사이
에 화근을 남기지 않기만을 마지막으로 기원했다.

"……부디, 이후로도 두 나라가 남아서."

대대장은 마지막으로 기도하는 듯이 말하던 도중에 증발하여
공기에 섞여들었다.

네 집단 중에서 유일하게 빛을 제대로 맞는 것을 피했던 것은
결계 바깥에 진을 치고 있던 〈바빌로니아 전투단〉뿐이었다.

이미 그들을 제외한 왕국 전력은 전멸했다.

"단장님! 이곳은 위험합니다. 철수해야……!"

멤버의 말을 듣고 오너인 폴테스라는 천천히 고개를 저었다.

"어디로 물러나지?"

"어디냐니, 빛이나 결계까지 닿지 않는 곳이죠! 그렇지, 로그 아웃하면……!"

"그래. 우리는 그럴 수 있다. 하지만 우리의 홈인 크레밀은…… 티안은 그럴 수 없다."

아직도 크레밀에는 많은 티안들이 남아 있다.

방금 그 빛은 성벽 바깥의 결계에 진을 치고 있던 세 집단만을 휩쓸었을 뿐, 도시까지 닿지는 않았다.

하지만 이대로 방치하면 크레밀은 확실하게 전멸할 것이다. 이곳에서 방위선인 그들까지 사라져버리면 크레밀 주민들의 운명은 결정된다.

폴테스라는 그것을 용납하지 않았다.

"……만렙과 그에 준하는 레벨인 단원은 따라와라. 접근전으로 저 녀석을 친다."

"하지만, 결계가……?!"

"생각이 있어. 우선…… 내가 가지."

"다, 단장님!!"

폴테스라는 그렇게 말하고 선두에 서서 초음속 기동으로 [글로리아]에게 접근했다.

음속 이상의 속도를 발휘한 폴테스라는 불과 몇 초만에 식물들이 말라 죽은 공간…… [글로리아]의 즉사 결계 가장자리에 도달했다.

"가자, 네이."

『OK! 단장!』

순식간에 장검으로 변한 네일링을 한 손에 들고 폴테스라는 말라 죽은 영역에 한 발자국 내디뎠다.

만약 즉사라고 판정되어 [브로치]가 작동되는 것 같으면 물러난다.

그 순간의 동작을 상상하며 폴테스라가 발을 내디뎠고.

──그의 몸에는 아무런 일도 일어나지 않았다.

"내 생각이 맞았군."

그대로 몇 발자국 더 내디뎠지만, 폴테스라가 죽을 것 같은 낌새는 보이지 않았다.

그래서 그는 크게 소리쳤다.

"들어라! 저 녀석의 결계는 레벨로 판정한다! 레벨이 높으면 즉사는 통하지 않아!"

그것은 그가 〈DIN〉으로부터 얻은 정보를 토대로 조사한 결론이다. 그와 마찬가지로 초급 직업인 사람이나 만렙인 사람은 [글로리아]에게 다가가더라도 죽지 않았다.

반대로 〈엠브리오〉의 보정으로 스테이터스가 아무리 높다 해도 죽은 자가 있었다.

게다가 신화급 〈UBM〉조차도 죽었다.

이런 즉사를 판정하는 것은 순수한 강약이 아니다.

그저 **레벨이 충분한지 아닌지 판정하는 것**뿐이다. 폴테스라는 그런 직감이 들었다.

"[브로치]가 작동한 사람은 물러나라! 다른 사람들은 승부를 건다!"

뒤따라온 멤버들이 결계로 다가오는 것을 곁눈질한 뒤 폴테스라는 [글로리아]의 발치까지 질주했다.

그리고 폴테스라는 초음속 기동으로 돌진하면서.

"《썬더 슬래시》!!"

[글로리아]의 뒷다리를 검사 계통의 공격 스킬로 베었다.

폴테스라에게는 숨 막히는 몇 초.

그 직후── 황금 비늘이 잘리고 선 같은 상처에서 피를 흘렸다.

그것은 [글로리아]가 이 전장에서 **처음으로 상처를 입은** 순간이었다.

"……역시, 그런 건가?"

초중력 압축 소멸에서조차 멀쩡했던 [글로리아]의 방어 능력.

그것은 단순한 대미지의 양으로 뚫을 수 없다는 것을 나타내고 있었다.

그와 동시에…… 그렇게 다양한 스킬 공격과 물리 공격을 맞고도 전혀 상처를 입지 않은 사실로 보아, 속성 한정 방어도 아니라는 것을 알 수 있었다.

순수한 방어력도, 속성도 아니라면 [글로리아]는 어떤 법칙으로 공격을 막고 있을 것이다. 폴테스라는 그렇게 판단했다.

그리고 이 전장에서 수많은 공격을 막아낸 그 법칙이란.

"이 녀석은…… **결계 안쪽에서 날린 공격만 통한다.**"

즉사 결계 바깥에서 날린 공격, 즉, 결계를 피해야만 하는 **약자의 공격**은 전혀 통하지 않는다. 즉사의 결계에서도 죽지 않는 힘, 레벨을 지닌 자만이 결계 안에 들어갈 수 있고, 안쪽에서 [글로리아]에게 상처를 입힐 수 있다.

즉사 결계의 역할은…… 싸울 자격이 있는 자를 **선별**하는 것이다.

"네 속임수는 들통났다."

뒤따라온 〈바빌로니아 전투단〉 멤버가 차례차례 결계 안으로 돌입하여 [글로리아]에게 공격을 가하고 있었다.

그런 와중에 폴테스라는 [글로리아]의 머리…… 많은 사람을 증발시킨 뿔 하나 달린 머리 족으로 장검 네일링을 치켜들었다.

"……지금부터가 인간(우리들)과 네 진짜 싸움이다."

☐Past

'능가검' 폴테스라. 나중에 그런 별명으로 알려지게 된 결투
랭커가 〈Infinite Dendrogram〉을 시작한 것은 서비스가 시작된
지 얼마 안 되었을 무렵이었다.

시작한 이유는 딱히 특별하지 않았다. 여러 매체에서 화제가
되고 있었기에 시작해보았을 뿐이었다. 일을 그만두고 시간이
남았다는 것도 이유 중 하나일 것이다.

로그인한 다음에는 〈Infinite Dendrogram〉의 세계가 자신의
오감에 호소하는 모든 것에 놀랐다.

그때 그는 '리얼리티라는 말로는 표현이 안 될 정도로 진짜배
기다'라고 생각했다.

로그인해서 왕도 알테어에 도착한 그는 아직 〈엠브리오〉도
부화시키지 못한 상태였지만, 발걸음이 가는 대로 왕도 북쪽을
향해 걸어가고 있었다.

〈노즈 삼림〉이라 불리는 그 숲을 마음 내키는 대로 산책하던
폴테스라, 그런데 갑자기 그의 귀에 누군가의 비명이 들렸다.

조건반사적으로 그 비명이 들린 곳을 향해 뛰어간 그가 본 것
은 약초 바구니를 껴안고 있는 젊은 여자와 그 여자에게 덤비려
하고 있던 늑대 한 마리였다. [티르 울프]라는 이름이 머리 위에

떠 있던 그 늑대는 이빨을 드러내며 여자를 향해 달려들려는 참이었다.

"윽!"

물어뜯어 살점을 먹어치우려던 그 이빨을 막은 것은 폴테스라의 검이었다.

'이대로 가다간 그녀가 위험하다', 그렇게 생각했을 때는 이미 몸이 움직이고 있었다.

이곳이 게임이다, 현실이 아니다, 그런 생각은 그의 머릿속에서 사라진 상태였다.

그저 여자가 죽을지도 모른다는 위기감만이 남아 있었고, 그 행동이 결과였다.

그 이후로 폴테스라는 너덜너덜해진 상태로 겨우 [티르 울프]를 물리쳤다.

[티르 울프]는 초보가 사냥하기에 적합한 최하급 몬스터지만, 레벨이 0이고 직업도 없는 폴테스라보다는 강하다. 물리친 것만으로도 운이 좋았다 할 수 있다.

"괘, 괜찮으신가요?"

너덜너덜해진 폴테스라가 지쳐서 주저앉자 늑대에게 습격당했던 여자가 걱정스러운 듯이 말을 걸었다.

"그래. 너는……."

폴테스라는 그렇게 대답하려다가 그제야 이곳이 〈Infinite Dendrogram〉……, 게임 안이라는 사실을 떠올렸다.

상대는 NPC다. 폴테스라는 그렇게 생각하려는 참이었다.

"괘, 괜찮으신가요?! 바, 바로 약을 만들게요!"

하지만 자신의 상처를 보고 걱정스러운 듯이, 그리고 열심히 약을 만들려 하는 그녀가…… 게임의 캐릭터라고 생각할 수는 없었다.

"좀 따가울지 모르겠지만 금방 나을 테니까요……!"

그녀는 그렇게 말하고 폴테스라의 상처에 약을 머금은 천을 가져다 댔다. 통각이 꺼져 있는 폴테스라는 상처가 따갑지 않았지만, 약 특유의 코를 찌르는 냄새는 느낄 수 있었다. 그리고 그녀가 풍기는 꽃의 향기도.

그녀가 약을 바르고 붕대를 감아주는 동안, 폴테스라는 그녀와 이야기를 나누었다.

"죄송해요. 저, 아직 견습이라 상처가 바로 낫는 약을 만들 수가 없어서……."

"괜찮아. 나았어."

폴테스라는 시야 구석에 있는 간이 스테이터스의 HP가 조금씩 회복되고 있다는 것을 확인하고 그것을 그녀에게도 보여주었다. 그녀는 HP가 회복되는 모습을 보고 안심하며 그곳에 폴테스라의 이름이 적혀 있다는 사실을 깨달았다.

"다행이에요……. 저기, 성함이 폴테스라 씨군요?"

"……? 그래. 그렇지."

아직 플레이어 네임에 익숙하지 않았지만, 금방 자신의 이름이라는 것이 떠올랐기에 폴테스라는 그렇게 대답했다.

"저기, 구해주셔서 감사합니다!"

"나야말로 약을 발라줘서 고마워. ······아~."

그녀에게 고맙다는 인사를 하려다가 자신이 아직 그녀의 이름을 모른다는 걸 깨달았다.

그녀도 아직 자기소개하지 않았다는 사실을 깨닫고 정신이 번쩍 들었다.

"죄, 죄송합니다! 저는 에리카. [약사]인 에리카 란슬리예요."

"그렇군. 고마워, 에리카. 나는 포······가 아니라, 폴테스라야."

그렇게 에리카가 자기소개를 했고, 폴테스라도 현실의 본명을 말할 뻔하다가 다시 자기소개했다.

그것은 그와 그녀의 시작.

나중에 부부가 되는 〈마스터〉와 티안의 시작, 그 1막이었다.

□■〈성채도시 크레밀〉 주변

신화급 〈UBM〉의 비장의 수나 수많은 티안이 날린 혼신의 공격을 맞고도 멀쩡했던 [글로리아]. 그 무적의 비밀을 파헤친 폴테스라가 이끄는 〈바빌로니아 전투단〉과 [글로리아]의 싸움은 시작부터 치열하기 짝이 없었다.

"샤르카!! 억눌러라!!"

"라져!!"

폴테스라의 호령에 서브 오너인 [초부여술사] 샤르카가 대답했다.

"와라! 라흐무!"

샤르카의 문장이 빛을 뿜어냈고, 그 안쪽에서 막대한 양의 진흙이 쏟아져 나왔다. 흘러나온 진흙은 곧바로 전장 50메텔이 넘을 정도로 거대한 인간 형태를 이루고 [글로리아]의 정면에 섰다.

진흙 거인의 이름은 [수호이녕(守護泥濘) 라흐무]. 〈바빌로니아 전투단〉의 서브 오너이자 토벌 랭킹 6위, [초부여술사] 샤르카의 〈엠브리오〉이다.

『BO·BO·BO.』

진흙 거인 라흐무의 크기는 [글로리아]의 절반도 되지 않았지만, 아랑곳하지 않고 [글로리아]에게 돌진했다.

자신에게 달려드는 거대한 진흙을 [글로리아]가 놓칠 리가 없었기에 돌기 네 개가 달린 꼬리를 휘둘러 곧바로 라흐무를 대각선으로 두 동강 냈다.

『BO.』

하지만 애초에 유동적인 진흙……《물리공격 무효》를 지닌 라흐무에게는 대미지를 입힐 수 없었다. [글로리아]가 신화급을 초월한 대괴물이라 해도 물리공격을 무효화시키는 진흙 몸에 대미지를 입힐 수는 없다. 생물을 즉사시키는 《절사결계》도 의미가 없었다.

즉, [글로리아]의 능력 중 라흐무를 소멸시킬 수 있는 것은 단 하나.

크레밀을 지키던 티안들을 소멸시킨 극광의 브레스뿐.

하지만 라흐무는 그것을 **쏠 수 없게 하기 위해** 불러낸 것이다.

『BO · BO · BO!!』

달려든 라흐무는 몸을 진흙으로 되돌린 다음 [글로리아]의 머리쪽으로 기어 올라갔다.

노리는 곳은 극광을 날린 뿔 하나 달린 머리. 라흐무는 순식간에 그 머리를 휘감았고.

"——《경연의 대수호자(라흐무)!》"

샤르카의 필살 스킬 선언과 함께 자신의 몸을 압축하여 **단단하게 만들었다.**

라흐무의 필살 스킬, 그것은 신화급 금속을 뛰어넘는 경도를 지닌 경질화이다.

평소에는 진흙 중 일부만을 경화시켜 무기로 삼곤 하지만, 이번에는 모든 부분을 단단하게 만들었다.

『————.』

그것은 마치 개의 입마개, 또는 포로에게 씌우는 복면.

[글로리아]의 뿔 하나 달린 머리는 턱을 벌리지 못했고, 당연히 브레스를 날릴 수도 없었다. 힘으로 굴레를 부수려 했지만, 수만에 달하는 STR를 자랑하는 [글로리아]라 해도 현재 신화급 금속을 뛰어넘는 라흐무를 파괴하는 건 쉽지 않았다.

제6형태 〈엠브리오〉의 모든 힘을 다해 극광의 브레스를 완전히 봉인하고 있었다.

"억눌렀구나!"

"네. 하지만 입안으로 들어간 부위가 증발한 걸 보니 몸속으로 침입하는 건 불가능하겠네요."

턱을 다물게 해서 발사를 막고 있긴 하지만, 열량은 유지되고 있어서 입에서 몸안으로 들어가 안쪽에서 쓰러뜨리지는 못했다.

"상관없어. 억누르는 것에 전념해줘."

"알겠습니다. 이대로 개인 버프는 라흐무에게 사용하고, 전체 버프를 차례대로 사용할게요."

[초부여술사]의 패시브 스킬, 《원 앤드 올 인챈트》를 이용하여 샤르카는 개인 버프와 전체 버프 마법을 동시에 행사할 수 있다.

개인 내구도 상승 버프를 라흐무에게 사용하여 계속 봉인시키고, 전체 각종 스테이터스 버프를 클랜 멤버들에게 걸어주는 것도 가능하다.

"……좋아."

전체 버프를 받은 폴테스라가 다시 공격하기 시작했다. 그 공격은 강력했고, 샤르카의 버프뿐만이 아니라 네일링의 자기 강화도 포함되어 있다.

네일링이 초기부터 가지고 있던 스킬의 이름은 《오버 체이서》.

상대방의 스테이터스가 자신보다 높을 경우, 그렇게 높은 각 스테이터스에 스킬 레벨×10퍼센트의 스테이터스 보정을 획득한다.

제6형태인 현재 스킬 레벨은 6. 그렇기에 현재 폴테스라의 스테이터스는 [글로리아]보다 높은 AGI를 제외한 모든 수치가 60%, 대폭 상승한 상태였다.

강화가 이중으로 겹쳐진데다, 초급 직업으로서도 상위 스테이터스를 얻었던 폴테스라는 [글로리아]에게 더 강하게 공세를 가했다.

"방어력이 상당하긴 하지만……, 역시 액티브 스킬을 사용하면 뚫을 수 있군."

[글로리아]의 강인한 비늘을 베면서 폴테스라는 그렇게 중얼거렸다.

그 말고도 샤르카의 원호를 받고 스테이터스가 상승된 〈바빌로니아 전투단〉 정예들이 차례차례 [글로리아]에게 공격을 가하고 있었다.

"할 수 있다…… 대미지가 들어간다!!"

『하지만 꼬리를 주의해라! 저 부위는 다리나 팔보다 공격력이 높아!』

"나도 알아, 라이저!"

랭커를 비롯한 숙련자 〈마스터〉들은 [글로리아]를 상대하면서도 한 발자국도 물러서지 않고 싸웠다. 용맹스럽게 싸우며 조금씩 [글로리아]의 몸에도 대미지를 축적시키고 있었다.

하지만 그렇게 대미지를 입히는 속도는…… 느렸다.

"역시 숫자인가."

공격을 계속 가하면서 폴테스라는 이 결계 안에 있는 클랜 멤버들을 보았다.

그들의 숫자는 폴테스라와 샤르카까지 포함해도…… 12명밖에 되지 않았다. 파티 두 개 정도, 이 전장에 참가한 〈바빌로니아 전투단〉의 5퍼센트 정도만 참전할 수 있었다.

지금 이 전투에 참가한 멤버는 모두가 레벨이 500 이상이었기에 결계가 판정하는 포인트는 그 부분이라는 사실을 폴테스라는 이미 짐작하고 있었다.

그리고 레벨 500이라는 벽은 〈마스터〉에게 매우 높다.

초급 직업이 아닌 이상, 만렙을 찍은 사람 이외에는 도달할 수가 없다.

하지만 한 번 만렙을 찍은 사람이라 해도 빌드에 만족하지 못하면 직업을 리셋시켜서 새로운 직업에 손을 대는 경우가 대부분이다. 초급 직업의 전직 조건을 모색한다는 의미도 있다.

특히 클랜 제2위이자 전투 계열 클랜인 〈바빌로니아 전투단〉은 그런 경향이 현저했다. 멤버 중 대부분은 다시 키우는 도중이었기에 만렙인 인원은 앞서 말했다시피 12명뿐.

게다가 파티의 직업 구성도 결코 바람직하다고 할 수는 없었다. 12명 중 사제 계통을 메인으로 삼은 사람이 한 명밖에 없으니까. 지원이 특기인 부여술사 계통의 초급 직업인 샤르카가 있어줘서 겨우 피해를 최소한으로 줄일 수 있었다.

[글로리아]를 상대로 만반의 준비를 하려면 만렙을 찍은 〈마스터〉를 수십 명 갖춰야만 한다. 앞서 도전한 랭커들이 패배한 이유도 그것 때문이었다.

아니면 초급 직업처럼 만렙 이상의 탁월한 힘을 지닌 자가 필요하다.

(……그렇군. 이 녀석은 철두철미…… 그런 상대인가.)

싸우던 동안 폴테스라는 [글로리아]의 컨셉을 짐작할 수 있었다.

무예가 뛰어난 개인으로서, 그리고 〈바빌로니아 전투단〉의 오너로서 여러 번 〈UBM〉과 교전했던 폴테스라는 〈UBM〉이 디자인 컨셉을 가지고 있는 경우가 많다는 사실을 알고 있다.

예를 들자면 약점을 박살 내지 않는 한, 계속 재생하는 〈UBM〉.

또는 주위에서 생물이 죽으면 그 생명력을 흡수하여 강화되는 〈UBM〉.

그리고 자신이 유리한 장소에 진을 치고 그곳에서 일방적으로 공격하는 〈UBM〉.

그렇게 어떠한 컨셉을 가지고 있는 〈UBM〉이 대다수를 차지한다.

그리고 폴테스라는 이미 [글로리아]의 컨셉을 짐작하고 있었다.

(이 녀석은 **선별**에 특화된 〈UBM〉이다.)

지금까지 보여준 여러 가지 힘.

즉사의 《절사결계》는 레벨이 부족한 자를 선별하기 위하여.

결계 밖에서 날린 공격 무효는 레벨이 부족한 자가 승리하지 못하게끔 하기 위하여.

빛의 브레스는 빛이 공격 범위를 지정한 뒤 살상력이 있는 모드로 전환되기 전까지 도망치지 못하는…… 속도나 판단력이 떨어지는 자를 선별하기 위하여.

모두 힘이 떨어지는 자를 선별하여 쳐내기 위해 갖추고 있는 힘이다.

(……어울린다고 할 수도 있겠지만.)

저 [삼극룡 글로리아] 토벌을 기존 MMORPG의 엔드 콘텐츠…… 고난이도 레이드 배틀로 본다면 매우 이치에 맞는 존재다.

싸움을 거듭하여 특성과 약점, 행동 패턴을 간파한 뒤 준비를 갖춘 자나 매우 뛰어난 힘을 지닌 자에게 토벌당하는 존재.

그야말로 **완성된** 보스 몬스터라 할 수 있다.

"하지만, 반복할 시간 따윈…… 없다!"

티안에게 이미 돌이킬 수 없을 정도로 막대한 피해가 발생한 상태다.

저것에 계속 패배한다면 〈마스터〉는 죽지 않겠지만, 왕국이 멸망한다.

그리고 그들, 〈바빌로니아 전투단〉이 최후의 벽이 되어 지키고 있는 크레밀을 지키기 위해서, 이제 〈마스터〉들은 한 번의 패배도 용납되지 않는다.

"여기서 승부를 낸다!"

"『"알겠습니다!!"』"

폴테스라가 한 말에 〈바빌로니아 전투단〉 멤버들이 대답했다.

"승산은 있다."

《절사결계》를 넘어설 수 있는 〈마스터〉들에게 위협이 될 만한 것은 적의 스테이터스와 빛의 브레스뿐이고, 그것은 라흐무로 막았다.

그리고 한 번 명중하면 즉사급인 STR을 비롯한 스테이터스는.

"자력으로 회피하면 되겠지!!"

85

이곳에 있는 사람들은 결투 3위인 폴테스라를 비롯하여 수많은 싸움을 겪어온 〈마스터〉들이다. 샤르카의 AGI 버프를 받으며 그 스테이터스와 경험으로 거칠게 휘몰아치는 폭풍과도 같이 꼬리와 발톱을 계속 피하고 있었다.

"[글로리아]의 STR과 END는 위협적이긴 하지만, AGI는 겨우 아음속 영역이다. 공격 부위에 주의를 기울이기만 하면 계속 피할 수 있지."

한 번이라도 실수하면 치명적인 대미지를 입을 정도로 강적이지만, 그런 수라장은 [초투사(피가로)]의 호적수인 폴테스라에게 처음 겪는 일이 아니었다.

아슬아슬하긴 했지만, 〈바빌로니아 전투단〉 멤버들은 한 명도 탈락하지 않고 [글로리아]에게 우세를 점하며 전투를 진행하고 있었다.

장기전으로 인한 MP와 SP 소비 문제는 결계 안으로 들어오지 못하는 만렙 미만 멤버들의 지원 스킬로 겨우 해결하고 있다. 온 힘을 다해 싸워서 MP와 SP가 줄어들면 결계 근처로 이동해서 지원을 받는 식이다.

이대로 계속 싸우면 승산은 충분히 있다. 〈바빌로니아 전투단〉이 그렇게 생각하기 시작했을 무렵.

"윽!"

예상치 못한 방향에서 [글로리아]에게 공격이 날아들었다.

몸 표면에 대미지를 입힌 그 공격은 척 보기에도 결계 안에서 날린 것이었고, 그 공격을 가한 자들은…… 〈바빌로니아 전투단〉

이 아니었다.

"단장님! 주위에서 상황을 지켜보던 파티와 클랜입니다! 저 녀석들도……."

"공략법을 알아내고 어부지리를 챙기러 왔나."

나타난 자들은 여러 파티, 그리고 클랜.

그들은 모두 만렙 이상인 강자들이었고, 너도나도 [글로리아]에게 공격을 가하고 있었다.

그중에는 다른 〈마스터〉가 있는데도 아랑곳하지 않고 범위공격을 발동시켜 휩쓸리게 만든 자도 있었다. 다른 〈마스터〉를 노리고 뒤에서 공격하는 자들까지.

결계 바깥에 있던 〈바빌로니아 전투단〉 멤버들이 막으려 했지만, 처음에 기습을 당했는지 미처 대응하지 못하고 있었다.

"대미지를 입혀라! 어떻게 해서든 우리가 MVP를 따는 거야!"

"다른 녀석들도 한꺼번에 해치워도 된다! 광범위 공격 스킬을 마구 날려!"

그렇게 행동할 만도 했다. 이 최전선에 모인 자들은 모두가 〈SUBM〉의 특전 무구를 노리고 있다. 기본적으로 자신들 말고 다른 사람들……, 또는 자신 말고 다른 사람들은 방해꾼이다.

"협력체제를 구축하기 이전 문제로군."

폴테스라는 뒤쪽에서 공격해 온 사람에게 반격하여 쓰러뜨리면서 씁쓸한 표정으로 그렇게 중얼거렸다.

전력이 늘어나긴 했지만 서로 공…… MVP를 따려고 혈안이 되어 발목을 잡고 있다.

그런 상황이 클랜 내부에서 연계하고 있던 〈바빌로니아 전투단〉이 벌이는 전투의 난이도를 올리고 있었다.

"……탱커인 레이브와 한자키는 샤르카를 원호해줘. 저 녀석이 데스 페널티를 받으면 라흐무가 사라진다."

""라져!""

폴테스라는 두 멤버에게 지시를 내려 이 싸움의 핵심인 샤르카를 지키게 했다.

만약 샤르카가 빠지게 되면 뿔 하나 달린 머리의 봉인이 풀리게 되고, 여기에 있는 〈마스터〉들이 빛의 브레스에 모두 당해버릴 것이다.

"불행 중 다행인 건 대미지량 자체는 늘어났다는 건가."

[글로리아]가 입고 있는 대미지는 〈바빌로니아 전투단〉끼리만 싸우던 때보다 훨씬 늘어난 상태다.

이대로 가면 난전을 벌이면서도 HP를 전부 다 깎아낼 수 있을 가능성이 크다.

"……?"

하지만 폴테스라는 눈치챘다.

봉인된 뿔 하나 달린 머리, 결계를 치고 있는 뿔 두 개 달린 머리도 아니다.

지금까지 침묵을 지켜온, 가운데에 있는 뿔 세 개 달린 머리.

그것이 천천히── 눈을 뜨기 시작했다는 것을.

"……윽!"

그 순간, 폴테스라의 등골에 기묘한 느낌이 들었다. 그것은 역전의 강자이기 때문일까, 아니면 세계를 동일시하는 메이든의 〈마스터〉이기 때문일까.

그가 느낀 것은…… 어마어마한 오한.

뭔가 무시무시한 일이 일어나려 한다는 오한이었다.

"……네이."

『나도 알아, 단장. 저건 빠르게 해치워야만 해.』

폴테스라와 네일링은 직감했다.

저 [글로리아]에게 장기전을 벌인다는 선택지는 분명히…… 통하지 않을 것이다.

애초에 선별로서 적에게 힘을 강요하는 [글로리아]가 장기전이나 소모전처럼 질질 끄는 싸움을…… 숫자와 물량으로 인한 승리를 허용할 것 같지는 않았다.

무언가가 있다. 저 괴물은 장기전을 부정하는 요소를 품고 있다.

그것을 발휘하게 하지 않으려면…… 단숨에 쓰러뜨릴 수밖에 없다. 폴테스라는 그렇게 생각했다.

"……필살 스킬을 쓴다."

『오케이~. 나도, 온 힘을 다할 거야!』

"그래, 부탁하지."

폴테스라는 장검인 네일링을 한 손에 들고 질주했다. 〈마스터〉들이 [글로리아]에게 날려대는 수많은 공격을 피해 다시 [글로리아]에게 달려들었다.

하지만 폭발마법의 연기에 숨어서—— 소리를 지르며 돌기 네개 달린 [글로리아]의 꼬리가 폴테스라를 휩쓸려는 듯이 날아들었다.

폴테스라는 뛰어올라 꼬리를 피했지만── 네일링은 아직 꼬리의 궤도 위에 있었다. 브레스가 봉인된 [글로리아]의 가장 강한 공격인 그 꼬리는 제6형태 〈엠브리오〉인 네일링의 내구도를 훨씬 뛰어넘었다.

그렇기 때문에 접촉한 순간── 네일링은 산산조각이 났다.

"그걸……!"
『기다리고 있었어!』
폴테스라가 전투광 같은 미소를 지었고.
박살 난 네일링이 웃었고.

"『──《초극을 이루어낸 자(네일링)》!!』"

두 사람은 동시에 스킬을 선언했다.
그 순간, 부러진 칼끝에서 눈부신 빛이 뻗어 나갔고, 사라졌던 칼날이 빛의 칼날로 재구성되었다.
폴테스라는 그 칼날을 [글로리아]의 꼬리 쪽으로 향한 뒤 스킬을 선언했다.
"《오버 엣지》!!"
그 순간, 네일링의 빛나는 칼날이 뻗어 나가 거대한 꼬리의 직경을 넘어설 정도로 길어졌다.

폴테스라는 곧바로 공중제비를 돌면서 칼날을 [글로리아]의 꼬리에 가져다 댄 뒤── 그 꼬리를 거짓말처럼 쉽사리 절단했다.

『──?!』

액티브 스킬을 사용해야 겨우 대미지를 입힐 수 있을 정도로 견고했던 [글로리아]의 방어력.

그것을 쉽사리 뛰어넘은 것은 굳이 말할 필요도 없이 네일링의 필살 스킬의 효과이다.

《초극을 이루어낸 자》.

그것은 **자신의 파괴**를 계기로 발동하는 네일링의 필살 스킬.

파괴된 뒤 10분 동안 파괴된 칼날을 빛으로 재구성한다.

그와 동시에 자신을 파괴한 자의 방어력을 공격력, 공격력을 방어력으로, 그리고 AGI를 자신의 AGI에 **추가하는** 역습의 필살 스킬.

즉, 이 스킬을 발동시키고 있는 동안, 폴테스라는 상대방의 방어를 반드시 뚫을 수 있는 공격력과 상대방의 공격을 반드시 막아낼 수 있는 방어력, 상대방의 속도를 반드시 넘어설 수 있는 속도를 손에 넣는다.

단기 결전이긴 하지만 일대일 승부라면 확실히 상대방을 뛰어넘을 수 있는 최강의 칼날이다.

『SHUOOOOEEEAAAAAA?!』

[글로리아]는 자신의 꼬리를 잃은 충격에 처음으로 괴로운 목소리를 냈다.

하지만 폴테스라는 멈추지 않았다.

원래 크기로 돌아온 빛의 칼날을 겨누며 [글로리아]의 등을 뛰어올라가 [글로리아]의 날개 뿌리에 검사 계통 초급 직업(슈페리얼 잡), [검왕]의 오의를 발동시켰다.

"──《소드 아발란체》!!"

그것은 검의 결계.

자신의 주위 전부를 칼날로 절단하는 초초음속 연속검.

약한 검으로 사용하면 기술을 사용하는 도중에 부러져버릴 정도로 강한 초검기.

하지만 빛의 칼날로 변한 네일링은 그 스킬의 행사를 견뎌냈다.

그리고 《소드 아발란체》는 [글로리아]의 등에 달려 있던 날개 두 장을 잘라내었고, 등에 뚫린 커다란 구멍에 걸맞을 만큼 큰 대미지를 입혔다.

그 공격은 등 쪽에서 [글로리아]의 심장까지 파괴했다.

『…………………….』

주요 생명 기관이 망가진 [글로리아]의 거대한 몸집이 흔들렸다.

그렇게 흔들리는 틈을 〈바빌로니아 전투단〉의 멤버── 결투 랭커인 자들은 놓치지 않았다. 그 순간에 자신의 모든 힘을 다한 일격을 날렸다.

"《천뢰의 멸진궁(인드라)!!!!!》"

"《천수나한격진권(천수관음보살)》."

"《악을 해치우는 폭풍의 남자(헤르모드)》…… 《라이저 키이이이이익》!!"

번개구름이 압축된 화살이, 천수와도 같은 연속권이, 그리고 초음속 나선 발차기가 비틀거리는 [글로리아]에게 박혔다.

좋은 기회라고 여겼는지 주위에 있던 모든 〈마스터〉가 [글로리아]에게 공격을 집중했다.

그 순간, 좀 전에 가해졌던 천벌의식을 뛰어넘을 정도로 강한 화력이 [글로리아]의 온몸을 두들겼다.

폴테스라는 그 공격에 휩쓸리지 않게끔 [글로리아]의 등을 뛰어 내려갔다.

어차피 《소드 아발란체》의 반동으로 인해 1분 정도는 팔이 움직이지 않아서 추격타를 가할 수도 없기 때문이었다.

"단장님! 무사하신가요!"

"나는 문제없어. 반동이 풀리면 바로 다시 공격에 나선다."

달려온 〈바빌로니아 전투단〉 멤버에게 폴테스라가 그렇게 대답했다.

"……역시 아직 끝나지 않은 건가요?"

"그래, 심장이 망가져서 힘이 떨어지긴 했지만 그게 전부다. 역시 코어형인 거겠지. 아마 세 개 달린 머리 중 하나, 아니면 전부 다 저 녀석의 코어다."

일반적으로 생물은 심장이 망가지면 숨이 끊어지지만, 그렇지 않은 경우도 있다.

그밖에도 중요한 생명 기관을 다스리는 코어가 있는 경우, 심장은 어디까지나 내장 중 하나에 불과하다.

그리고 [글로리아]의 코어는 머리 세 개에 각각 존재할 것이다, 폴테스라는 그렇게 짐작했다.

"……반동이 풀렸다. 목을 치고 오지."

"조심하세요……?"

폴테스라를 배웅하려던 멤버들 중 한 명이 눈을 깜빡였다.

그것은 눈에 들어온 빛 때문이었다.

마치 햇빛이나 회중전등 빛을 직시한 것처럼 눈부신 느낌이 들었고.

──그 직후에 머리가 소멸되었다.

"?!"

그 광경을 본 폴테스라는 곧바로 [글로리아]를 올려다보았다.

그곳에 있는 것을 본 순간, 폴테스라가 상상한 것은 오래된 클럽에 달려 있을 법한 미러볼이었다.

──온몸으로 빛을 뿜어내는 [글로리아]의 모습이었다.

언제부터였을까. 〈마스터〉들의 공격으로 인해 [글로리아]의 온몸에 생긴 상처 자국이 마치 이빨이 없는 입처럼 변질되었고, 그 모든 부위에서 빛을 뿜어내고 있었다.

뿔 하나 달린 머리를 보니 아직 라흐무에게 구속당한 상태였지만…… 구속된 틈새로 뻗어 나온 외뿔은 붉게 빛나고 있었다.

티안들을 증발시켰을 때처럼.

"……! 이거구나!"

자신이 느낀 오한의 정체는 이거였다, 폴테스라는 그렇게 확신했다.

빛의 브레스를 발사하는 부분을 몸 전체로 늘린 [글로리아]는 곧바로 몸을 뒤틀면서── 주위에 있던 〈마스터〉들을 휩쓸었다.

온몸에 뚫린 발사구에서 날리는 브레스는 사정거리가 짧은 것 같았지만, 주위에 있던 〈마스터〉들과는 딱히 상관이 없었다.

〈마스터〉들은 한순간 [브로치]로 버텼지만, 그 뒤에도 뿜어져 나오는 빛으로 인해 숨이 끊어졌다.

마치 농담하는 것처럼 좀 전까지 공세를 가하고 있던 〈마스터〉들이 일망타진을 당했다.

그것은 결계 안에 있는 〈마스터〉들뿐만이 아니라 결계 근처에서 원거리 지원을 맡고 있던 만렙 미만 〈바빌로니아 전투단〉 멤버들도 마찬가지였다.

폴테스라는 그 빛의 난무를 자신의 AGI와 탁월한 기동력으로 피했지만.

"……!! 샤르카!"

"단장님, 죄송합──."

빛의 난무로 인해 〈바빌로니아 전투단〉의 서브 오너이자 라흐무의 〈마스터〉인 샤르카는 빛 속에서 증발했다.

『BO………..』

그 직후, 뿔 하나 달린 머리를 구속하고 있던 라흐무도 소멸했고── 최초이자 최대의 발사구가 자유로워졌다는 것을 알 수 있었다.

그렇다, 근거리를 휩쓰는 발사구가 아니라 크레밀까지 닿는 최대의 발사구.

주위에 있던 〈마스터〉들을 거의 다 없앤 뒤, [글로리아]는 온몸으로 빛을 뿜어내던 것을 멈추었다.

그 대신 빛나는 외뿔 머리의 입을 크게 벌리고── 크레밀을 조준했다.

"……아직, 멀었다!!"

그 순간, 폴테스라는 초음속 기동으로 뿔 하나 달린 머리를 향해 뛰어 올라갔다.

그리고 당장에라도 크레밀을 향해 브레스를 날리려 하는 뿔 하나 달린 머리 위에 올라탄 다음.

"《오버 엣지》, 《소드 아발란체》!!"

칼날을 늘리는 것과 동시에 최대 위력을 지닌 오의로 뿔 하나 달린 머리를 박살 내려 했다.

눈사태(아발란체)와도 같이 모든 것을 휩쓰는 연속 참격.

머리를 덮고 있던 페이스 커버를 잘라 부수고, 오른쪽 눈꺼풀을 가르고, 눈알을 난도질하고, 나아가서는 두개골 너머에 있는 코어를 박살 내려 했을 때.

──네일링의 빛나는 칼날이 부러졌다.

"⋯⋯?!"

『이, 이럴 수가⋯⋯!』

그 사실을 폴테스라도, 네일링도 믿을 수가 없었다.

지금까지 필살 스킬이 발동된 동안, 같은 상대에게 칼날이 통하지 않았던 적은 **한 명**을 제외하고는 없었기 때문이다.

하지만 실제로 뼈에 닿았을 때 칼날이 부러졌다.

뼈라 해도 [글로리아]의 방어력이라면 넘어섰을 텐데.

그렇게 된 이유를 따지자면⋯⋯.

"이 녀석, **스테이터스가 올라갔**⋯⋯!"

폴테스라는 깨달았다.

필살 스킬을 발동시킨 네일링의 공격력이 상대방의 방어력에 밀리는 패턴은 두 가지뿐이다.

스테이터스가 아닌 어떠한 특수한 방어가 작동되었거나.

또는── 필살 스킬을 발동시켜서 스테이터스가 추가되었을 때보다 상대방의 스테이터스가 상승하였거나.

피가로와 여러 번 싸워서 전투시간 비례 강화의 특성상 필살 스킬 발동 중에 패배한 적이 있는 폴테스라는 그 사실을 이해하고 있었다.

『⋯⋯⋯⋯.』

언제부터였을까.

지금까지 침묵을 지켜왔던 제3의 머리. 뿔 세 개 달린 머리가── 완전히 눈을 뜨고 있었다.

그 뿔 세 개 달린 머리는 따분하다는 듯이 뿔 하나 달린 머리 위에 서 있는 폴테스라를 보고 있었다.

[글로리아]가 선별에 특화된 〈UBM〉이라면.

약자를 선별하는 결계와 속도, 판단이 느린 자를 선별하는 극광의 브레스.

그리고 **강자 중의 강자**를 선별하는 제3의 능력이 있는 게 아닐까.

"아직, 멀었다……!"

그런데도 폴테스라는 일어서서 검을 겨누었다. 칼날(네일링)이 부서졌다 해도, 상대방의 힘이 세졌다 해도, 폴테스라는 공격을 멈추지 않는다.

나는 [글로리아]의 세 번째 선별을 넘어설 수 있는 진정한 강자가 아닐지도 모른다.

하지만 진정한 강자가 아니라 해도…… 이 검으로 지키고 싶은 것이 있다.

[글로리아]는 이제 곧 빛의 브레스를 날릴 것이다.

그렇게 되면 크레밀은 괴멸당하게 된다.

폴테스라의 부인인 에리카도…… 죽는다.

메이든의 〈마스터〉인 그가 그런 상황을 용납할 수는 없었다.

"그렇게, 내버려둘 것 같냐아아아아아아!!"

부러진 네일링이 사라진 뒤에도 예비 무기인 신화급 금속 대검을 《순간장비》하여 계속 휘둘렀다.

　그 칼날이 뭉개졌는데도 몇 번이고 내리치며 [글로리아]를 공격했다. 코어를 부숴야만 한다며 자루를 쥔 손바닥이 피로 물들고 뼈가 부숴졌는데도 그는 멈추지 않았다.

　하지만, [글로리아]도 멈추지 않았다.

　점점 뿔이 빛났고, 입속에서 빛이 흘러넘친 뒤.

　──모든 것을 소멸시키는 하얀빛이 크레밀로 뻗어 나갔다.

　"윽!! 에리……────."

　폴테스라의 발치에서도 머리에 난 상처가 발사구로 변했다.

　그리고 폴테스라는── 솟구치는 빛에 휩싸였다.

　빛 속에서 버틸 수 있는 자는 없다.

　신화금 금속 대검조차 녹아내려 [글로리아]의 얼굴에 쏟아지는 액체가 되었고.

　폴테스라도, 그가 지키려 했던 모든 것도…… 빛 속에서 사라져갔다.

◆◇

　싸움이 끝난 뒤, 그곳에는 이미 성채도, 도시도 남아 있지 않았다.

전장의 흔적에 남아 있는 것은 잘려나간 [글로리아]의 날개뿐.

사람들은 모두 사라졌고, 도시는 토대만 남기고 증발했다.

성채도시 크레밀은 붕괴했고 전투에 참여한 자도, 시민도, 생존자는 한 명도 확인되지 않았다.

그것이…… 크레밀에서 벌어진 전투의 결과였다.

□왕도 알테어

크레밀 붕괴로부터 사흘 뒤.

[대현자]의 도제, 국교의 성직자, 황국 제2기갑대대, 그리고 ⟨바빌로니아 전투단⟩으로 이루어진 절대방위선이 [글로리아]에게 패배했다는 사실은 이미 대륙 전체로 퍼져나간 상태였다.

방위거점이었던 크레밀이 붕괴하여 이제 [글로리아]의 침공을 막을 요새는 없다.

왕도에서는 주민들의 피난이 활발해졌고, 식량과 옷가지 가격이 폭등하였으며, 불안으로 인해 충동적인 다툼, 성직자의 감소로 인한 의료기관 부족 등, 마치 전시나 재해를 방불케 하는 문제들이 일어나고 있었다. 왕도의 기사나 경비병들도 왕도로 다가오는 [글로리아]에게 대처하기도 전에 그러한 문제에 대처하는데 급급했다.

"…………"

하지만 그렇게 혼란스러운 와중에 기사들을 이끄는 [천기사(나이트 오브 세레스티얼)] 랑그레이 그란드리아는 혼자…… 왕성 상공에 있었다.

대여받은 국보인 [골드 썬더(황금지뢰정)]을 타고 성 아랫마을이 아니라 그저 북서쪽…… [글로리아]가 침공해오는 방향을 바라보고 있었다.

지금까지는 [글로리아]의 모습이 보이지 않았다.

크레밀이 붕괴한 뒤 사흘. 〈뇌룡산〉에 나타났을 때부터 세면 일주일.

원래라면 오늘 쯤에 왕도에 도착했을 텐데, 그렇게 되지는 않았다.

그 이유는 〈바빌로니아 전투단〉을 비롯한 〈마스터〉, [검왕] 폴테스라가 입힌 상처 때문이었다.

생명과 전투에 지장이 없다 해도 온몸에 크고 많은 대미지를 입은 데다 심장까지 잃은 [글로리아]는 하루 내내 상처를 낫게 하는 데 써야만 했다. 상처가 나을 때까지 시간이 걸렸고, 날개도 재생하지 않아서 왕도에 도달하는데 하루 넘게 시간이 늦어졌다.

그럼에도 불구하고…… 내일 [글로리아]가 왕도에 도달하여, 왕도를 《절사결계》의 범위 안에 넣을 것이다.

"……맞서야지."

하지만 그 죽음이 예외 없이 모든 자를 살상하는 힘이 아니라는 사실은 이미 판명되었다.

합계 레벨이 500 이상인 자라면 결계 안에 들어가도 죽지 않고 싸울 수 있다.

그리고 결계 안으로 들어가지 않으면 [글로리아]에게 상처를 입히지 못한다는 사실도 이미 알려져 있다. 그것은 〈바빌로니아 전투단〉의 멤버들이 〈Infinite Dendrogram〉 안팎에서 열심히 퍼뜨린 정보였다.

그렇기에 지금, [글로리아]와 싸울 수 있는 조건은 판명되었고, 불행인지 다행인지 랑그레이는 거기에 해당되었다.

그는 왕국을 지키기 위해 싸울 수 있는 사람이었다.

"…………가자. [썬더]여."

이윽고 랑그레이는 각오를 다졌다. [글로리아]가 있을 북서쪽의 〈노베스트 협곡〉으로 [골드 썬더]를 몰아가려다가.

"기다리시죠, 그란드리아 경. 그렇게 성급하게 굴지 말고요."

멈춰서게 되었다.

공중에 있던 그의 어깨를 어떤 사람이 잡았기 때문이다.

랑그레이는 그 말과 감촉에 놀라 뒤를 돌아보았다.

그곳에 서 있던──풍속성 마법을 정밀하게 컨트롤하여 공중에 정지해 있던──사람은 다름 아닌.

"……[대현자]님."

왕국이 자랑하는 초급 직업 중 한 명, [대현자].

왕국을 100년 이상 섬기고 있지만 아무도 그의 이름을 모른다. 자신을 [대현자]라고만 부르며, 그리게 불리는 자. 정체를 알 수 없는 노인이지만 몇 대 전부터 궁정마술사를 맡고 있으며, 가지고 있는 지식으로 왕국의 조언자 및 교육 담당으로서도 신뢰를 받는 인물이다.

"하고 싶은 말이 몇 가지 있긴 합니다만. 우선 당신 혼자 가더라도 어떻게 될 문제가 아닙니다. 전력을 축차투입하는 것에 불과하고, 시간을 버는 게 한계겠죠. 그건 제가 가도 마찬가지일 테고요."

"[대현자]님께서도요?"

"네. 그리고 결계 안에서 운석을 떨어뜨리면 저까지 위험할 거 아닙니까?"

[대현자]의 오의…… 그가 고안한 마법인 운석 낙하를 예로 들면서 농담하는 듯이 그렇게 말했다.

"적어도 제자들이 있었다면 달라졌겠지만요. ……아까운 자들을 잃었습니다."

"[대현자]님……."

그의 도제들은 크레밀 전투에서 모두 죽어버렸다.

그렇기에 [대현자]의 표정은 제자의 죽음을 아쉬워하는 스승의 표정이었다.

랑그레이는 그의 심정을 헤아렸다.

하지만 랑그레이는 조금 오해하고 있었다.

[대현자]의 표정은 아쉬워하긴 해도…… 안타까워하는 표정은 아니었다.

"그런데 [글로리아] 말이죠. 많은 희생을 치른 끝에 그 힘의 자세한 내용을 알아내긴 했지만, 무시무시한 괴물이로군요. ……남아 있는 왕국의 전력으로 어떻게 맞서야 할지."

왕국이 내보낼 수 있는 전력은 그게 거의 한계였다.

이제 기사단밖에 없는데, [글로리아]의 결계 안에서도 살아남을 수 있는 자는 랑그레이와 근위기사단 단장 정도밖에 없다. 거기에 [대현자]까지 포함해도 너무 부족하다.

……그들 말고도 왕국 티안의 최대 전력이 될 수 있는 자가 한 명 있긴 하지만, 아쉽게도 지금은 아직 레벨이 500도 되지 않았다.

"안 되겠네요. 적어도 티안만으로는 승산이 없겠습니다."

"[대현자]님께서도…… 쓰러뜨릴 방법을 알지 못하시는군요."

"…………"

랑그레이가 '[글로리아]를 쓰러뜨릴 방법'을 묻자, [대현자]는 왠지 모르겠지만 침묵했다.

"[대현자]님?"

"……아뇨, 죄송합니다. 이 늙은이의 기억 서랍장을 열어보았는데 전혀 짐작도 되지 않는군요. 이럴 때야말로 지혜 주머니가 나설 차례인데 말이지요."

생각에 잠겨 있다 정신을 차린 [대현자]는 그렇게 말하며 쓴웃음을 지었다.

"그건 그렇고 그란드리아 경. 슬슬 그 교섭할 시간입니다. 상대가 상대이니 당신도 출석하는 게 나을 것 같습니다."

[대현자]는 품속에서 회중시계를 꺼낸 다음 랑그레이에게 그렇게 말했다.

이제 국왕과 어떤 인물의 교섭이 시작될 시간이 한 시간도 남지 않았다.

원래 랑그레이는 그 자리에 출석할 예정이 아니었지만, [대현자]가 말한 것처럼 교섭 상대가 누구인지 고려하면 '엘도르 옆에서 지켜야만 하나?'라는 생각도 들었다.

"알겠습니다. 그럼 저는 호위하러 가겠습니다. [대현자]님께서는?"

"여기서 바람을 좀 쐬며 생각이라도 하고 있지요. 혹시나 뭔가 방법이 있을지도 모릅니다. 아, 저도 교섭을 시작하기 전까지는 돌아갈 테니 안심하십시오."

[대현자]는 랑그레이를 보내고 그가 방금까지 그랬듯이 북서쪽을 보았다.

그의 마음속에서는 다음과 같은 자문자답이 이루어지고 있었다.

(결전병기 3호…… [아크라 바스타]라면 해치울 수 있을까? 아니, 시기적으로 아직 완성되지 않았겠지. 하지만 이미 기초능력은 사용할 수 있게 되었을 거야. 그렇다면 [아크라]는 버틸 수 있겠지만……. 그래, 안 되겠군. 그건 빛의 브레스를 사용하지. 빛 상대로는 《공간희석》의 거리도 무의미할 테고, [바스타]가 수복 한계 횟수까지 파괴될 수도 있어. 게다가 사정거리 바깥에서 가하는 공격이 무효인 탓에 운동 에너지 폭격도 의미가 없고.)

그것은 랑그레이가 물은 '[글로리아]를 쓰러뜨릴 방법'에 대한 [대현자]의 고찰이었지만, 한 가지 커다란 문제를 포함하고 있었다.

그것은 방금 [대현자]가 이름을 거론한 [아크라 바스타].

[아크라 바스타]는 선선대 문명의 〈유적〉에서 비밀리에 **개발 중**인 결전병기이기에…… 아무리 [대현자]라 해도 알고 있을 이름이 아니었기 때문이다.

(5호…… [벨드리온]이라면 그나마 어떻게 해볼 수도 있었겠

지만, 600년 전에 [패왕(킹 오브 킹스)]과 [묘신(더 링크스)]에게 파괴당했지. 1호는 내보낼 수도 없고, 2호와 4호는…… 이미 내 손을 떠난 상태이니.)

[대현자]…… 자신을 그렇게 칭하는 남자는 한숨을 쉬고 하늘을 올려다보았다.

(뭐, 됐다. 어차피 그 [글로리아]도 '화신'들의 수하겠지. 열화 '화신'――〈마스터〉들의 증가도 그렇고, 녀석들은 2000년이 지나 마무리에 들어간 모양이니.)

그렇게 생각한 뒤, 그는 표정을 일그러뜨렸다.

마치 원수에 대한 분노와 그것을 멸시하는 기쁨이 한데 뭉친 것처럼 추한 표정으로.

(최악의 경우, 이 몸이 사라진다 해도 데이터를 수집하는 걸 우선시할까. 문제는 없다. 대신할 건 아직 있어. 다음 대 우리는…… 이미 있다.)

그런 생각을 하면서 [대현자]라 자칭하며 본명을 숨긴 남자는…… 자신이 100년 이상 지내온 성으로 돌아갔다.

□■왕도 알테어 왕성 알현의 방

[글로리아]의 왕도 도달이 내일로 다가온 그날, 알현의 방에서는 어떤 교섭이 마지막 단계로 들어서려 하고 있었다. 그것은

알터 왕국의 국왕, 엘도르 제오 알터와.

"그려~. 우리도 [글로리아]를 토벌할 때 낄 거여."

〈월세회〉의 오너, [여교황] 후소 츠쿠요와의 교섭이었다.

"〈월세회〉도 [글로리아] 토벌에 조력해주시는군요. 정말 든든합니다……."

"그려. 이짝에는 [글로리아]의 결계 안에 들어가도 괜찮은 멤버가 엄청 많으니께, 도움이 된다는 건 보증하제~."

엘도르는 츠쿠요의 대답을 듣고 안심했다.

지금까지 〈월세회〉와 진행한 교섭은 잘 풀리지 않았다.

오너인 츠쿠요와 연락이 되지 않아서 진행하지도 못했지만, 겨우 연락이 되어 이렇게 순조롭게 교섭을 진행하고 있다.

왕도까지 하루 남은 거리까지 다가온 [글로리아]의 요격. 왕국 최대 인원이자 전력을 따져도 강대한 〈월세회〉의 참전은 반드시 필요했고, 그 교섭도 이렇게 무사히──.

"고맙습니다. 이 은혜는……."

"단, 이 [계약서]에 왕족이 모두 사인해주면 말이제."

──끝날 리가 없었다.

"이건……? ……윽!"

츠쿠요가 내민 것은 최상급 [계약서].

그것은 계약을 어긴 자에게 **즉시 죽음을 선사할** 정도로 위험한 것이었다.

후소 츠쿠요는 그런 것에 '왕족 모두의 이름을 적어라'고 말했다.

그리고 가장 중요한 [계약서]의 내용을 엘도르가 살펴보자…….

"왕국 권력에 의한 〈월세회〉의 **탄압 금지**?"

"간단히 말하자믄 보증서여. '앞으로 〈월세회〉의 규모를 얼마나 확장하더라도 나라에서 〈월세회〉를 억누르거나 박살 내지 않겠습니다'라는 거제."

'종교 활동의 완전한 자유를 인정하게 만드는 것'이었다.

지금도 〈월세회〉는 종교로서 계속 확대되고 있다. 이미 천 명이 훨씬 넘었고, 그중에는 현실에서 신자였던 사람들 말고도 티안 신자도 다수 포함되어 있다.

그 확대 속도는 위정자에게 큰 위협을 느끼게 할 정도였다.

지금은 괜찮지만, 나중에 나라 내부에서 암세포로 변할 우려도 있다. 클랜을 완전히 없애지는 않더라도, 나라에서 어느 정도 제한을 가할 가능성은 충분히 있다.

그렇기에 먼저 손을 쓰려는 시도가 이 [계약서]였다.

"그려, 물론 보충사항으로 '〈월세회〉가 테러 등의 범죄행위를 저질렀을 경우에는 계약을 파기한다' 같은 조건은 넣을 거여. 안 그라믄 맘대로 날뛰는 거니께. 대신 '앞으로도 나라의 의뢰를 받아들일지는 〈월세회〉의 자유'라는 조건도 넣을 거지만~."

"하지만, 이건……."

최종적으로 이 왕국의 기반까지 뒤흔들지 모르는 집단에게 족쇄를 전혀 채울 수 없다는 것. 지금 닥친 위기를 피하기 위해 장래의 위험 요소를 풀어놓게 되는 선택이다.

"우리의 종교활동을 방해하지 않는다. 우리에게 억지로 의뢰를 강요하지 않는다. 우리가 범죄를 저지르지 않는 한 계속 지킨다. 어뗘? **그게 전부 아니여?**"

그 사실을 알면서도 이 암여우…… 후소 츠쿠요는 요구하고 있다.

조건으로 무언가를 내주는 것도 아니다.

계약을 어기지 않는 한, 아무도 희생되지 않는다.

그리고 눈앞에 닥친 위기에 대처할 수도 있게 된다.

척 보기에는 매우 평화적이고…… 암여우에게 **외통수가 걸린** 조건일 것이다.

"만약 그 계약을 체결하기 전에 억지로 받아들이게 한다면?"

"테러로 받아치것제~."

교섭에 참가한 [대현자]가 한 말에 즉시 그렇게 대답했다.

그 대답을 듣고 교섭 장소에서 웅성대는 소리가 울렸다. 비난하는 목소리도 많이 섞여 있었다.

"계약하기 전이라믄 종교 테러 같은 방법도 있으께. ──이미 그짝도 손을 써뒀고 말이여."

하지만 그렇게 웅성대던 목소리는…… 그 말로 인해 잠잠해졌다.

"무슨, 소리지?"

"지금 말이제~. 왕도하고 주요 도시에 카게양의 특수부대가 들어와 있거든?"

[암살왕(킹 오브 어새신)] 츠키카게 에이시로 휘하의 특수부대.

그들의 특기가 무엇이고 목적이 무엇인지…… 굳이 말할 필요도 없다.

"그리고, 예를 들자믄, 내가 이 왕도를 '밤'으로 뒤덮고, 카게 양이 에를쾨니히를 쓰믄…… 어떻게 되는지는 알제?"

후소 츠쿠요의 힘도, 측근인 츠키카게 에이시로의 힘도, 이 자리에 있는 사람들은 잘 알고 있다.

한정적인 광역섬멸형인 츠키카게와 그 한정을 한없이 넓힐 수 있는 광역제압형인 츠쿠요.

이 두 사람의 힘이 있으면 왕도를 괴멸시킬 수 있다는 것은 쉽게 상상할 수 있다.

"그만두지……!"

"딱히 할 생각은 없는디? 이건 어디까지나 왕국이 억지로 협력하라고 했을 때 말이니께. 이제 국왕 폐하가 고를 수 있는 선택지는 세 개여."

츠쿠요는 손가락을 세 개 펴고 말했다.

"[계약서]에 사인하고 우리 협력을 받아들인다.

[계약서]에 사인하지 않고 우리 협력 없이 맞선다.

억지로 말을 듣게 하려다가 양쪽 다 사라진다."

츠쿠요는 순서대로 선택지를 든 다음, 미소를 지으며 대답을 재촉했다.

"……괴물놈."

"그만둬!"

참석했던 귀족 중 한 명이 그렇게 말하자 다른 귀족이 나무랐다.

하지만 후소 츠쿠요는 그 말을 듣고 더욱 활짝 웃으며 이렇게 말했다.

"괴물맨치 무서우니께…… 우리한테 부탁하는 거 아니여?"

그야말로 괴물 같은 미소를 지으면서 후소 츠쿠요는 고개를 갸웃거리고 물었다.

"그래서 어쩐당가요? 국왕 폐하? 사인한당가요? 안 한당가요?"

그 마지막 질문에 엘도르는 잠시 고민하다가…… 결국 사인하는 것을 선택했다.

그렇게 [글로리아] 요격에 왕국 최대 클랜의 참전이 결정되었다.

매우 **평화적으로**.

제4막 ▷ 피가로의 선택

□결투도시 기데온 중앙 대투기장

중앙 대투기장. 로마의 콜로세움을 연상케 하는 건물 위쪽에 남자가 혼자 앉아 있었다.

"…………."

북서쪽을 바라보며 침묵하는 남자…… 왕국 결투 랭킹 제1위, [초투사] 피가로는 바람을 맞으며 그가 평소에 보이지 않던 침통한 표정으로 뭔가 생각하고 있는 모양이었다.

그가 보고 있는 것은 지평선 너머에 있을 강대한 괴물의 환상. 그것이 왕도를 습격하는 미래.

하지만 그는 동시에…… 과거의 환상도 보고 있었다.

체감으로는 이미 3년 이상 이전의 어떤 만남을.

피가로의 현실…… 빈센트 마이어스는 태어났을 때부터 심장에 중대한 질환을 떠안고 있었다.

심장의 고동이 빨라지면 목숨이 위험할 수도 있는 발작을 일으킨다는 희귀병이었다.

유복한 가정에 태어났기에 어렸을 때부터 치료를 받았지만,

결국 그가 성인이 될 때까지 낫지 못했다. 심장 이식수술조차 효과가 없다.

그런 병을 앓고 있는 그도 가족 복은 있었다.

'너는 자신의 인생을 살 거라. 그러기 위해서라면 우리는 얼마든지 도와주마.'

'우리는 네 부모니까. 사랑한단다, 귀여운 빈스.'

어렸을 때 들었던 부모님의 말을 그는 지금도 기억하고 있다.

어린 형제인 키스도 '형 몫까지 노력하겠다'며 가문을 이어받을 결심을 하고 있었다.

가족 복이 있다는 것에 그는 감사하고 있다.

하지만 그와 동시에…… 이런 생각도 들었다.

나는 행복하지 않을 것이다, 라고.

그의 다리는 한 번도 대지 위를 뛰어본 적이 없다. 운동은 심장에 부담을 주지 않는 산책 정도가 한계였기 때문이다. 달리기 같은 걸 하면 목숨이 위험하다.

그의 마음은 한 번도 만족스럽게 들떠본 적이 없다.

심장 고동이 빨라지면 생명이 위험했기 때문에 큰 감동을 주는 것을 볼 수도 없다.

가족과 함께 오페라를 보러 갔을 때도 발작 때문에 끝까지 보지 못했다.

절망하지는 않는다, 하지만 희망도 없다.

철이 든 뒤, 그는 그저 가슴이 뛰지 않게끔 책을 읽고, 그저 풍경을 바라보고, 먹고, 생각하고, 잠자고, 살기만 하는 존재였다.

마치 식물 같은 인생이었고, 한 번도 활력을 품어본 적이 없다.

자신의 모든 힘을 다할 기회를 가져본 적도 없다.

한 번도…… 생명을 불태우며 힘껏 움직인 적이 없다.

평화롭지만 폐쇄적인 인생.

그것이 빈센트 마이어스의 인생이었다.

그의 인생이 크게 바뀐 것은 키스가 〈Infinite Dendrogram〉을 그에게 선물했을 때였다.

키스는 '이건 VRMMO야! 그것도 진짜로!'라고 하며 기기를 건넸다.

정신만 전뇌세계로 날아가기 때문에 육체에는 영향이 없다. 그렇기 때문에 흥분으로 인해 심장발작이 일어날 걱정은 하지 않아도 된다. 키스는 그렇게 말하며 그에게 권했다.

그런 SF 소설 같은 게 정말 있는 건가? 그는 그렇게 생각했다.

그리고 만약 게임이 정말 광고 문구 그대로라 해도 역시 게임일 뿐이고, 움직여봤자 그것은 만들어낸 몸에 불과할 것이라고.

"…………."

하지만 만들어낸 것이라 해도…… 지금 그의 육체보다는 훨씬 나을 거라는 생각도 들었다.

그렇게 〈Infinite Dendrogram〉을 시작한 그를 기다리고 있던 것은 분명히 '진짜'라고 할 수 있는 세계였다.

완전한 리얼리티를 지닌 '유희(게임)'가 아니라 자기 자신으로서 살아갈 수 있는 '세계(월드)'. 그는 그 세계에서…… 태어나서 처음으로 가슴을 뛰게 만들 수 있었다.

예전에 가족과 함께 보지 못했던 오페라에서 따와 자신의 이름을 피가로라고 지은 그는 〈Infinite Dendrogram〉에서 자기 자신을 힘껏 움직일 수 있는 삶의 방식을 얻었다.

그런 피가로를 가장 강하게 끌어당긴 것이 결투였다.

현실에서는 심장 문제 때문에 스포츠를 관전하는 것조차 불가능했던 그도 아바타를 얻어서 관전할 수 있었다.

그가 처음으로 결투를 보았을 때는 〈Infinite Dendrogram〉 발매 직후였기 때문에 〈마스터〉 참가자는 없었지만, 티안의 투사들이 싸우는 광경을 보고 그는 감동했다.

온 힘을 다해 경쟁하고, 생명과 생명을 맞부딪히는 광경에 마음이 떨렸다.

지금까지 그가 원하여도 결코 얻을 수 없었던 것이 그곳에 있었다.

관전을 마친 뒤, 그는 [투사(글래디에이터)]로 전직하기 위해 수속을 진행했다.

그렇게 그는 [투사] 피가로가 되었다.

피가로가 〈Infinite Dendrogram〉을 시작하고 내부 시간으로 한 달 정도 시간이 지났을 무렵.

슈우와의 만남과 첫 〈UBM〉과의 전투를 거쳐 소속 국가를 레전더리아에서 알터 왕국으로 변경한 피가로는 기데온의 중앙 대투기장에 와 있었다.

그날은 그가 처음으로 결투에 참가할 수 있게 된 날이었다.

하급 직업인 [투사] 만렙을 찍고 결투 참가 자격 레벨에 도달한 피가로는 결투에 참여하기 위해 중앙 대투기장 접수처에 줄을 서고 있었다.

이 세계에 발을 내디딘 그의 마음을 뛰게 만들었던 결투 경기에 참여할 수 있게 되었기에 매우 감동하고 있었다.

그렇기에 왕국의 결투에 등록한 뒤 그날 바로 시합을 치뤘다.

참가자가 수천 명이 넘는 결투 랭킹 중에서 랭커라 불리는 30위 이내를 목표로 삼는다. 결투를 벌이는 나날이 시작되자 피가로는 주먹을 꽉 쥐었다.

그때, 그 옆에서 줄을 서 있던 사람도 비슷한 행동을 하고 있다는 것을 눈치챘다.

서로 얼굴을 마주 보았다. 상대방은 머리카락이 붉은 소녀를 데리고 있는 [검사(소드맨)]였다.

접수용지를 보아하니 그 [검사]도 오늘 등록한 참인 것 같았다.

그때는 딱히 이야기를 나누지도 않고, 서로 등을 돌린 뒤 각각 대기실로 이동했다.

하지만 투기장 무대로 올라섰을 때, 건너편에 있던 것은 접수처에서 옆에 서 있던 남자였다.

지나친 우연이라고 할 수는 없다.

양쪽 다 이제 막 등록한 참이고, 곧바로 첫 결투를 희망했고, 레벨도 비슷한 정도.

격이 비슷한 상대끼리 시합을 짜는 것을 고려하면 오히려 당연하다 할 수 있다.

『시합 개시!』

호령과 함께 두 사람의 첫 결투가 시작되었다.

두 사람의 결투는 랭커들끼리 벌이는 시합과 비교하면 많이 부족할 것이다.

아직 레벨이 낮고, 〈엠브리오〉도 하급인 두 사람. 높은 수준의 시합이 벌어지지는 않는다.

하지만 그렇기 때문에 그들은 격이 비슷한 상대와의 시합에 열중했다.

어느 쪽이 이길까, 어떻게 이길까.

그들은 자신의 몸과 무구를 구사하며 눈앞에 있는 상대에게 이기는 것을 목표로 싸웠다.

결판이 났을 때는 양쪽 다 만신창이가 되어서 최종적으로 어느 쪽이 이겼는지도 확실하지 않았다.

하지만 분명히 지금까지 벌였던 것 중에 가장 즐거운 싸움이었다고…… 양쪽 모두 느끼고 있었다.

"나는 폴테스라. 이쪽은 네일링이야."

시합이 끝난 뒤, 대전 상대…… 폴테스라는 그렇게 말하며 자기소개를 했다.

그렇게 말하는 것과 동시에 오른손을 내밀고 있었다.

"나는 피가로. ……좋은 시합이었어."

피가로도 그 말에 따라 자기소개를 하는 것과 동시에 그의 손을 잡았다.

""또 싸우자.""

그렇게 두 사람은 동시에 같은 말을 했다.

결투를 벌이던 도중에 같은 감동을 품었기에 나온 말이었다.

그렇게 두 사람은 친구가 되었고…… 호적수가 되었다.

첫 결투 상대였던 두 사람은 그 이후로도 셀 수 없을 정도로 많이 결투를 벌였다.

승부를 뒤집고 뒤집히면서 양쪽 다 랭킹을 올리는 나날.

30위를 넘어 랭커가 된 이후로도 두 사람은 계속 경쟁했다.

그런 나날을 보내다 피가로가 벽이라 불리던 톰 캣을 쓰러뜨리고 수천 명이나 되는 참가자들의 정점인 결투왕의 자리에 도달했다.

그럼에도 불구하고 그는 폴테스라와 결판을 냈다고 생각하지 않았다.

3위 이상은 한 단계 아래 순위만 도전할 수 있는 규칙이 있기에 폴테스라는 톰을 쓰러뜨리지 않는 한, 피가로와 맞붙을 수가 없다.

하지만 폴테스라라면 톰을 이기고 다시 나와 결투를 벌일 수 있을 것이다.

다시 싸울 날은 멀지 않았다, 피가로는 굳게 믿고 있었다.

◇

하지만 지금, 언제쯤 다시 싸우게 될 것인지…… 피가로의 눈에는 보이지 않게 되었다.

◇

"안녕~. 오늘은 꽤 표정이 어두운데~."

목소리를 들은 피가로는 의식을 과거의 회상으로부터 되돌렸다.

"……톰."

그렇게 말한 사람은 한 결투 랭커. 전 결투왕이자 현재 결투 랭킹 제2위, [묘신] 톰 캣이었다.

"왜 그런 표정을 짓고 있어? ……뭐, 이유는 알겠지만 말이야~."

"…………."

톰의 질문에 피가로는 대답하지 않았다.

하지만 톰은 아랑곳하지 않고 계속 말했다.

"[글로리아]지? 그거하고 어떻게 싸울지 고민하는 거 아닌가~?"

"……정확하진 않아. 애초에 싸우고 싶어도…… 싸울 수 없으니까."

"응?"

피가로가 한 말을 듣고 톰이 고개를 갸웃거렸다.

그 차이가 무엇일까…… 피가로의 성격을 떠올리자 정답에 도달했다.

그런 사실을 눈치챘는지 아닌지, 피가로는 톰이 말하는 것을 기다리지 않고 계속 이야기했다.

"[글로리아]는 강해. 〈바빌로니아 전투단〉 멤버들이 퍼뜨린 정보를 확인해보고 확실하게 알았지."

크레밀의 패배 이후, 〈바빌로니아 전투단〉은 그 전투에서 얻은 정보를 전부 인터넷의 〈바빌로니아 전투단〉 사이트에 공개했다.

그리고 〈Infinite Dendrogram〉 안에서도 싸움에 참여하지 못했던 멤버가 〈DIN〉을 비롯한 정보상, 보도기관에 곧바로 모든 정보를 넘겼다.

정보를 감추고 있던 다른 랭커들이 보기에는 매우 화가 나는 행동이었을 것이다. 〈바빌로니아 전투단〉 쪽에서도 감추고 있었다면 다시 싸웠을 때 MVP를 딸 수 있는 확률이 올라갔을 것이다.

하지만 그들은 그보다 정보를 넓게 퍼뜨려서 한시라도 빠르게 [글로리아]를 토벌하는 쪽을 원했다.

그것이 그들의 오너…… **마지막 부탁**이었기 때문에.

"톰에게는 미안하지만, [글로리아]는 내가 지금까지 쓰러뜨렸던 모든 상대를 상정하더라도 천칭 한쪽에 올려서 재볼 수조차 없을 정도야."

"아니, 그 판단이 맞을걸? 내가 그것을 이길 수 없다는 건 나 자신이 충분하고도 남을 만큼 알고 있어. 그것은 여러 〈초급〉이 도전하는 걸 전제로 삼은 괴물이야. 싸울 거라면 다른 〈초급〉이나…… 폴테스라와 힘을 합칠 정도는 해야 할 테고."

"…………그건."

"그래. 너는 애초에…… **그게 불가능하지.**"

톰이 한 말을 듣고 피가로는 고개를 끄덕였다.

그것 또한 그가 심장질환 때문에 떠안게 된 굴레.

그는 병 때문에 태어나고 나서 지내온 세월 동안 모든 것을, 누구와도 함께 하지 않았다.

그렇기에 평범하게 살았다면 당연히 가지고 있을 경험이 없다.

어렸을 때 다른 사람과 놀았던 경험도, 학교 수업 때 함께 운동한 경험도 없다. 〈Infinite Dendrogram〉을 시작하기 전까지 인생에서 그는 한 번도 다른 사람과 함께 행동한 적이 없다.

'연계하여 움직인다'는 지식은 있다. 지식밖에 없다.

그렇기에 누군가와 협력해서 움직인다……, 파티로 전투를 벌이려 하면 위화감이 든 뇌가 브레이크를 건다. 혼자서 움직일 때와 비교해도 움직임이 매우 안 좋아져서 그로 인해 퀘스트를 실패한 적도 있다.

피가로 스스로도 이해하고 있었다.

누군가와 연계하여 움직이는 것……, 그의 마음속에 그러기 위한 기본 자체가 없는 것이다.

20년 가까운 인생에서 쌓아온 나날이 무거운 족쇄가 되어 그의 움직임을 얽매고 있다.

지금까지 살아온 인생 대부분에 걸쳐서 만들어진 이 족쇄를 풀려면 오랜 시간이 걸릴 것이고……, 〈Infinite Dendrogram〉에서 몇 년을 보낸 지금도 아직 족쇄를 풀지 못하고 있었다.

그가 혼자(솔로)서 〈묘표미궁〉을 탐색하는 것도 그런 이유 때문이다.

"다른 사람과 공동전선을 펼치게 되면 너는 쓸모가 없어지지. 〈초급〉인 네가 쉽사리 패배하면 그로 인해 전선이 붕괴될 가능성도 있고. 그러니까 폴테스라도 네가 참전하는 걸 거절했을지도 몰라. 그래서, 넌 그것 때문에 계속 고민하는 거야?"

"……내가 고민하는 건 폴테스라와 함께 싸우지 못했다는 게 아니야."

"그래? 그럼 뭘 고민하는 건데?"

그 물음에 피가로는 잠시 침묵했다.

하지만 조금씩…… 중얼중얼 이야기하기 시작했다.

"폴테스라에게 메일을 받았어."

"……그가 보낸 메일, 말이지."

호적수로서, 그리고 친구로서, 두 사람은 현실에서도 메일을 주고받았다.

하지만 그렇게 하는 경우는 그다지 많지 않았다.

하고 싶은 이야기가 있으면 〈Infinite Dendrogram〉 안에서 하곤 했다.

하지만 이번만은 그럴 수 없었다.

데스 페널티 기간이 끝난 뒤에도 폴테스라는 돌아오지 않았으니까.

그가 피가로에게 보낸 메일에…… '나는 이제 돌아갈 수 없어'
라고 적혀 있었으니까.

『에리카가 이제 어디에도 없다는 것을 확인해버리는 게 두려
워서 견딜 수 없어.』

그의 부인까지 포함해서 그 도시에 남아 있던 주민들은 모두
행방불명되었다.

혹시나 어디론가 도망쳤을 가능성도…… 없다.

이미 사람을 수색하는데 특화된 직업이 주민을 수색하러 나섰
고, 모두가 '이미 이 세계의 어디에도 없다'는 사실만 알게 되어
버렸다.

모두가 [글로리아]가 날린 빛의 브레스에 증발해버렸기 때
문에.

폴테스라도 그 사실을 데스 페널티 기간에 알게 되었다. 잔혹
한 사실에 마음이 꺾여서 다시 로그인하여 스스로 확인하는 것
도 못 하게 되었다.

그에게 이 세계에서의 부인의 존재는 그만큼 무거웠다.

피가로의 호적수로서, 결투 랭커로서, 클랜의 오너로서.

계속 싸워온 남자의 모습은 그 메일 안에는 없었다.

하지만 무엇보다 피가로의 마음을 찌른 것은 메일 마지막에
적혀 있던 한 문장.

"'약속은 지킬 수 없다. 미안하다, 피가로.'"

그것은 호적수가, 친구가, 두 번 다시 피가로 앞에 나타나지
않겠다는 말.

'[글로리아]를 쓰러뜨리고 왕좌를 빼앗으러 가겠다'고 한 남자가 피가로의 세계에서 영원히 사라졌다는 것을 의미하는 말.

그 사실이 이 세계에서는 누구보다 강인해진 줄 알았던 피가로의 심장을 삐걱이게 만들었다.

"나는…… 폴테스라와 한 약속을 지키고 싶어."

이제 절대로 지킬 수 없게 된 결투의 약속.

지킬 수 없게 된 약속, 그럼에도 불구하고…… 피가로는 저버리고 싶지 않았다.

하지만 이미 약속한 상대는 이 세계에 존재하지 않는다.

그래도 약속을 지키겠다고 한다면.

"[글로리아]와 싸우는 것이…… 그와 한 약속을 지키게 되는 걸지도 몰라."

"……타임 어택이구나."

타임 어택. 그것은 같은 종류의 몬스터를 상대로 차례대로 싸워서 토벌하기까지 걸린 시간이나 입힌 대미지로 승부를 내는 결투 경기 중 하나.

피가로와 폴테스라는 직접 대결하는 것 말고도 이 경기로 자주 경쟁하곤 했다.

그렇기에 폴테스라가 이기지 못했던 [글로리아]와 싸우는 것도 그와 마지막으로 벌이는 결투라 할 수 있을 것이다.

승리할 것인가, 아니면 양쪽 다 패배할 것인가.

폴테스라와 한 약속을…… 지킨다.

그렇기 때문에 피가로는 [글로리아]와 싸우고 싶었다.

"하지만 그건…… 할 수 없어."

왕국은 남은 모든 힘을 쏟아부어 [글로리아]를 토벌해야만 한다.

피가로가 자신의 약속을 결투라는 형태로 지키려 한다면, 누구보다 빠르게 전장으로 가서 혼자 싸워야만 한다.

하지만 그 [글로리아]는 힘의 한계를 알 수 없는 대괴물이다. 이미 밝혀진 정보 말고도 무언가를 숨기고 있을 가능성이 크다.

그렇기에 전투를 벌이던 도중에 대참사를 일으킬 우려도 있었다.

크레밀에서 벌어진 전투 때 [글로리아]가 보여준 힘처럼 전투로 인해 새로운 재앙의 힘을 끌어내 버릴지도 모른다.

홀로 싸우는 피가로는 그것을 전부 받아내지 못할 것이다.

여러 사람이라면 힘을 발휘하여 쓰러뜨릴 수도 있는 것을, 쓰러뜨리지 못하게 될지도 모른다.

그리고 결과적으로 무시무시한 힘을 발휘한 [글로리아]가 그보다 나중에 싸우는 자들에게 얼마나 강한 힘을 휘두르게 될지…… 상상도 되지 않았다.

그렇게 되면 폴테스라 일행, 그리고 폴테스라가 죽게 하지 않았으면 했던 자들의…… 원수조차 갚지 못하게 되는 것이나 마찬가지다.

"나 때문에 그의 한을 풀지 못하게 될지도 모른다면……."

피가로는 자신의 불안한 마음을 털어놓으며 소원을 억누르려 했다.

그런 피가로의 말을 듣고.

"하하하, 그렇구나."

톰은 웃으면서 그의 어깨를 두드린 다음.

"바보 같은 소리 하지 마, 왕국 최강."

그가 한 말을 부정했다.

"너는 그렇게 쓸데없는 생각을 하면서 싸우는 사람이 아니잖아!!"

지금의 그를 부정하는 말과 함께 피가로의 볼을 후려쳐서 날렸다.

"······톰?"

볼에 통증을 느끼며 피가로는 깜짝 놀란 표정으로 톰을 바라보았다.

톰은 분노, 그리고 거기에 뒤섞인 다른 강한 감정을 표정에 드리우고 있었다.

"너는 나를 이겼어. 이 톰 캣을, 왕국의 〈마스터〉들이 넘어서야만 하는 벽 중 하나를 뚫었다고. 게다가 〈초급〉이 되기 전, [초투사]가 되기 전의 네가 말이야! **우리**의 예상을 넘어선 건 너라고!"

그 말에 어떤 마음이 담겨 있을까.

피가로는 그 사실을 알지 못한다.

하지만 그 말에 강한 열기가 담겨져 있다는 것은 실감하였다.

"그런 네가! 그때보다 강한 네가! 그렇게 망설이고 약한 모습을 보이면 어떻게 되는데! 너는 너답게! 근육뇌, 전투광답게! 아무 생각 없이 부딪히기만 하면 돼! 혼자서 부딪히더라도 그 머리 하나 정도는 잘라버리라고! 네 라이벌을 쓰러뜨려 버린 그 머리를 너 혼자 쓰러뜨려 버리라고!! 결투를, 약속을 포기하지 말란 말이야!!"

잠시 말을 멈추고.

"너에게, 그와 한 약속은 이것저것 생각하다가 포기해버릴 만한 거였냐고!!"

톰은 가장 중요한 말을 했다.

"_____."

톰이 한 말을 들은 피가로는 눈을 크게 떴다.

마치 망설이다가 답을 찾은 것처럼.

"……고마워, 톰."

피가로는 그렇게 말하고 고개를 들었다.

"나는, 나인 채로…… 약속을 지키고 올게."

그 말을 남긴 다음 순간에는 이미 피가로의 모습이 사라지고 없었다. 톰 캣이 눈을 돌린 곳에는 초음속으로 질주하며 왕도 쪽으로 뛰어가는 뒷모습이 있었다.

"다녀와라, 결투왕(챔피언)."

톰은 왠지 만족스러운 듯이 그 뒷모습을 배웅했다.

그리고 그 말고 아무도 남지 않게 된 곳에서 홀로 중얼거렸다.

"재버워크, 매드 해터, 이렇게 하면 너희 꿍꿍이를 무너뜨리게 될지도 몰라. 하지만 나는 그들의 자유를…… 그들의 마음을 존중할 거야. 그건 내게 〈초급 엠브리오〉를 늘리는 것보다 중요하니까."

톰은 미소를 드리우고.

"내 〈마스터〉는…… 그런 사람이었으니까."

아득한 과거를 떠올리는 듯이…… 마음에서 우러나온 말을 입 밖으로 꺼냈다.

□■〈천개산〉

〈경계산맥〉의 중앙에는 사람이 결코 발을 내디뎌서는 안 되는 산이 있다.

〈경계산맥〉은 천룡종의 소굴이지만, 이 〈천개산〉에는 용이 두 마리밖에 없다. 다른 천룡종은 이 산에 접근하지도 않는다.

그리고 서쪽에 사는 티안들은 '이 산에는 들어가지 말 것'이라고 수백 년 동안이나 정해왔다. 알터 왕국의 법에도 〈천개산〉에 출입하는 자를 극형에 처한다는 조항이 들어가 있다.

그 이유는 확실하다.

이 산에 사는 용이 어떤 생물보다 무시무시하기 때문이다.

그 이름은 [천룡왕 드래그헤이븐]. 선선대 문명 이전 시대부터 계속 살아왔고, **계속 죽었고, 계속 되살아난** 최강의 천룡이다.

지금은 기록에 남아 있지도 않지만, 예전에는 수많은 나라를 멸망시켰던 존재.

그러던 끝에 '화신'이라 불리는 존재와도 싸웠고, 패배해서 죽었고, 그리고 지금은 살아 있다.

생과 사를 초극한 가장 무시무시한 생물…… 아니, **생사물.**

그것이 [천룡왕]이다.

『……생각났다.』

〈천개산〉의 꼭대기에 있는 옥좌에서 [천룡왕]은 하얀 거체를 일으키며 그렇게 말했다.

이 산꼭대기에는 [천룡왕]과 두 **인간 형태인 자**밖에 없다.

"아버님. 생각나셨다고요?"

[천룡왕]이 한 말에 대답한 것은 그중 한 명이었다.

모습은 인간 같았지만, 그는 인간이 아니었다.

《인화》한 천룡이자, 천룡 중에서도 최상위 존재.

그의 이름은 [휘룡왕 드래그플레어]. [천룡왕]의 첫 번째 아들이자 버금가는 힘을 지닌 존재.

인간 모습으로 지내고 있는 것은 '그가 정체를 드러내면 이 옥좌의 방이 좁아진다'라는 이유 때문이다.

『[글로리아]다. 나는 그것을 본 적이 있다.』

"정말이신가요?"

『그래, [사룡왕]과 [광룡왕]의 아이다. 네가 태어나기 전, 산맥을 나서려 했기에 **내가 죽였던 파수꾼**이다.』

"어째서…… 아니, 그렇게 된 건가요?"

『그래. 보면 알겠지만 녀석들의 아이는 **기형**이었으니까. 솎아내기 전에 데리고 도망쳤겠지. 크크큭, 그 머리 세 개에 금빛 비늘. 틀림없다. 녀석들이 저항해서 아이를 놓쳤는데, 이제야 나타나다니. ……아, 그렇군.』

[천룡왕]은 말을 멈추고 뭔가 눈치챘다는 듯이 이렇게 말했다.

『'화신'이 손을 쓴 모양이군. 그래, 부모의 힘 말고도 무언가를 가지고 있구나 싶었더니, 녀석들이 손을 쓴 거라면 이해가 된다. 그 대가로 지금까지 어딘가에 봉인되어 있었다는 건가? 허나 내가 있는 이 〈천개산〉으로 오지 않고 인간들의 도시로 향하다니……. 크크큭, 녀석을 회수한 '화신' 놈들과 한 계약 때문인가?』

"…………."

첫째 아들인 [휘룡왕]조차 아버지가 한 말의 의미를 완전히 이해하지는 못하고 있었다. 선선대 문명 이전부터 살아온 [천룡왕]은 다른 용…… 다른 생물이 알지 못하는 것들을 너무 많이 알고 있다.

[천룡왕]은 자신의 지식을 자신의 아이들에게도 거의 알려주지 않았다.

반대로 말하자면 그것들을 알면서도 살아서…… 계속 존재할 수 있는 것은 [천룡왕] 정도밖에 없다. 그렇지 않다면 알게 된 시점에서 '화신'들의 손에 사라지게 되었을 것이다.

[천룡왕]은 죽어도, 봉인해도 불멸이기 때문에 '화신'들과의 거래를 통해 방치되고 있을 뿐이니까.

『흐음. 그런데 어찌할까. 나도 '화신'과 한 계약이 있다. 조건이 맞지 않으면 이 〈천개산〉에서 나갈 수가 없으니. 아르퀼이 그렇게 부탁하긴 했지만, 나는 움직일 수가 없다.』

아르퀼이란 [뇌룡왕]의 원래 이름이다. [용왕]은 〈UBM〉이 된 시점에서 이름이 [드래그] 아무개로 고정되지만, 지성이 있는 용 사이에서는 원래 이름으로 부르는 경우도 많다.

"아버님. 그럼 제가 그 마룡을 해치우겠습니다."

『안 될 거다.』

[천룡왕]은 첫째 아들의 말을 딱 잘라 반박했다.

『100에 도달한 너라면 결계로 죽진 않겠지. 하지만 너는 100의 벽을 넘어서지 못했다. 그 벽을 넘어서고, 아르퀼에게 분할되었던 〈UBM〉으로서의 리소스까지 얻어서 역량이 늘어난 [글로리아]를 이길 수는 없다.』

〈UBM〉이 〈UBM〉을 쓰러뜨릴 경우, 그것은 사람이 〈UBM〉을 쓰러뜨릴 경우와는 달라진다.

사람이라면 능력에 맞는 특전을 얻게 되지만, 〈UBM〉의 경우에는 순수한 힘을 얻게 된다.

게임으로 따지자면 막대한 경험치를 얻게 되는 것이다.

그리고 '격이 높은 〈UBM〉을 쓰러뜨린 경우에는 레벨 한계치가 올라간다'는 효과도 있지만, 〈SUBM〉인 [글로리아]에게 그 효과는 별로 의미가 없다.

또한, 〈UBM〉 중에는 '쓰러뜨린 상대의 힘을 흡수한다'는 능력으로 마치 특전 무구처럼 힘을 키워나가는 개체도 있지만, 그것도 지금은 관계가 없다.

어찌 됐든, 신화급 상위인 [뇌룡왕]을 쓰러뜨린 것으로 인해 원래 〈SUBM〉이었던 [글로리아]는 더욱 강해진 상태였다.

『애초에 내가 나선다 해도 녀석과 싸우면 영원히 결판이 나지 않을 것이다. 내 창은 녀석과는 들어맞지 않고, 녀석은 불멸인 나를 없애지 못한다. 결판이 난다 해도 그 무렵에는 이 대륙도 꽤 **조용해졌을 것**이다. 바보 같은 이야기지.』

그 결과를 상상한 [천룡왕]은 큭큭대며 웃었다.

『아니? '화신'놈들이 사태를 수습하러 나설지도 모르겠군. 그 것도 흥미롭긴 하다만. 그래도 그렇게 되면 앞당기게 된 만큼 열기가 식어버리겠어. ……크크크, 아쉽군, 아쉬워.』

"…………."

[천룡왕]은 대륙의 운명을 반상의 유희나 무대극처럼 즐기며 구경하고 있었다.

아니, 그가 내려다보며 즐기는 것은 자신까지 포함한 모든 생명의 운명일지도 모른다. 이 대륙에서 가장 초월적인 생사물의 스케일은 다른 자들, 그리고 그 말을 듣고 있는 그의 첫째 아들 조차도 이해하지 못할 정도였다.

『허나 구경만 하고 있을 수는 없지. 아르퀼의 마지막 부탁도 있으니.』

[뇌룡왕]이 마지막으로 한 말. 천룡이 사는 〈경계산맥〉, 그리고 인간 세계를 지키기 위해 [글로리아]를 해치워달라는 부탁.

[천룡왕]은 그것을 내치지 않을 정도로 셋째 아들에 대한 애정을 품고 있었다.

『나는 나설 수 없다. 아들은 이길 수 없지. 그렇다면 제3자에게 대행을 맡길 수밖에 없겠군.』

"그렇군요."

그때, 지금까지 침묵을 지키고 있던 두 명째 인간…… 두 명째 **인간 형태인 자**가 목소리를 냈다.

"**이런 저**에게 [글로리아] 토벌을 의뢰한다, 그런 뜻이죠?"

그자의 이름은── [범죄왕] 젝스 뷔펠.

왕국 출신 〈초급〉이자 왕국을 비롯한 각 나라에서 지명수배당한 대범죄자.

그리고…… [천룡왕]의 친구가 된 몇 안 되는 자 중 한 명이다.

젝스가 [천룡왕]과 알고 지내게 된 이유는 매우 간단했다.

바로 〈천개산〉으로 들어가는 것이 왕국의 법으로 극형에 처할 정도로 **큰 죄였기 때문**이다.

죄를 저지르고 '악당이 된다'는 목적밖에 없는 젝스. 〈천개산〉으로 침입하는 것이 왕국에서도 손꼽히는 큰 죄였기에 그가 적극적으로 움직일 이유로는 충분했다.

그렇기에 젝스는 홀로 〈천개산〉으로 들어가 방어하러 나섰던 [휘룡왕]과 교전했다.

[휘룡왕]은 최근 몇 년 동안 침입자…… 특히 〈마스터〉라 불리는 인종들이 증가하자 골머리를 앓고 있었다. 자신이나 아버지를 토벌해서 특전을 얻으려 하는 녀석들 때문에 진절머리가 나서 그자들을 해치우는 걸 작업처럼 진행하고 있었다.

하지만 젝스는 그전까지 온 침입자들과는 전혀 달랐다. 그는 침입한 시점에서 〈초급〉에 도달해 있었고, 그 전력은 신화급인 [휘룡왕]과 비교해도 손색이 없었다.

공세에 뛰어난 [휘룡왕]과 수세에 뛰어난 젝스, 두 존재의 싸움은 끝없는 승부 같은 양상을 보였다.

그것을 막은 것은 즐겁게 전투를 구경하던 [천룡왕]이 꺼낸 한마디였다.

'그러고 보니 너는 왜 여기에 온 거지?'라고.

[천룡왕]도, [휘룡왕]도, 처음에는 지금까지 왔던 침입자와 마찬가지로 토벌을 통해 얻을 수 있는 신화급 특전, 또는 명예를 노리고 온 거라 생각하였다.

하지만 [휘룡왕]과 싸우는 젝스의 눈빛은 매우 순수했다.

욕심 같은 것이 전혀 없고, 명예를 원하는 것처럼 보이지도 않았다.

'그렇다면 어째서', 그렇게 묻자 젝스가 한 대답이 방금 언급했던 '큰 죄이기 때문에'였다.

『〈천개산〉에 침입하는 것은 왕국에서도 최대 규모 범죄니까요.』

『그렇군. 허나 〈천개산〉에 침입하는 건 범죄지만, 우리를 토벌하는 것은 범죄가 아니다.』

『그렇다면 그만두겠습니다.』

[천룡왕]이 한 말을 듣고 젝스는 쉽사리 공격을 멈추었다. 싸우고 있던 [휘룡왕]이 허탈해서 목소리도 내지 못할 정도로, 전투는 정말 맥빠지게 끝이 났다.

[천룡왕]은 젝스의 행동을 보고 크게 웃으며 마음에 들어 했다.

그 이후로 젝스는 가끔 [천룡왕]의 초대를 받아 〈천개산〉에 가곤 했다.

초대를 받긴 했지만 그런 사정을 알지 못하는 왕국은 침입할 때마다 젝스의 죄를 추가하고 있다. 젝스도 '올라가기만 해도 범죄라니, 좋은 곳이네요'라고 생각하며 매번 [천룡왕]의 초대를 받아 신세를 지고 있었다.

[천룡왕]의 곁에 있는 [휘룡왕]은 '이래도 되는 건가?'라고 생각하면서도 결국 아버지의 뜻에 따르고 있었다. 그리고 이야기를 나누다가 젝스와 친구 같은 관계를 맺게 되었다.

그도 아버지가 아닌 상대와 나누는 이야기에 굶주렸는지도 모른다.

그리고 [글로리아]가 나타나고 1주일이 지난 이 날, 젝스는 또 초대를 받고 와 있었다.

『녀석의 토벌을 맡아준다면 내가 보수를 지불하지. 아직 뭘 줄지 정하지도 않았다만, 충분한 대가를 지불할 것을 이 [천룡왕]이 보장하마.』

"제가 퀘스트를 받는 건 오랜만인데요."

『……예전에 범죄를 알선해주는 조직도 도망쳤다고 했지.』

"슬프게도 말이죠."

모험자 길드처럼 무법자들 사이에서도 퀘스트를 받을 수 있는 조직이 있다.

하지만 젝스는 〈초급〉 범죄자로서 그런 조직에게도 두려움을 사고 있었다.

젝스가 '범죄를 알선해주는 조직이 있다'는 정보를 입수하고 의기양양하게 가보니 알선 조직이 야반도주하듯이 왕국에서 철수했다는 일화가 있다.

『그리고 말이다. 너도 [글로리아]가 왕국을 멸망시키면 곤란할

게다.』

"무슨 뜻이죠?"

『왕국이 멸망하게 되면 왕국이 쌓아온 네 죄가 전부 사라지게 된다. 그건 곤란하겠지?』

"……곤란하네요."

젝스는 진지한 표정으로 그렇게 말했다.

일반적인 범죄자라면 기뻐하겠지만, 이 남자의 목적은 죄를 쌓아서 악당이 되는 것이다.

그렇기에 '죄가 전부 사라집니다'라고 하면 오히려 곤란하다.

"하지만 아버님. 젝스와 저는 호각입니다. 토벌을 의뢰한다 해도 제가 이기지 못하면 젝스도 이기지 못하는 게 아닌지요."

『그럴지도 모르지. 하지만 네가 쓰러뜨리지 못하고, 젝스가 쓰러뜨릴 수 있는 [글로리아]도 있다.』

"……?"

[휘룡왕]은 의아하다는 표정을 지었다.

[천룡왕]이 한 말을 들어보니 마치 [글로리아]가 **여러 마리 존재한다**는 것 같았다.

"그렇군요. 역시 **그건** 그런 거였나요?"

하지만 정작 젝스는 이해가 간다는 듯이 고개를 끄덕이고 있었다.

『후후, 이해했나.』

"네. 저도 〈바빌로니아 전투단〉의 전투 영상을 보았으니까요. 그리고 현장 사진이 실려 있는 신문도요."

[천룡왕]이 본 광경을 알지 못하고, 인간 세계의 신문도 보지 않는 휘룡왕은 무슨 뜻인지 알 수가 없었지만, 이 두 사람이 이해하는 무언가가 있을 거라 짐작했다.

종잡을 수 없는 아버지와 친구와 이야기를 할 때는 어느 정도 흘려들을 필요가 있다는 점을 그는 잘 알고 있었다.

"그럼 저는 그것을 수색하러 가겠습니다. 당신의 **눈**으로도 보이지 않는 거죠?"

『그게 오히려 어디에 있는지 알려주고 있는 거나 마찬가지다만.』

"그렇군요. 그럼 시간도 얼마 남지 않았을 테니 이만 실례하겠습니다."

『그래. ……그렇지. 네게 의욕이 날 만한 사실을 가르쳐주마.』

"?"

『저 [글로리아]는 새로운 〈초급〉을 만들어내기 위해 이 세계를 관리하는 존재가 보낸 자다. 그러니 말이다.』

[천룡왕]은 입가를 일그러뜨리며 젝스에게 이렇게 말했다.

『새로운 〈초급〉이 태어나기 전에 저것을 쓰러뜨리는 것은——말하자면 하늘의 의지를 거스르는 **큰 죄**라 할 수 있겠지.』

"아—— 그거 좋네요."

누구보다 죄를 원하는 젝스는…… 활짝 웃으며 〈천개산〉을 뛰어 내려갔다.

◆

『자, 젝스에게 줄 보수는 뭐가 좋을까. 딸이라도 시집을 보낼까.』

"아버님, 시집 보낼 누이는 없습니다. 누님은 예전에 [패왕] 밑으로 들어가 함께 봉인되었고, 큰 여동생은 캐서린 콩고라는 〈마스터〉를 따르고 있습니다. 작은 여동생은 아직 너무 어릴 테고요."

『크크큭, 그랬지.』

젝스가 떠난 뒤, [천룡왕]은 즐겁게 그런 말을 꺼냈다. 그와 동시에 이제부터 벌어지게 될 [글로리아]와의 마지막 전투를 기대하고 있었다.

『그건 그렇고 요즘 인간 세계를 보면 질리지 않는군. [패왕]들의 시대와 그 이후의 [성검왕(아즈라이트)]의 시대, 그것들이 끝난 뒤로는 따분했으니 말이야. ……이런 사건이 있으니 살자는 마음도 들고.』

"아버님."

『크크큭, 네놈도 오래 살다 보면 이해가 될 게다.』

왠지 싫증 나는 기색이 뒤섞인 눈빛을 보이며 [천룡왕]이 말을 토해냈다.

『허나, 겨우 수백 년이면 아직 덜 산 거겠지. 너도…… 아르퀼도 말이다.』

"……아버님?"

[천룡왕]은 그렇게 말하고 몸을 일으켰다.

『자…… 슬슬 되돌려주도록 할까.』

그렇게 중얼거린 [천룡왕]의 입에서 새어 나온 것은 이해할 수 없는 언어의 파도.

인간 범주 생물의 언어도, 비인간 범주 생물의 언어도, 용의 언어도, 선선대 문명의 고대어도 아니었다.

아득히 먼 옛날 언어를 노래하는 듯이 자아내면서 [천룡왕]은 마지막으로 이렇게 말했다.

『──《헤븐즈 레저렉션》.』

그 선언 직후, [천룡왕]의 몸에서 막대한 에너지와 빛기둥이 솟구쳤다.

그 에너지는 [천룡왕]의 눈앞에 모여들었고, 이윽고 형태를 갖추었다.

그것은 네 다리, 긴 목, 꼬리, 그리고 거대한 날개를 지닌 생물── 드래곤.

온몸에 번개를 두른 그 용은── [뇌룡왕 드래그볼트]였다.

그렇다, [글로리아]에게 살해당한 [뇌룡왕]이다.

"이럴 수가?! 아르퀼?! 어째서, 죽었을 텐데……!"

눈앞에서 되살아난 동생을 보고 [휘룡왕]이 경악했다.

소생 가능 시간…… 같은 문제가 아니었다. 이곳에서 멀리 떨어진 곳에서 육체조차 빛의 먼지가 되었던 [뇌룡왕]을 눈앞에서 소생시킨 것이다.

아무리 뛰어난 [사령술사(네크로맨서)]라 해도 불가능하다는 무로부터의 소생.

현재 그것을 행사 가능한 극히 소수…… 둘밖에 없는 존재 중 하나.

그것이 [천룡왕 드래그헤이븐]이다.

『그렇군. 그러고 보니 너희에게는 보여준 적이 없었지. 크크 큭, 쓰지 않은 지 천년은 되었어. ……흐음, 역시 **깎여나가는군.**』

하지만 [뇌룡왕]도 생전과 동일한 상태는 아니었다. 몸집은 꽤 많이 줄어들었고, 두르고 있는 번개도 예전처럼 강한 힘이 느껴 지지 않았다.

무엇보다 머리 위에 뜬 이름이 [뇌룡왕 드래그볼트]가 아니라 [하이엔드 라이트닝 드래곤]이라는 순룡의 종족명으로 바뀌어 있었다.

『이, 건? 나는, 죽었을 텐데…….』

의식이 돌아왔는지, 그는 무슨 일이 일어난 것인지 모르겠다 는 듯이 말했다.

『운이 좋았구나, 아르퀼. 너를 쓰러뜨린 자가 사람이었다면 혼과 개념의 모든 것이 사람의 무구로 변했을 것이다. 리소스 말고는 손댄 것이 없었기에 재구성할 수 있었던 것이니.』

『아버님…….』

그 말을 듣고 아르퀼은 목숨을 잃은 자신을 다시 불러들인 자 가 아버지라는 사실을 이해했다.

『허나 [뇌룡왕]이라는 이름을 잃었고, 네놈을 지탱하던 리소스 는 [글로리아]에게 **빼앗긴 상태다.** 내가 다시 끌어당긴 반동, 약 체화도 있지. 지금 너는 평범한 천룡이다. 한동안은 힘을 되찾기 위해 수행이라도 하거라.』

『……네. 하지만 아버님! 저를 죽인 그 광룡놈은……!』

『건재하다. 공작 영지를 멸망시키고, 옛 성채를 없애고, 조만간 왕도에 도달할 것이야.』

『……윽!』

그의 눈에 친구의 목숨마저 빼앗긴 분노가 타올랐다.

이제 막 부활한 다리에 힘을 주고.

『가지 마라?』

그 시선과 말이 압력을 지니고 아르퀼의 움직임을 막았다.

『지금 네 힘으로는 무대 위로 올라갈 수도 없다.』

『……!』

아버지가 한 말을 그 누구보다 [뇌룡왕]…… 아르퀼 자신이 이해하고 있었다.

몸에 가득 차 있는 힘이 예전과는 비교도 할 수 없을 정도로 약해졌다는 사실을 실감하고 있었다.

『아버님…… 저는! 저는 자신의 무력함이 원망스럽습니다……!』

자신이 그 광룡에게 승리했다면 그 뒤로 이어진 비극도 일어나지 않았을 것이다, 아르퀼은 그렇게 한탄했다.

『하하하, 한탄하거라. 그 한탄은 네놈의 수행에 양분이 될 것이야. 나도 몇 번이나 지고, 한탄하고, 죽고, 되살아나며 힘을 길렀는지. 이제 셀 수조차 없구나.』

『아버님…….』

『하지만 그 광룡…… [글로리아]를 처리하는 것은 인간의 손에 맡기거라.』

[천룡왕]은 멀리 떨어진 어딘가를…… 왕국을 어지럽히는 삼두룡, 그리고 그것과 싸울 준비를 하고 있는 인간들의 모습을 바라보았다.

『구경하자꾸나. 왕국의…… 인간 세계의 운명을 건 싸움을.』

그리고 더욱 활짝 웃으면서.

『그리고 언젠가 벌어지게 될 싸움의 전초전을 말이다.』

조바심이 난다는 듯이 그렇게 중얼거렸다.

□왕도 알테어 왕성 최심부

알현의 방에서 불청객, 또는 고대하던 손님과 벌이는 교섭에 왕성의 이목이 집중되는 와중에 왕성 최심부에서는 한 소녀가 침대 위에 걸터앉아 있었다.

그녀의 이름은 테레지아 C 알터. 이 알터 왕국의 제3왕녀이자 선천적으로 병약했기에 왕성 최심부의 무균처리 및 치유 결계가 있는 방에서 생활하는 소녀였다.

태어날 때부터 왕국에 전해져 내려온 [원시성검]에게 선택받은 큰 언니나 지나칠 정도로 활발하고 천진난만함을 발휘하는 작은 언니와는 달리 테레지아는 바깥을 돌아다니지 않고 하루 중 대부분을 왕성…… 이 방 안에서 지내고 있다.

성안이 후소 츠쿠요와의 교섭…… 나아가서는 왕족들이 [계약서]에 목숨을 건 서명을 하게 되어 소란스러운 와중에도 그녀는 자신의 방에서 조용히 지내고 있다. 소란과 상관이 없는 이유는 어린 그녀와 한 살 연상인 언니만은 서명이 면제되었다는 사정 때문이기도 했지만.

"…………."

테레지아는 고양이처럼 허공을 바라보고 있다가 갑자기 문을 돌아보았다.

"오랜만이야. 인형옷 씨."

『……그래.』

거기 서 있던 것은…… **미국너구리** 인형옷이었다.

"오늘은 카멜레온이 아니네."

『이것도 《기척차단》 스킬이 달려 있으니까. 그쪽하고는 달리 《광학미채》는 없지만, 오늘은 여기도 꽤 허술하니까 그냥 왔어.』

이름이 [Q극 인형옷 시리즈 오펀 로어]라는 인형옷을 입은 그 남자—— 왕국이 자랑하는 〈초급〉 중 한 명인 [파괴왕], 슈우 스탈링은 테레지아에게 다가가 이야기하기 편한 위치에서 멈춰섰다.

테레지아는 코를 킁킁거리며 어떤 냄새를 맡았다.

"모르는 냄새인데. 어디 멀리 다녀왔어?"

『카르디나. 흙 놀이를 좋아하는 마법 바보하고 붙었지.』

그렇게 말한 다음 슈우는 뭔가 후회하는 듯이 말을 꺼냈다.

『……왕국으로 돌아오는데 1주일이나 걸렸어.』

1주일. 그것은 이 왕국에서 [글로리아]가 날뛰어댄 기간이다.

그는 [글로리아]가 나타났다는 소식을 듣고 곧바로 귀국길에 올랐다.

하지만 〈초급〉이여도 카르디나의 대사막을 넘어서 왕국으로 귀환하기까지 시간이 꽤 걸려버렸다.

"마음 아파할 필요는 없을 것 같은데."

테레지아는 슈우를 위로하는…… 게 아니라 그저 사실로서 이렇게 말했다.

"애초에 인형옷 씨가 [글로리아]와 싸울 의무가 있는 것도 아니니까. 〈마스터〉는 자유. 그런 거 아니야?"

『……그래. 하지만 〈DIN〉이나 그쪽에서 들은 이야기인데, 상황은 최악에 가깝다면서?』

"알테어는 멸망할지도 모른대. 성안에서도 시녀가 그렇게 이야기했어."

『그런 것 치고는 일하는 사람 숫자는 줄어들지 않았네.』

"다들 책임감이 강하니까. 도망치면 되는데."

테레지아가 그렇게 말하는 목소리는 어린 소녀 특유의 혀짧은 소리이긴 했다.

하지만 그 내용은 나이에 맞지 않게 어른스러웠다. 테레지아는 지구로 따지면 아직 초등학교도 가지 않은 나이이기 때문에 매우 위화감이 드는 광경일지도 모른다.

하지만 그녀가 이렇게 이야기하는 상대는 한정되어 있다. 두 사람과 한 마리…… 눈앞에 있는 슈우와 그녀의 애완동물인 거대 햄스터, 그리고 예전에 그녀를 납치한 적이 있는 대범죄자뿐이다.

생각해보니 그 유괴사건 이후로 이렇게 방을 찾아오는 슈우와 테레지아가 교류하기 시작했지만, 지금 이야기할 일은 아니다.

『⋯⋯모두가 도망치면 그때 넌 어떻게 하려고?』

"딱히 어떻게 하진 않아. 이 성에 쳐져 있는 결계 안에서만 내 몸 상태⋯⋯ **그것**이 안정되니까. 이 성에서 [글로리아]를 기다리겠지."

전개된 《절사결계》로 인해 주위에 있는 499레벨 이하의 인간을 모두 말살하는 [글로리아]를 기다린다. 그것은 곧 죽음을 의미하고 있었다.

하지만 그녀는 자신이 죽는다는 것에 별다른 감흥이 없다는 듯이 계속 이야기했다.

"마지막으로 내가 그것을 **길동무**로 삼을 수 있다면 좋겠지만. ⋯⋯아, 그때는 이 알테어가 망가지겠네. 왕국의 모든 영토에 피해가 확대되는 것보다는 나을지 모르겠지만."

『⋯⋯네 애완동물인 **도마우스**는 어쨌어?』

"도라면 없어. 분명 **일** 때문에 바쁜 거겠지. '투하가 너무 빠르다'고도 했으니까 예정이 어긋난 거 아닐까?"

『⋯⋯⋯⋯⋯.』

그녀가 한 말의 내용에 대해 슈우는 생각에 잠겼다.

하지만 그런 슈우는 아랑곳하지 않고 테레지아는 계속 이야기했다.

"인형옷 씨도 얼른 채비하는 게 좋을 거야. 인형옷 씨가 어떤 선택을 하더라도 말이지."

테레지아는 슈우에게 싸우든 도망치든, 아니면 다른 길을 선택하든 어서 움직이는 게 나을 거라고 말했다.

하지만 그것은 선택을 재촉할 뿐, 선택해줬으면 하는 답을 알려주는 말이 아니었다.

『…………테레지아.』

그런 그녀에게…… 슈우는 인형옷의 머리를 벗고 맨얼굴로 마주 보았다.

"테레지아, 너는 그래도 괜찮아?"

직접, 똑바로 눈을 마주 보며 슈우는 물었다.

그럼에도 불구하고 테레지아의 눈빛은 흔들리지 않았다.

"알티미어 언니는 선천적으로 가지고 태어나버린 힘과 제1왕녀로서의 책임을 이중으로 짊어지고 있어. 하지만 나는 이렇게 쉬고 있을 뿐, **한쪽만** 짊어지고 있으니까. 이런 상황에서 균형을 맞추지 않으면 불공평하지."

테레지아는 그렇게 말하면서…… 처음으로 아이다운 미소를 지었다.

"그리고 엘리자베트 언니는…… 오히려 아무것도 짊어지지 않고 자유롭게 살아주었으면 하니까. 그러니까 나는 내 소중한 가족을 지키기 위해서 내가 짊어진 힘을 여기서 쓸 거야."

그것은 각오를 다지고 한 말……이 아니다.

어린 그녀가 한 말은 그런 게 아니다.

그저 우선시해야만 할 것을…… 자신에게 소중한 것을 선택했을 뿐이다.

그것은 자신의 목숨보다 자신이 정말 좋아하는 가족을 선택한 소녀의 말이었다.

"…………."

그런 그녀의 선택 앞에서 슈우는…….

『……볼 일이 생각나서 가볼게곰.』

인형 머리를 다시 쓰고 그렇게 말한 다음 테레지아에게 등을 돌렸다.

"어머, 뭔데?"

『산책.』

테레지아의 물음에 그렇게 대답하고 미국너구리 인형옷을 입은 슈우는 테레지아의 방을 떠났다.

◇

성안에서 《기척차단》으로 누구에게도 들키지 않고 탈출하여 귀족가로 나온 슈우는 왕도의 뒷골목에 도착했다.

큰길은 피난민들로 가득 차 있었지만, 뒷골목에는 정반대로 인기척이 없었다.

그런 뒷골목을 혼자 걸어가던 슈우는 갑자기 혼잣말을 흘렸다.

『결국 그 녀석은…… 싸워달라는 말을 한마디도 안 했지.』

슈우가 싸워서 승리할 수 있다면 [글로리아]의 왕도 도달은 막아낼 수 있다.

왕도에 있는 티안의 목숨을 구할 수 있다. 테레지아도 죽지 않는다.

그럼에도 불구하고 슈우가 [파괴왕]이라는 사실을 알고 있는 테레지아는 슈우에게 '싸워줘'라고 하지 않았다.

최악의 결과 속에서 자신이 해야 할 일을…… 그녀가 지키고 싶어 하는 자들에 대해 생각하고 있었다.

마치 그녀 자신이 태어난 의미가 그 순간에 있다고 하는 듯이…….

『그런 건…… 그 녀석 나이에는 아직 이르다고.』

자신의 마음속에 생겨난 짜증을 담아 슈우가 벽을 후려치자 벽돌로 만든 폐가가 일격에 무너졌지만…… 주변에 인기척이 없었기에 소동이 일어나지는 않았다.

입고 있던 인형옷 특전 무구도 그의 주먹이 일으킨 반동을 견뎌내지 못하고 너덜너덜하게 부서지기 시작했다.

슈우는 아랑곳하지 않고 곧바로 계속 걸어가려다가.

"——꽤 짜증이 많이 난 모양이구나, 슈우."

뒤에서 목소리가 들리자 멈춰 섰다.

"……카르디나에 갔을 때부터 시선이 느껴지긴 했는데, 역시 너냐. **험프티.**"

슈우가 뒤를 돌아보자 뒷골목 가운데에 이질적인 존재가 떠 있었다.

알과 비슷하게 생긴 타원형 희미한 막으로 둘러싸인 생물.

그녀가 바로 〈엠브리오〉를 담당하는 관리 AI 2호―― 험프티 덤프티.

슈우의 캐릭터 생성을 담당했던 관리 AI이며 그 이후로도 여러 번 마주친 상대다.

"그래, 카르디나야. ……너희들, **내가 카르디나에 있는 타이밍을 노리고** [글로리아]라는 망할 용을 풀어놓은 건 아니겠지?"

"부정하진 않겠어. [초투사]나 [여교황], 그리고 [범죄왕]과는 달리 당신은 솔선해서 사태를 해결하기 위해 움직여버릴 거잖아? 착한 마음씨가 뼛속까지 스며들어 있으니까."

슈우가 묻자 그녀는 미안하다는 표정은커녕, 오히려 미소를 지으며 그렇게 말했다.

"당신 혼자서 이기지 못한다고 해도, 당신만큼 강한 〈마스터〉가 싸우면 그 시점에서 [글로리아]의 스킬이 들통나 버리지. 그러면 대책을 세워버릴 테고, 다른 〈마스터〉들의 한계를 재볼 수 없게 돼. ――새로운 〈초급〉을 만들기 껄끄러워지잖아."

바로 그것이 목적이다, 험프티는 활짝 웃으며 그렇게 말했다.

"[검왕]은 봐줄 만한 구석이 있긴 했지만, 분명 이제 틀렸을 거야. 꺾여버렸으니까. 아, 그러고 보니 〈엠브리오〉가 꺾이지 않았다면 〈초급〉이 되었을지도 모르겠네. 메이든의 ■■■는 그렇게 궁지에 처할수록 발동이……."

"한 가지만 말해두지."

그녀는 지금까지 [글로리아]와의 전투에서 가장 〈초급〉에 도달할 가능성이 컸던 예를 들었지만, ……그런 건 슈우에게 어찌 되든 상관이 없었다.

오히려 눈앞에 있는 험프티가 그것을 노리고 이번 사건을 일으켰다면…… 슈우는 그 반대로 그것을 노리지 않는다.

"새로운 〈초급〉 같은 건── 그 망할 용하고 싸워서 생겨나지 않을 거야."

그녀의 목적을 부정했다.

그것은 그의 결의. 그렇기에 마무리는.

"[글로리아]는── 우리가 파괴해주지."

슈우의── [파괴왕]으로서의 선언이었다.

"………………."

슈우가 한 말을 듣고, 아니, 그가 한 말에서 전해지는 의지를 느끼고 험프티는 할 말을 잃었다.

슈우는 그런 험프티에게서 등을 돌리고 다시 걸어가기 시작했다.

왕도로 진격 중인 [글로리아]가 있는── 왕도 북서쪽의 〈노베스트 협곡〉으로 향해…….

슈우가 떠난 뒤, 험프티는 홀로 뒷골목에 남게 되었다.

주위에는 여전히 인기척이 없다.

애초에 폐가라고는 해도 건물이 무너졌는데 경비병이 한 명도 오지 않는 것이 이상하다. 이 험프티가 어떤 수단으로 사람이 오는 것을 막고 있었기에 뒷골목에는 사람이 없었다.

하지만 그런 건 험프티에게 중요하지 않았다.

"후후후, 아하하하하하하."

험프티가 웃음을 터뜨렸다.

고운 발과도 같은 막 안에서, 투명한 껍질 안에서, 소녀 같은 모습의 관리 AI가 웃었다.

그것은 그녀가 선택한 〈마스터〉가 그녀가 원하는 모습이었기 때문……이 아니다.

행동은 같아도…… 느껴지는 의지가 그녀의 상상을 훨씬 뛰어넘을 정도로 강했기 때문이다.

"슈우. 그래서 당신을 좋아해. 당신만큼 보고 있으면 질리지 않은 동조자(〈마스터〉)는…… **내가 살아 있었을 무렵**에 한 명도 없었으니까."

그리고 험프티는……, TYPE : 인피니트 보디로 분류되는 〈무한 엠브리오〉는 앞으로 일어날 일을 상상하고 기뻐하며 웃고 있었다.

제6막 ▷ 사자와 용

□■???

『왕국의 〈초급〉이 [글로리아]에게 접근하고 있다.』

『그으거, 그으거, 차암. 드디어 나선 모양이로군요오.』

『막을 생각은 없지만, 정말로 왕도에 도달해버리면 이후의 스케줄도 수정할 필요가 있으니까. 뭐, 나라가 하나 정도 없어지면 활력소가 되어서 좋을지도 모르겠다만.』

『그러니 어느 쪽이든 상관없다는 거지? 재버워크.』

『그렇다, 3호(퀸). 하지만 새로운 〈초급〉이 생겨나지 않는 케이스만은 곤란하군.』

『곤란하다, 라. 흥, 네가 곤란할지 어떨지는 〈초급〉에게 달려있겠지. 지켜보자고, 그 녀석들이 눈여겨보고 있는 왕국 〈초급〉들의 실력을 말이다.』

『그래.』

『아무리 강하다 해도 [글로리아]…… The Glory Select.E.R를 막을 수는 없겠지만.』

◇◆◇

□■알터 왕국 〈노베스트 협곡〉

왕도의 북서쪽에 있는 〈노베스트 협곡〉은 사람이 잘 가지 않는 지역이다. 사라져버린 크레밀에서 왕도로 이동할 경우에도 일단 남쪽으로 가서 〈웨즈 바닷길〉을 통해 왕도로 간다.

어째서 일부러 돌아갈까. 그 이유는 이 〈노베스트 협곡〉은 지면에 많은 균열이 존재하며, 각각 폭 1킬로메텔, 길이 수 킬로메텔, 깊이는 수백 킬로메텔 정도로 거대하기 때문이었다.

이 지형은 자연스럽게 생겨난 것이 아니라 선선대 문명 말기에 벌어진 전란으로 생겨난 **상처**라고도 한다.

어찌 됐든 거대한 균열이 연달아 있는 이 지역에 다리를 놓고 돌아다니는 것은 수고가 매우 많이 드는 작업이며, 주변 지역보다 레벨이 높은 몬스터가 파괴할 우려도 있었다.

그렇기에 이 〈노베스트〉 협곡은 교통으로 이용하지 않아서 몬스터들이 생식하는 무인지대가 되어 있었다.

하지만 사람이 지나갈 수 없는 지역이라 해도 지나가는 자는 있다.

크레밀을 멸망시키고 왕도로 향하던 [글로리아]는 인간들처럼 우회하지 않고 〈노베스트 협곡〉을 직진하며 왕도로 가고 있었다.

[글로리아]는 자신의 거대한 몸이 다 가려질 정도로 깊고 거대한 균열 바닥을 나아간다. 그 발걸음에는 힘이 실려 있었다. 회복하는데 거의 하루를 통째로 들인 결과, 상처는 전부 나았고, 심장도 재생되었다.

날개와 꼬리는 여전히 잃어버린 상태였지만, [글로리아]는 〈협곡〉의 균열 바닥을 천천히 나아가면서, 〈협곡〉의 생물을 《절사결계》로 말살하며 왕도로 향하고 있었다.

지형도, 거기에 사는 몬스터도, 생물의 한계를 초월한 존재인 [글로리아]의 전진을 막아설 수 없었다.

[글로리아]를 막을 수 있다면 그것은 분명히…… 마찬가지로 한계를 넘어선 존재뿐이다.

"……왔군."

마치 왕처럼 균열 바닥을 걸어가고 있는 [글로리아]의 기척을 느끼면서 그 사람── [초투사] 피가로는 혼잣말을 중얼거렸다.

"그래, 저건 정말 강할 것 같군."

〈묘표미궁〉의 솔로 어택을 생업으로 삼고 있는 피가로는 심층에서 〈UBM〉을 여러 번 목격했다. 신화급에 해당되는 〈UBM〉과도 여러 번 마주쳤고, 쓰러뜨린 적도 있다.

그중에서도 최강의 상대는 드래곤의 영역을 랜덤으로 돌아다니던 신화급, [멸룡왕 드래그핀]이었을 것이다.

하지만 그렇게 강력한 〈UBM〉에 익숙한 피가로조차도 서서히 다가오는 [글로리아]의 압력은 지금까지 느껴본 적이 없었을 정도로 파격적이었다.

[멸룡왕]은 온갖 생물의 천적이라 해도 과언이 아닌 대마룡이었지만…… 그럼에도 불구하고 다가오는 초마룡보다는 떨어진다.

영상으로 보았을 때보다, 자신의 몸으로 직접 느껴보니 그 강대함을 훨씬 잘 이해할 수 있었다.

피아 전력차는 분명했다. 저런 상대에게 홀로 도전하는 것은 바보 같은 짓이라는 걸…… 전투광인 피가로조차도 이해할 수 있었다.

하지만, 그런데도.

"그래도…… 우선 내가 혼자서 싸운다."

피가로는 홀로 싸운다.

그것은 그의 단점 때문이기도 했지만, 이번만은 그 단점이 없었다 해도 그는 홀로 싸웠을 것이다.

그리고 피가로는 자신의 특기인 전법 중 하나를 봉인하고 있다.

피가로의 〈초급 엠브리오〉가 가지고 있는 패시브 스킬, 《생명의 무도(댄스 오브 아니마)》는 전투 시간에 비례하여 장비를 강화시킨다.

그렇기에 결전에 임할 때, 피가로가 사전에 어느 정도 전투를 벌여서 워밍 업을 해두면 피아 전력차를 어느 정도 메꾸고 유리하게 싸울 수 있었을 것이다.

하지만 피가로는 그것을 원하지 않았고…… 선택하지 않았다.

홀로 싸우고, 앞서서 부정출발도 하지 않는다.

그것은 이 싸움이 그에게── **폴테스라와 벌이는 결투**였기 때문이다.

피가로와 폴테스라는 같은 시기에 결투 랭킹을 치고 올라갔다.

승리하고, 패배하고, 추월하고, 추월당하는…… 호각의 호적수였다.

두 사람은 결투를 통해 만난 친구이기도 했다. 그것은 마찬가지로 친구인 슈우와의 우정과는 다른, 같은 영역에서 경쟁하는 자들에게만 생겨나는 싸움의 우정이었다.

하지만 피가로가 당시의 결투왕이었던 톰 캣에게 승리함으로써 두 사람은 랭킹을 건 결투로 싸울 수 없게 되었다. 결투왕에게는 2위만 도전할 수 있었고, 폴테스라는 톰 캣과 상성이 안 좋아서 2위로 올라설 수 없었기 때문이다.

하지만 피가로는 폴테스라라면 언젠가 올라올 거라 생각하고 있었다.

사람들은 피가로가 〈초급〉이 됨으로써 두 사람 사이의 차이가 벌어졌을 거라 생각했지만, 정작 피가로는 그렇게 생각하지 않았다.

폴테스라는 지금도 자신과 호각인 존재이다.

내가 왕좌를 지키면서 실력을 갈고닦으면, 그도 더 성장한다.

언젠가 톰 캣조차 뛰어넘고 나와 결투왕의 자리를 걸고 싸우는 날이 올 것이다.

피가로는 그렇게 믿었고…… 실제로 둘이서 맹세하기도 했다.

하지만 두 사람이 직접 맞부딪히는 날은 이제 오지 않는다.

폴테스라를, 그의 마음을 지탱하고 있던 것이 그 성채 도시와 함께 사라져버렸기 때문에.

그는 이제 이 세계로 돌아오지 않는다, 피가로도 그 사실을 알고 있으니까.

그렇기에 이것은── 그와 벌이는 최후의 결투가 될 것이다.

"싸워볼까. [글로리아(폴테스라)]."

이윽고 [글로리아]가 모습을 드러내자, 피가로는 그렇게 말했다.

피가로는 눈앞에 있는 [글로리아]를 적으로 보고 있지 않았다.

그저…… 결투 경기의 **표적**이라 인식했다.

토벌하기까지 걸린 시간을 경쟁하는 결투 경기인 타임 어택처럼, [글로리아]를 통해…… 그의 호적수를 보고 있었다.

"시작하지. 네 전적은 패배했으니 타임 어택은 기록 없음. 점수 평가로 날개와 꼬리, 심장, 그리고 오른쪽 눈을 파괴한 전적이 있어. 그러니 나는 네게 이기기 위해 그것을 넘어선다."

몬스터를 토벌하는 결투 경기에서 승패를 결정짓는 것은 타임 어택이지만, 중간에 진다 해도 가산점은 있다.

그리고 심장까지 파괴한 폴테스라를 넘어서려면 파괴해야 하는 것은 단 하나.

"──코어를 부순다."

코어가 있는 몬스터를 대상으로 삼은 경기에서 최고득점인 부위의 파괴를 선언한다.

그리고 피가로는 처음부터 [글로리아]의 머리 세 개 중 하나를 노리고 있었다.

그것은 뿔 하나 달린 머리. 광열의 브레스를 날려 절대방위선을 괴멸시킨 최강의 공격력을 자랑하는 머리.

저 머리가 존재하는 한, [글로리아]는 필살의 위력을 자랑하는 브레스를 계속 날릴 수 있다. 그리고 대미지를 입을 때마다 발사구가 늘어나서 빈틈이 사라진다.

[글로리아] 공략을 고려하면 다른 두 머리보다 먼저 반드시 쓰러뜨려야만 하는 머리.

그렇기에 피가로가 뿔 하나 달린 머리를 노리는 것도, 저 머리를 가장 먼저 쓰러뜨려야만 한다는 전술상의 이유…… **때문이 아니었다.**

"…………."

피가로는 뿔 하나 달린 머리의 오른쪽 눈을 보았다.

그곳에는 크게 헤집어진 상처 자국과 융해된 신화급 금속──원래는 대검이었던 것이 딱지처럼 달라붙어 있었다.

그것이 바로 폴테스라가 저 머리 상대로 끝까지 싸웠다는 증거.

저 머리야말로 폴테스라가 쓰러뜨리려 했던 머리이자, 폴테스라를 쓰러뜨린 머리.

그것 말고는 피가로가 뿔 하나 달린 머리를 표적으로 삼을 이유는 없었고, 그렇기에 피가로는 자신의 온 힘을 다해 뿔 하나 달린 머리를 치기 위하여 싸운다.

"──싸워볼까."

그리하여 피가로가 오른손으로 창을 겨누었고.

『Flulululululu……..』

적의 모습을 확인한 [글로리아]가 몸을 일으켜서 두 다리로 대지에 섰고.

"——시합 개시다."

『——FLUUUSSSSHHEEAAA!!』

뿔 하나 달린 머리의 턱을 벌리고 빛을 뿜어내었을 때, 피가로와 [글로리아]의 싸움이 시작되었다.

◇ ◆

[글로리아]가 내뿜은 브레스로 인해 〈협곡〉의 일부가 녹아내렸고, 그 영향으로 인해 절벽이 무너졌다. 그 굉음은 〈노베스트 협곡〉 바깥에도 울려 퍼지고 있었다.

『……시작되었군.』

소리를 들으며 그렇게 중얼거린 것은 거대한 전함을 탄 남자——[파괴왕] 슈우 스탈링이었다.

〈협곡〉 바깥에 전함형 〈초급 엠브리오〉인 발드르를 대기시키고, 그저 조용히 그 안에 앉아 기다리고 있었다.

"참말로 가세하지 않아도 된당가~?"

발드르 주위에는 인간 서른네 명이 모여 있었다.

그들은 왕국 클랜 랭킹 1위, 〈월세회〉가 이번 [글로리아] 토벌에 동원한 500레벨 이상인 멤버, 모두 합쳐 서른네 명.

당연히 오너인 후소 츠쿠요와 서브 오너인 츠키카게 에이시로도 포함되어 있다.

『그래. 오히려 저 녀석의 싸움이 끝날 때까지는 절대로 끼어들지 마라곰.』

"솔로 같은 건 자살행위인디~. 외톨이는 참말로 귀찮다께~."

슈우, 츠쿠요, 그리고 피가로. 이 왕국의 세 톱 랭커들은 각각 따로, 하지만 지금밖에 없다는 마음가짐으로 〈노베스트 협곡〉에 모였다.

그중에서 가장 빨리 도착한 사람은 피가로였고, 혼자서 [글로리아]와 싸우기 위해 〈협곡〉의 균열로 뛰어들었다.

그 뒤를 이어 약간 늦게 도착한 것은 슈우였다. 그는 피가로의 친구였기에 피가로가 홀로 향한 의미를…… 무슨 마음으로 전투에 임하려는 것인지 어느 정도 짐작하고 있었다.

그렇기에 그가 할 수 있는 일은…… 피가로의 싸움을 방해하지 않는 것.

그래서 마지막으로 도착한 츠쿠요 일행…… 〈월세회〉를 잡아두는 역할도 맡고 있었다.

물론, 그가 말린다고 해서 츠쿠요가 순순히 들을 이유가 없었기에 곧바로 치고 나가려 했다.

하지만 슈우는 어떤 거래를 통해 그녀를 잡아두었다.

"그래서, 곰양. 저 병약 귀족이 뿔 하나 달린 머리를 떨구면 우리가 가도 되는 거제?"

『그래, 그러면 된다곰.』

그것은 토벌 순서였다. [글로리아]는 〈바빌로니아 전투단〉이 남긴 데이터를 통해 그 성질이 어느 정도 파악된 상태다.

브레스를 날리는 뿔 하나 달린 머리, 죽음의 결계를 펼치는 뿔 두 개 달린 머리, 그리고 HP의 저하에 따라 스테이터스를 증강시키는 뿔 세 개 달린 머리라는 식으로.

이것 중에서 처음에 물리쳐야만 하는 것은 상처를 입을 때마다 필살의 범위를 넓히는 뿔 하나 달린 머리.

그렇다면 두 번째로 쳐야만 하는 것이 무엇인가를 따진다면, 그것은 당연히 HP의 저하에 따라 강화되는 뿔 세 개 달린 머리다. 상처를 입을 때마다 강해지는 능력을 마지막까지 남겨둘 이유는 없다.

그리고 뿔 하나 달린 머리와 뿔 세 개 달린 머리가 사라져버리면, 그 뒤에 남는 것은 만렙 이상 레벨을 지닌 자에게는 효과를 발휘할 수 없는 뿔 두 개 달린 머리뿐.

이것이 무엇을 의미하는가 하면, 뿔 하나 달린 머리와 뿔 세 개 달린 머리만 쓰러뜨리면 뿔 두 개 달린 머리는 해치운 거나 마찬가지라는 뜻이다. HP 저하에 따라 강화되는 머리만 없어진다면, [글로리아]는 점점 약해지기만 할 테니까.

또한 [글로리아]는 높은 확률로 머리 세 개에 각각 코어가 있는 몬스터일 것이며, 일반적인 〈UBM〉이라면 코어의 파괴가 MVP 선정에 크게 영향을 준다.

앞서서 그란바로아에 출현했던 [모비딕 트윈] 사건으로 인해 〈SUBM〉은 여러 특전 무구를 준다는 사실이 알려져 있다.

머리마다 코어가 있을 것으로 예상되는 [글로리아]라면 코어 하나마다 특전 무구가 발생할지도 모른다.

다시 말해 차례에 따라서는 MVP 두 번 분량의 공적을 획득할 수 있다. 전례가 없기에 탁상공론이긴 하지만 가능성은 높고, 츠쿠요는 그것을 노리며 뿔 두 개 달린 머리와 뿔 세 개 달린 머리의 토벌을 노리고 있었다.

하지만 그러기 위해서는 뿔 하나 달린 머리가 걸린다. 필살의 브레스를 난사하는 뿔 하나 달린 머리의 토벌은 매우 리스크가 크다. 그것도 〈월세회〉처럼 집단전으로 도전하는 상황이라면 더더욱 그렇다.

그런 상황에서 슈우가 츠쿠요와 한 약속은 뿔 하나 달린 머리를 쓰러뜨린 뒤, 뿔 두 개 달린 머리와 뿔 세 개 달린 머리를 쓰러뜨릴 차례를 양보한다는 것이었다.

피가로가 뿔 하나 달린 머리를 해치우고 쓰러지면 그다음에는 츠쿠요가 도전한다.

피가로가 뿔 하나 달린 머리를 쓰러뜨리지 못하면, 슈우가 온 힘을 다해 뿔 하나 달린 머리를 쓰러뜨리고 그 이후에는 츠쿠요에게 양보한다.

츠쿠요도 피가로와 슈우, 전투에 특화된 〈초급〉 두 명이라면 머리 중 하나는 쓰러뜨릴 수 있을 가능성이 크리라 생각했기에 그 조건을 받아들였다.

"그런디, 저 근육뇌 프린스가 뿔 하나 달린 머리가 아니라 뿔 두 개 달린 머리를 공격하믄 어쩔 거여?"

『그럴 리는 없어. 저 녀석은 뿔 하나 달린 머리와 싸울 거다.』

피가로와 [글로리아]……, 〈바빌로니아 전투단〉을 이끌던 폴테스라와의 관계를 알고 있는 슈우는 조금도 의심하지 않았다.

자신의 친구가 어떤 사람인지 알고 있었기 때문에.

『오히려 저 녀석이 혼자서 머리를 세 개 다 해치워버릴 걱정을 하는 게 어때곰?』

"그럴 리가 없제~. 해내믄 인간도 아니여."

『하긴, 인간의 영역은 아니지곰. ……그래도 말이야.』

츠쿠요의 말을 긍정하면서.

『저 녀석은—— 왕국 최강이거든?』

슈우는 자신의 친구가 지닌 역량을 믿기에 할 수 있는 말을 했다.

◇ ◆

피가로와 [글로리아]가 벌인 전투는 처음부터 필살의 브레스로 막을 올렸다.

[글로리아]는 생물을 레벨로 판정하는 《절사결계》를 가지고 있기 때문인지 대상의 레벨을 측정하는 힘도 뛰어났다.

그렇기에 눈앞에 있는 피가로가 왕국에 투하된 이후로 지금까지 상대했던 어떠한 생물보다 높은 레벨을 지니고 있다는 사실을 파악했다.

그리고 피가로가 잔뜩 장착하고 있는 것들에서 막대한 리소스…… 〈UBM〉의 말로인 특전 무구의 기운도 느끼고 있었다.

[글로리아]에게도 힘을 억제할 이유가 전혀 존재하지 않는 적대자였다.

『──《OVERDRIVE》.』

외뿔이 붉은빛을 내뿜었고, 티안의 정예들을, 크레밀을 소멸시킨 최대 출력 브레스를 마구 휘둘렀다.

움직이는 목 방향에 따라 필멸의 빛이 난무했다.

"그건 알고 있어."

하지만 피가로는 종극의 난무를 전부 다 피하고 있었다.

닿으면 끝나는 빛 옆을 초음속으로 뛰어다니며 [글로리아]에게 달려들었다.

피가로의 생각── 아니, 사고가 아니라 전투본능으로 내린 판단은 다음과 같은 것이었다.

저 브레스는 광속이다. 광속은 아무리 피가로라 해도 피할 길이 없다.

하지만 그것을 마구 휘두르는 목은…… 아음속에 불과하다.

목의 움직임을 간파하기만 하면, 초음속인 나에게 닿지 않을 것이다. 초음속 기동으로 인해 늘어난 체감시간 속에서 아음속으로 다가오는 빛의 난무를 피하며 돌진**하기만 하면 된다**.

닿기만 해도 끝장임에도 불구하고 그런 판단을 머릿속 구석에서 내렸다는 것만으로 아무런 망설임 없이 [글로리아]에게 돌진하고 있다.

그것이 바로 [초투사] 피가로의── 현실에서는 몸져누운 탓에 발휘할 수 없었던 전투 센스와 직감이었다.

이윽고 [글로리아]의 브레스를 연속으로 날릴 수 있는 한계 시간이 되었을 때.

"우선 첫 번째. ──《■■■■, ■■■》."

피가로는 어떤 말을 중얼거린 것과 동시에 자신이 가지고 있던 창을 [글로리아]에게 투척했다.

그 창은 전설급 특전 무구였고, 장비로서의 성능도 뛰어났다.

하지만 [글로리아]는 그것을 두려워하지 않았다. 어떤 스킬을 갖추고 있다 해도 자신에게 치명적인 대미지를 입힐 수 없다는 사실을 알고 있었다.

그 추측은 맞았다. [용명창 드래그송]이라 불리는 그 전설급 창은 진동파로 물체를 파쇄하는 능력을 지니고 있었지만, [글로리아]에게 유효타를 가할 수 있을 정도로 강하진 않았다.

그렇기에 뿔 하나 달린 머리의 긴 목에 닿은 순간에도 뿔 하나 달린 머리는 미소까지 머금고 있었고.

──그 직후에 **목이 반쯤 헤집어진** 순간에도 미처 이해하지 못하고 있었다.

『Go, a……?』

목의 두께가 절반으로 줄어들고 뿔 하나 달린 머리가 앞쪽으로 기울었다.

그대로 땅바닥까지 떨어지는 게 아닐까 하는 생각이 들 정도로 머리가 앞쪽으로 기울기 시작했다.

하지만 뿔 하나 달린 머리의 눈 세 개가 접근하는 피가로를 확인했을 때, [글로리아]는 정신이 번쩍 들었다는 듯이 머리를 일으켜서 요격하기 위해 브레스를 토해냈다.

피가로는 그것을 피하면서 《순간장비》로 새로운 무기—— 투척 도끼를 장비했다.

빛의 난무를 피하면서 피가로는 [선풍부 풀고르]라는 이름의 일화급 무구를 들어 올리고 다시 투척을 감행했다.

초고속으로 회전하는 도끼가 날아가는 동안 폭풍과도 같은 바람을 두르고 타원형으로 일그러진 궤도로 [글로리아]의 목을 향해 날아올랐다.

그 무기도 원래는 [글로리아]에게 치명상을 입힐 수 있는 성능이 아니었을 것이다.

하지만 느껴지는 에너지와 위력이 들어맞지 않다는 점을 이미 뿔 하나 달린 머리도 학습했다.

『FLUUUUUSSSHEEEAAAAAA!!』

그 직후, 뿔 하나 달린 머리의 턱은 자신의 목을 향해 날아드는 [선풍부]를 향해 빛다발을 퍼부었다.

빛 속에서 [선풍부]가 증발하여 이 세상에서 소멸되었다.

하지만 사라진 순간에 [글로리아]의 거대한 몸집을 뒤흔들 정도로 강하게 공기를 일그러뜨렸다.

[글로리아]는 특전 무구가 내뿜은 막대한 풍압에 눌려 헛발을 디뎠다. 그리고.

"——《헤집고 나아가는 회전용아(드래그스파이럴).》"

자세가 무너진 곳에는 [글로리아]의 의식이 [선풍부]에 쏠린 틈을 타고 달려든 피가로가 있었다.

들고 있던 마상창, 랜스를 [글로리아]의 왼쪽 발뒤꿈치를 향해 선언하며 밀어냈다.

그 창의 이름은 [천(穿)룡창 드래그스파이럴].

예전에 피가로가 토벌한 고대전설급, [천룡왕 드래그스파이럴]의 특전 무구.

그 유일한 스킬, 《헤집고 나아가는 회전용아》의 효과는——물체 관통.

드릴과도 같은 창끝이 매우 단단한 [글로리아]의 비늘을 뚫었다.

창끝을 회전시키며 살점을 튕겨내고, 뼈를 부순 뒤—— 그 왼쪽 뒷다리를 파열시켰다.

『——FUUUUUUUAAAAA!!』

너무나도 쉽사리 다리를 하나 잃은 [글로리아]의 몸이 쓰러지기 시작했다.

그 순간, 뿔 하나 달린 머리에 스쳐간 말은 '말도 안 된다'였을 것이다.

[글로리아]는 〈UBM〉과 특전 무구에 대한 지식이 본능에 새겨져 있다.

그렇기에 원본인 〈UBM〉의 랭크를 생각하면 자신에게 이렇게 큰 대미지를 입힐 수 있을 리가 없다. 사용자의 역량이라 해도 계산이 맞지 않는다.

그렇다면 그것을 메꿀 수 있는 무언가……, 기괴한 함수를 적이 가지고 있다는 뜻이다.

그 본능적인 판단은 맞았다.

피가로는 이 싸움에서 이미 양쪽의 역량 차이를 메꿀 수 있는 어떤 비장의 수를 사용하고 있다.

막대한 대가를 치르는 양날의 검 같은 비장의 수를.

『…………?』

땅에 쓰러지는 순간, [글로리아]는 눈치챘다.

자신의 다리 중 하나를 파열시킨 적의 창이…… **산산조각 났다**는 것을.

[글로리아]는, 아니, 〈SUBM〉은 그것이 무엇인지 이해할 수 있었다.

저것은 텅 빈 껍질이다.

특전 무구에 담겨 있던 개념, 혼, 리소스.

그 모든 것이 이미 아무것도 남지 않은, 그저 텅 빈 껍질.

자동수복도 통하지 않을 정도로 끝장난 잔해에 불과하다.

그것은 마치—— 방금 그 일격에 특전 무구의 모든 것을 다 써 버린 것처럼.

"……윽."

그와 동시에 사용자인 피가로도 몸이 흔들렸다.

지금까지 전투를 벌이면서 피가로는 한 번도 [글로리아]에게 대미지를 입지 않았다.

"역시……, **아프군.**"

그런데도 피가로의 온몸은 화상을 입은 것처럼 그을려 있었다.

빛 바깥으로 열량을 새어나가게 하지 않는 [글로리아]의 빛나는 브레스로는 있을 수 없는 그 대미지.

하지만 잘 살펴보면 겉으로 난 상처는 없었다.

화상은 전부 몸 안쪽에서 발생한 것이었다.

마치 몸속을 맴도는 혈액이 불꽃으로 변해버린 것 같은…… 상처.

산산조각 난 특전 무구와 심한 화상.

그것이 바로 피가로의 비장의 수가 가져온 대가.

"30초 경과. 남은 HP 한계치로 따지면…… 이제 두 번."

그 아픔은 통각을 없애는 설정을 사용하지 않는 그에게 몸속을 불로 태우는 것과도 같았다.

그럼에도 불구하고 그는 겁먹지 않았다. 중상을 입고, 아픔을 느끼고, 무기를 잃으면서── 그런데도 피가로는 두 눈에 싸우겠다는 의지를 담아 뿔 하나 달린 머리를 노려보았다.

"──이게, 두 번째다."

그리고 그는 다시 양날의 검을 사용하겠다는 선언을 거듭했다.

내뱉는 선언이야말로 이 세계에 있어서 그의 목숨이 갖는 이름.

"──《타오르라, 나의 혼(코르 레오니스)》."

──사자의 심장(코르 레오니스)라는 이름이 붙은 항성에서 모티브를 따온 〈초급 엠브리오〉의 이름이었다.

◇ ◇ ◇

□Past

결투로 톰 캣을 쓰러뜨리고 왕이 된 지 몇 주일. 평소처럼 〈Infinite Dendrogram〉 안에서 아침을 맞이한 피가로는 자신의 변화를 깨달았다.

잠들기 전의 몸과 깨어난 몸이 전혀 다르다는 것을.

그것이 몸에 흐르는 피의 차이라는 것도.

피가로의 아바타의 심장은 자신의 〈엠브리오〉인 코르 레오니스로 치환되었다. 그렇기에 코르 레오니스에게 변화가 생기면 자연스럽게 흐르는 피도 바뀐다.

피가로가 창을 띄워 〈엠브리오〉를 확인하자 자신의 〈엠브리오〉가 제7형태……, 〈초급 엠브리오〉로 진화했다는 것을 알 수 있었다.

그와 동시에 예전에는 없었던 제3의 스킬── 코르 레오니스의 필살 스킬이 추가되었다는 것도.

그 스킬의 자세한 내용을 읽었을 때, 피가로는 매우 잘 이해할 수 있었다.

'내 인격과 경험으로 미루어볼 때, 이렇게 되더라도 이상하진 않다'는 것을.

〈엠브리오〉는 〈마스터〉의 인격과 경험에 따라 진화해 나간다.

그렇기에 다른 사람이 볼 때 그것이 얼마나 위험한 거라 해도

〈마스터〉 자신은 받아들인다고 한다.

피가로가 얻은 필살 스킬, 《타오르라, 나의 혼》도 마찬가지였다.

이 힘은 그전까지의 피가로 자신과도 엄청난 차이가 날 정도로 강대했고, 결투와 상성도 좋았다. 그에게 있어서 가장 큰 비장의 수가 될 거라는 점은 분명했다.

"……그렇다면 이걸 결투에서 쓸 때는 정해져 있지."

피가로는 자신이 결투에서 이 스킬을 해금하는 것은 '폴테스라가 제2위가 되어서 자신에게 도전할 때'라고 스스로 정했다.

최고의 호적수와 맞설 때, 바로 그때 자신의 모든 것을 쏟아붓고 싶었기에.

'언젠가 반드시 폴테스라가 도전할 것이다'라고 확신하고 그날을 기다리며…… 한 번도 결투에서는 사용하지 않았다.

몬스터와 싸울 때 사용한 것도 [멸룡왕]과의 전투 때 단 한 번뿐.

피가로는 자신의 모든 힘을 갖추면서 폴테스라를 기다렸다.

……그리고 [글로리아] 사건이 벌어지고, 두 사람이 직접 싸우게 될 날은 두 번 다시 오지 않게 되었다.

그렇기에…… 지금.

이 순간이야말로.

이 결투에서야말로.

──피가로는 자신의 힘을 해금했다.

□■알터 왕국 〈노베스트 협곡〉

"──《타오르라, 나의 혼》."

선언한 직후, 사자의 심장이라는 이름이 붙은 사자자리의 항성과도 같이, 그의 몸속에 있는 심장이 하얗게 달아올랐다.

그것은 〈마스터〉인 피가로의 몸을 태우고, 피를 끓게 만들어 HP를…… HP의 **한계치**를 전부 태워 없애겠다는 듯이 계속 감소시켰다.

찢어진 피부에서 살이 타 생겨난 하얀 연기와 피를 연상케 하는 붉은 연기가 뒤섞여 피어올랐다.

통각을 항상 켜고 다니는 피가로는 그 고통을 온몸으로 받아내고 있을 것이다.

하지만, 그럼에도 불구하고 피가로가 그 고통에 겁먹고 스킬을 멈추지는 않았다.

30초라는 한 번의 효과 시간을 아쉬워하는 듯이 이미 움직이기 시작하고 있었다.

"봉(封)!!"

피가로가 《순간장비》한 것은 [영박침 볼바라]라는 이름의 전설급 무구 레이피어. 색이 그림자 같은 레이피어를 땅에 엎드린 [글로리아]의 그림자에 박아넣었다.

그 순간, [영박침]이 장비 스킬을 발동시켰다.

《계루영침》. 그림자를 뚫음으로써 대상의 움직임을 [구속]시키는 스킬.

〈UBM〉의 스킬 치고는 특이성이 희박하고, 직업의 종류에 따라서는 비슷한 스킬도 존재하는 그것을 [글로리아]에게 행사한다.

일반적인 직업 스킬인 그림자 묶기라면 쉽사리 튕겨져나간다. 특전 무구라 해도 역량 차이로 인해 구속을 쉽사리 풀어버릴 수 있을 것이다.

하지만 지금 이 순간, [글로리아]는 땅에 못 박혀 있었다.

있을 수 없을 정도로 강력한 그림자 묶기로 인해 [글로리아]가 땅에 묶이게 되었고.

──그 대가로 [영박침]이 산산조각 났다.

이것이 바로 《타오르라, 나의 혼》의 효과.

자신의 피와 살을 태움으로써 HP 한계치를 초당 1퍼센트씩 계속 깎아내며, 그것은 데스 페널티를 받기 전까지 회복되지 않는다.

그리고 장비품의 액티브 장비 스킬을 사용했을 때, 특전 무구라 해도 수복시킬 수 없는 수준으로 **완전 파괴**된다.

두 막대한 디메리트의 대가를 치르며── 장비 스킬의 위력을 극한까지 끌어올려 행사한다.

자신과 무기의 생명을 단숨에 불태우고…… 빛나게 하는 스킬, 그것이 《타오르라, 나의 혼》.

그것은 피가로── 빈센트 마이어스라는 몸져누운 청년이 품은 생명의 형태.

자신의 생명, 싸운 끝에 획득해온 28개의 특전 무구, 그리고 싸움에 도전하는 자신의 혼을…… 이 한순간에 타오르게 한다.

이 스킬은 그의 삶, 그의 전부였고── 〈SUBM〉인 [글로리아]라 해도 쉽사리 떨쳐낼 수 있을 정도로 가벼운 힘이 아니었다.

『FUUULUUUUUAAAAAAAA!』

적이 자신을 쓰러뜨릴 힘을 가지고 있다는 걸 이해한 [글로리아]는 온몸을 써서 뿔 하나 달린 머리의 힘을 끌어올렸다.

몸에 난 상처에서 빛을 뿜어내려 했지만, 피가로는 그 특성을 이미 알고 있었다.

그것이 〈바빌로니아 전투단〉을 비롯한 수많은 〈마스터〉들을 괴멸시킨 공격이었기에.

인원으로 밀어붙이며 온몸을 공격하는 것은 나쁜 수다. 혼자라 해도 함부로 상처를 내는 것도 나쁜 수다.

그렇기에 피가로는 공격할 부위를 잘 골랐다.

특정 부위를 집중적으로 공격함으로써 상처를 통해 내뿜는 빛의 범위를 제한하고 있었다.

첫 번째 상처는 브레스를 뿜어내는 뿔 하나 달린 머리의 목. 발사구가 늘어난다 해도 별다른 차이가 없는 목의 앞쪽.

두 번째 상처는 날개를 잃은 몸의 무게를 지탱하고 있기 때문에 마음대로 움직일 수 없는 뒷다리.

양쪽 다 '공격 부위를 늘려서 빈틈을 없앤다'는 능력을 제대로 살릴 수 없는 부위다.

공격 범위가 한정된 두 곳에서 날린 브레스를 피가로는 반쯤 본능으로 피해내고 있었다.

본능적으로 최선의 수를 놓고 있는 그의 앞을, 이미 패가 들통 난 [글로리아]는 맞설 수가 없었다.

적어도 지금의 브레스로는 피가로를 쓰러뜨릴 수 없다.

"■■──!"

이길 수단이 없어진 [글로리아]에게 피가로가 끝장을 내러 달려들었다.

《피지컬 버서크》를 기동시키고, 왼손에 권갑, 오른손에 단창을 장비한 뒤 땅에 묶인 뿔 하나 달린 머리에 공격을 가한다.

수십 초 동안 지속되는 그림자 묶기. 치명상이 될 수 있는 단 한 번의 최강 공격. 피가로에게 남아 있는 23개의 특전 무구.

그것은 [글로리아]에게 있어서 뿔 하나 달린 머리뿐만이 아니라…… 머리 세 개가 전부 죽이는 것도 가능하지 않을까 하는 생각이 들게 할 정도로 위협적이었다.

이 순간, 자신과 상대의 승률이 역전되었다는 것을.

이 싸움이 끝난 뒤에 패배하는 건 자신이 될 가능성이 높다는 것을…… [글로리아]는 인정했다.

『─────.』

그렇게 인식한 순간, [글로리아]의 내부에서 족쇄가 풀렸다.

[글로리아]는 관리 AI가 자신에게 가했던 제한 중 하나를 스스

로 없애고.

──자기 스스로 관리 AI에게조차 **숨겼던 힘**을 해금했다.

『LUUAAAAAAAAAAAAAAAAAAAAAAAAAAAAAA!!』
뿔 하나 달린 머리가 지금까지와는 비교도 되지 않을 정도로
크게 울부짖었다.

그와 동시에 [글로리아]의 온몸이, 그 몸을 뒤덮고 있던 황금
비늘 전부가── **빛을 뿜어냈다.**

"──."

그 순간, 피가로는 회피했다.

상대방에게 치명타를 가할 수 있는 순간에 자신의 안전을 우
선시한 것이 아니었다.

이대로 가다간 나만 죽는다, 본능이 그렇게 짐작하고 있었다.

그 직후, 그가 방금까지 있었던 공간을── 빛나는 [글로리아]
의 팔이 **초음속**으로 통과했다.

방금까지와는 비교가 되지 않을 정도로 빠른 속도.

그것은 관리 AI가 정해두었던 속도 제한이 풀렸다는 것을 의
미했다.

그 이상으로 빛나는 비늘── 브레스와 같은 성질을 지닌 빛
을 온몸에 두른 [글로리아]는 위협적이었다.

"······그것이, 비장의 수인가."

그렇다. 그 모습이야말로 [글로리아] 첫 번째 머리의 최종병기.

이름하여——《극룡광아권(팽 오브 글로리아)》.

온몸을 수호하는 절대적인 갑주이자 닿는 것을 모두 소멸시키는 최강의 검.

"자기자신에게 브레스가 통하지 않는다는 건 알고 있었지만······ 그렇게 쓰는 방식도 있구나."

크레밀 전투에서 빛을 난무하는 와중에 [글로리아] 자신도 발사구로 날린 빛을 맞았지만, 전혀 대미지를 입지 않았다.

많은 사람······ 피가로조차 그것이 온몸을 뒤덮고 있는 비늘이 브레스에 완전 내성을 갖추고 있기 때문이라 생각했다.

하지만 정답은 아니었다.

[글로리아]의 비늘이야말로 빛의 브레스가 지닌 힘을 최대한 살리기 위한 것이었다.

마치 광섬유처럼 온몸을 뒤덮고 있는 비늘에 빛의 브레스를 **전도**시키고 있다.

『FLUWOOOOOOOOO!!』

공방필살의 전신발광, [글로리아]의 최대 공격수단.

이 힘은 관리 AI조차 파악하지 못하고 있던 것.

상식적으로 생각하면 토벌조차 불가능한 비장의 수를 제한이 풀린 원래 신화급 스테이터스로 [글로리아]가 휘두른다.

하루를 통째로 소비한 재생 덕분에 이미 잃은 날개와 꼬리의 상처까지 비늘로 뒤덮고 있다.

이번 싸움으로 생긴 상처에서 지금도 브레스를 계속 뿜어내고 있다.

눈까지 감고 급소에 대한 공격을 막으며 《절사결계》로 느끼는 기척만으로 적을 쫓는다.

그렇기에…… 한치의 빈틈도 없다.

지금의 [글로리아]말로 틀림없이 최강의 [글로리아].

혹시나 미리 이 힘을 알고 있었다면 관리 AI조차 투하하는 것을 망설였을지 모를 정도로 최강인 몬스터.

그것 앞에서 피가로는.

"몸이 땅에 닿지 않았어. 날개가 없더라도 약간 떠오르는 정도는 가능한 건가?"

그저 냉정하게 그런 분석을 하고 있었다.

초음속 공격을 피하면서 한결같이 [글로리아]를 관찰하고, 승리할 기회를 노리고 있다.

그렇다, 절망적인 [글로리아]가 더욱 강해졌지만, 피가로의 눈은 절대 겁먹지 않았고 마음도 꺾이지 않았다.

평범한 사람이었다면 이미 포기했을 이 순간에도 그는 냉정하게 이길 방법을 생각했다.

아직 나는 [글로리아]를 쓰러뜨릴 수 있다, 그렇게 확신하고 있었다.

[글로리아]가 움직이기 시작한 순간, 피가로는 확신할 만한 이유를 보았다.

온몸에서 빛을 내뿜으며 피가로를 공격하기 직전까지 [글로리아]는 분명히 [구속]된 상태였다. 그리고 《계루영침》의 [구속]을 풀고 움직인 것은 [글로리아]가 빛을 내뿜음으로써…… **그림자가 사라졌기 때문**이다.

파워업했다고 해서 다른 특전 무구의 효과를 무시한 것이 아니다.

인과관계가 있기에 가능한 돌파이며, 반대로 말하자면 아직 세계의 법칙에 얽매인 존재라는 증거.

부조리한 괴물이긴 하지만, 무적인 괴물은 아니다. ……그것이 쓰러뜨릴 수 있는 이유다.

(상대방의 공성 방어를 돌파해서 대미지를 입힐 수 있는 특전 무구는…… 없어. 공간을 워프해서 상대방의 몸속을 직접 공격할 수 있는 특전 무구가 있다면 편하겠지만.)

피가로는 피하면서 이미 장비를 거의 벗은 상태였다. 치명상을 피하는 [구명의 브로치]조차 온몸이 필살의 빛에 휩싸인 [글로리아] 상대로는 의미가 없다고 생각하여 떼어냈다.

장비 숫자 반비례 강화인 《무의 선정(암즈 셀렉터)》을 통해 패시브로 AGI 강화 효과를 지닌 무구의 성능을 끌어올리며 회피에 전념하고 있다.

그리고 체감 시간이 아니라 현실 시간으로 몇 분도 지나지 않았지만, 그만큼 《생명의 무도》의 효과도 강해지고 있다.

그렇기에 [글로리아]가 초음속 기동을 하기 시작했는데도 아직 속도에서는 우위를 점하고 있었다.

(두 번째 《타오르라, 나의 혼》도 풀렸고, 사용할 수 있는 건 이제 한 번뿐이야. 남은 HP의 양을 고려하면 효과가 지속되는 도중에 데스 페널티. ……저게 주위에서 열기를 뿜어내는 빛이 아니라 다행이라고 해야 하나.)

[글로리아]의 빛은 빛 안에만 열기를 머금고 있다.

그렇지 않았다면 주위에 전달된 열기 대미지로 인해 피가로는 이미 숨을 거두었을 것이다.

하지만 상대의 빛에 닿지 않는다고 해도 《타오르라, 나의 혼》의 반동은 크다.

이미 6할이나 타버린 HP뿐만이 아니라 부차적으로 발생한 부상의 상처 계열 상태이상이 피가로의 HP를 계속 줄이고 있었다. 평소에 사용하는 상태이상 내성이나 회복 계열 액세서리도 지금은 스테이터스를 우선시하여 장비하지 않았다.

이대로 시간이 조금 더 지나면 피가로가 데스 페널티를 받는 것이 확실해지며, 피가로에게 남겨진 공격 기회는 많지 않았다.

(앞으로 몇 번의 공격만으로…… 저 뿔 하나 달린 머리를 쳐내야 해.)

《극룡광아권》만 없었다면 가능했을 것이다.

하지만 지금 저 빛의 방어는 완벽하다.

지금 [글로리아]에게는 말 그대로 한 치의 빈틈도——.

"————."

——있다.

단 한 군데.

하지만 절대적인 방어이자, 최강의 공격 속에…… 빈틈이 있다.

"폴테스라……."

단 한 마디, 친구의 이름을 부르고…… 피가로는 최후의 공격을 가하기로 결심했다.

그리고 노려야 하는 한 군데를 바라보았다.

『FLUUUOOAAAAAA!!』

《절사결계》 너머로 피가로의 결의를 느꼈는지, [글로리아]도 다시 울부짖었다.

양쪽 다 이미 알고 있었다.

이제부터 벌어질 초음속의 교차야말로 사자와 용이 벌인 전투의 종언이라는 것을.

끝나고, 극에 달한다, 그 한순간에.

"──가자."

피가로는 새로운 무구를…… 푸른 옷을 둘렀다.

그 무구의 이름은── [절계포 클로저].

그가 토벌한 첫 〈UBM〉의 특전 무구.

절대적인 방어를 지닌 그것을 꺼낸 이유는 빛을 방어하기 위해서──**가 아니다.**

그는 이 싸움에서 몸을 지키기 위해 힘을 쓸 생각이 없었다.

이 결전에서 그가 사용할 스킬은.

"──《단명절계진》."

공간 차단 결계를 치는 스킬의 또 하나의 사용 방식.

공중에 떠오른 수많은 결계를 창으로 삼아 적을 공격하는 스킬.

하지만 지금은 창이 아니라 그가 공중을 뛰어가기 위한——
발판으로 삼는다.

그 순간, 피가로는 칼날의 길을 질주했다.

빛으로 휩싸인 [글로리아]의 머리를 노리려면 공중에 발판을
설치하면 된다. 그렇게 말하는 듯이 그는 공중을, 칼날의 길을
내달렸다.

공중을 자유자재로, 상하 구별조차 없이 내달리는 그 속도는
현재 [글로리아]의 스테이터스로도 눈으로 좇을 수 없었다.

그럼에도 불구하고 적이 온다는 것만은 [글로리아]도 이해할
수 있었다.

『…………GUUAAAAAAAAAA!!』

그렇기에 그 행동은 필연.

초음속 동작으로, 최강의 빛을 두르고, 자신의 몸으로 모든
것을 휩쓸 뿐.

빛의 폭풍으로 변한 [글로리아]에게 닿은 결계 칼날은 증발하
며 숫자가 줄어들기 시작했다.

『FLUUUUUSSHEEEAAAAAAA!』

[글로리아]의 사고를 사람의 말로 나타내면 이렇게 될 것이다.

——저 녀석의 행동은 애초에 종착점이 없는 질주.

──어디로 달리든 이 몸에는 한 치의 빈틈도 없고.

──누구라 해도 뚫을 수 없다.

──그렇기에 이대로 길을 없애다 보면.

──마지막에는 공중에서 되돌아갈 방법조차 잃고 쓰러지게
될 뿐.

그것은 잘못된 생각이 아니었다. 누구보다 자신의 힘을 이해
하고, 상대하는 적의 힘까지 파악한 [글로리아]의 결론.

그렇다면 역시 아무런 실수도 없고, 한 치의 빈틈도 없다.

피가로와 [글로리아]의 싸움에 피가로의 승산은 존재하지 않
는다.

하지만 그것은── **한 명과 한 마리만으로** 세계가 완결되었을
경우다.

"──지금."

그것은 마치 불꽃에 날아드는 나방같다는 말처럼.

피가로가 빛나는 [글로리아]에게 발을 내디딘 순간.

[글로리아]가 피가로의 증발을 확신한 순간.

그 결판이 나는 순간에.

피가로는── 빛을 뿜어내고 있던 뿔 하나 달린 머리에 **착지
했다.**

『———?』

분명히 [글로리아]는 이해하지 못했을 것이다.

어째서 그런 일이 일어나고 있는지, 이해하지 못하고 있었다.

왜냐하면 그에게는 보이지 않기 때문이다. 머리 세 개는 전부 눈을 감고 있었으니.

보일 리가 없다. 눈치챌 리도 없다.

자신이 전개한 《극룡광아권》에 한 치의 빈틈이 있을 것이라고는.

머리에—— **전도의 비늘로 뒤덮이지 않은** 부분이 있을 것이라고는.

지금 피가로가 내려선 그곳만은 빛을 내뿜는 비늘이 없다.

그곳은 [글로리아]의 오른쪽 눈이 있던 곳.

폴테스라가 자신의 모든 힘으로 계속 공격을 가했고, ——날아든 브레스로 인해 신화급 금속(히히이로카네) 대검이 녹아내린 부분이다.

[글로리아]의 브레스라 해도 신화급 금속은 증발시킬 수 없었기에 녹아내리게 만든 것이 한계였다.

그렇게 녹아내린 신화급 금속이 상처 위에서 차갑게 굳어서 상처를 막고, **딱지**가 되었기에 그 부분만은 비늘이 재생되지 않았다.

초고열이면서도 열기를 빛 바깥으로 새어나가지 않게 가둔다.

[글로리아]의 빛이 가지고 있는 성질 탓에 빛이 닿지 않는 부분에 있는 딱지가 녹지도 않는다.

그렇다, 폴테스라가 마지막 순간까지 지키려고 맞선 증거야말로—— 최강의 빛에 생겨난 한 치의 빈틈이었다.

한 명과 한 마리만이 벌인 싸움이었다면 [글로리아]가 승리했을 것이다.

하지만 결국, 이 싸움은 그렇지 않았다.

처음부터 이것은…… 피가로와 폴테스라의 결투였으니까.

"———《타오르라, 나의 혼》."

피가로는 세 번째…… 최후의 필살 스킬과 동시에 최후의 《순간장비》를 사용했다.

왼손에 진동하는 권갑, 고대전설급 무구 [진통권 블 라멘트].

그리고 오른손에는 마치 허공과도 같은 어둠이 담긴 단창—— 신화급 무구 [멸룡창 드래그핀].

피가로는 자신이 자랑하는 최강의 무기를 장비하고 있었다.

『———F.』

1초도 되지 않는 짧은 순간, [글로리아]는 머리 위에 있는 피가로를 쳐내려 했을까, 떨어뜨리려 했을까.

하지만—— 이미 결판이 났다.

"——《라멘트 크래시》."

내려친 [진통권]이 신화급 금속 발판을—— 머리까지 통째로 초진동 주먹으로 분쇄했다.

신화급 금속이 먼지 크기로 분쇄되는 것과 동시에, 머리도 위턱과 뇌수가 완전히 날아갔다.

그럼에도 불구하고 아직 뿔 하나 달린 머리는 살아 있었고, 온몸은 빛으로 감싸져 있었지만.

"──《종말의 눈물(드래그핀)》."

──피가로도 마찬가지로 공격을 멈추지도, 신화급 무구를 아까워하지도 않았다.

위턱을 잃은 머리를 향해 날아간 [멸룡창]은 [글로리아]의 목에 떨어졌고──, 뿔 하나 달린 머리의 모든 세포를 오염시켰다.

자멸인자(아포토시스)라 불리는 생체의 기능을 강제로 발동시키는 [멸룡왕]이 지닌 힘의 구현.

완전파괴라는 대가를 치르고 날아간 그 멸망은 [글로리아]를 눈 깜짝할 새에 오염시켰다.

『──GUU.』

그렇기에 **뿔 세 개 달린 머리**의 판단은 빨랐다.

오염이 퍼지기 전에 스스로 뿔 하나 달린 머리를 뜯어냈다.

반대로 말하자면 이미 뿔 하나 달린 머리는 어떻게 해볼 방법이 없었다.

뿔 하나 달린 머리는 무너져내렸고── 어떤 말을 남겨보지도 못하고 빛으로 변하여 사라져갔다.

◇ ◆

　그렇게 뿔 하나 달린 머리와 벌인 전투는 결판이 났다. [글로리아]는 자신의 머리 하나와 최대의 무기인《종극》, 그리고《극룡광아권》을 상실했다.

　하지만 그와 동시에 피가로도 스킬의 반동으로 인해 HP가 다 타버리려 하고 있었다.

　뿔 하나 달린 머리와 피가로는 동귀어진한 것이다.

　"폴테스라……."

　그 결판은 동시에 어떤 두 결투 랭커의 결판이기도 하다. 하지만…….

　"……이건 어느 쪽이 이긴 게 되려나?"

　뿔 하나 달린 머리를 토벌한 사람은 피가로.

　하지만 그걸 위한 데이터, 최후의 승산, 그것들을 전부 준 사람은 폴테스라였다.

　"이걸 나 혼자의 성과라고 할 수는 없지……."

　그렇기에 이 타임 어택은 승자가 없는 무효시합(노 콘테스트).

　그리고…….

　"한 번 더…… 결투를 하자."

　두 사람이 약속한 결투는 이게 아니다, 피가로는 그렇게 말했다.

　"또 언젠가…… 네가 이 세계로 돌아오는 그때, ……진짜 결투를 하자."

　그런 날이 언젠가 오기를 바라는 피가로의 아바타도 빛의 먼지로 변하기 시작했다.

《타오르라, 나의 혼》이 그의 HP를 전부 다 태워버렸기에.

피가로도 마찬가지로 빛이 되어 사라져갔다.

하지만 그렇게 소멸하면서도 피가로는 〈협곡〉 바깥을 보고 있었다.

그곳에 있는 누군가를…… 자신의 결투를 지켜봐 준 사람을 생각했다.

"나는 여기까지. 그러니까 뒷일은…… 네게 맡길게. 슈우."

또 하나의 친구에게 싸움의 행방을 맡기고…… [초투사] 피가로는 [삼극룡 글로리아]와의 전투에서 퇴장했다.

□■알터 왕국 〈노베스트 협곡〉

"끝난 모양인디."

〈협곡〉 바깥까지 울리던 피가로와 [글로리아]의 전투음이 끊어지고 나서 3분 동안 정적이 계속되자 츠쿠요는 결론을 내리는 듯이 말했다.

"카게양. 좀 확인하러."

"확인하였습니다. 양자의 전투는 종결. 피가로 씨는 데스 페널티. [삼극룡 글로리아]는 뿔 하나 달린 머리가 소실되었습니다."

"참말로 빠르네~. 그래도 대충 우리에게 이상적인 결과여."

가장 골치 아픈 머리가 소멸되고, MVP 경쟁 상대가 될 수도 있는 피가로도 데스 페널티.

슈우와는 계약을 맺고 있기에 개입할 우려도 없다.

바로 지금이 출진할 타이밍이다, 츠쿠요는 그렇게 짐작했다.

"그라믄 다음에는 우리가 할 거여~. 저거한티는 내 필살 스킬이 효과가 없을 것 같은디. 그라믄 숫자로 도전하제~. 준비 다 되었당가~?"

굳이 말할 필요도 없이, 《초승달에 감은 눈》 마크를 장비에 새긴 그들은 이 순간을 기다리고 있었다.

〈월세회〉의 참가자…… 만렙 〈마스터〉들은 모두 서른네 명.

6명 파티 다섯과 4인 파티 하나로 서른네 명……이 아니다.

2명이 한 조인 파티, **페어가 열일곱 개**인 서른네 명이다.

이색적인 파티 구성이었으며, 그 파티 중 열다섯 개는 마법 직업과 속도형 전위 조합.

나머지 두 개 중 한쪽은 [여교황] 후소 츠쿠요와 [암살왕] 츠키카게 에이시로 페어.

다른 한쪽은 츠쿠요를 보조하며 전체 버프를 거는 멤버와.

"시지마는 오랜만인디 할 수 있것어~?"

"물론입니다."

대머리 [환수기병(판타지 라이더)], 시지마 이치로 페어였다.

〈월세회〉의 넘버 쓰리. 전 전투부대 대장 시지마 이치로.

그는 자신의 〈엠브리오〉── TYPE : 메이든 with 엘더 암즈인 유노가 변신한 창과 타원형 방패를 들고 탈것에 탄 상태였다.

하지만 타고 있는 것은 그가 평소에 즐겨 타던 [아리에스 레오]가 아니라 레플리카 황옥마였다.

"항상 데리고 댕기던 양 사자는 어쨌당가? 그걸로 온 힘을 다할 수 있는 거여?"

"그링검은 부인에게 소유권까지 통째로 맡기고 왔습니다. 상대가 상대니까요. [주얼]의 자동 회수 세이프티 라인까지 초과한 대미지를 입을 우려가 큽니다. 그리고 그링검은 그 결계를 넘어설 수도 없을 테고요."

레벨 100 이상인 몬스터가 아니라면 《절사결계》로 인해 무조건 즉사한다.

그 사실을 감안하면 이곳에 테이밍 몬스터를 데리고 올 수 있는 사람은 없다.

"무엇보다 그링검이 죽으면 아들도 슬퍼할 겁니다. 지금쯤 그링검은 저 대신 가족을 지키고 있겠지요."

"흐응, 아버지 노릇을 제대로 허네~."

츠쿠요는 이 세계에서 만족스럽게 살아가고 있는 것 같은 시지마를 보고 그런 생각이 들었다.

그런 다음 츠쿠요는 그 자리에 있던 모두에게 말했다.

"여기 있는 사람들은 모두 레벨이 500이거나 초급 직업이여. 저 결계의 효과는 없을 거고, 골치 아픈 브레스를 토하는 머리는 근육뇌가 해치워줬당께."

남은 것은 스테이터스 강화 능력뿐.

다시 말해 [글로리아]가 지닌 치명적인 특수능력은 완전히 무효화되었다.

"이제 그냥 힘만 센 덩치를 쓰러뜨리기만 하면 되는 거여. 긴장 풀고 가자고."

그렇게 말한 다음, 츠쿠요는 신자 서른세 명을 이끌고 〈협곡〉 내부로 향했다.

그때, 〈협곡〉 가장자리에 진을 치고 있는 전함…… 슈우의 〈엠브리오〉인 발드르를 힐끔 보았다.

"계약대로 우리가 전멸할 때까지 손대면 안 되는 거여."

『그래. 그래도 정말 괜찮겠어?』

"그쪽이 나설 차례는 안 올 거여. 우리가 특전 무구를 두 개 챙기는 걸 손가락이나 빨믄서 보라고."

늙은 여우처럼 심술궂은 표정으로 그렇게 말한 다음.

"……그라고."

츠쿠요는 덧붙여서 말하기 시작했다.

"저 성질 나빠 보이는 괴물이 아무것도 숨기고 있지는 않을 것 같으니께. 단번에 다 나가서 상상했던 것보다 성질 나쁜 비장의 수에 당해불믄 끝장 아니여?"

『………….』

"이익을 추구하긴 허지만 저걸 쓰러뜨리지 않으믄 지금까지 왕국에서 쌓은 것까지 전부 물거품이 되분당께~."

『차례를 바꿀까?』

"그건 쓸데없는 참견이여. 근디 만약의 경우에는 부탁하제~."

『……주검은 거두어주마.』

"그란 건 안 남는디~."

요괴처럼 깔깔대고 웃으며 츠쿠요는 전장으로 뛰어들었다.

◇◆

피가로와 전투를 마치고 뿔 하나 달린 머리를 잃은 [글로리아]는 〈협곡〉 바닥에 몸을 눕혔다.

머리 하나, 자신을 구성하는 가장 중요한 파츠 중 하나를 잃었다. 그것은 [글로리아]에게 심장을 잃는 것보다 대미지가 크다.

하루 만에 심장을 복원시키는 재생능력을 지니고 있지만, 머리가 돌아날 낌새는 보이지 않았다. 이제 이 몸이 삼두룡이라 불리는 날은 오지 않는다.

하지만 잃은 머리 말고는 조금씩 수복이 진행되고 있다.

그와 동시에 몸의 골격도…… 두 머리로 균형을 잡을 수 있게 끔 변해간다.

『…………』

뿔 세 개 달린 머리는 뿔 하나 달린 머리가 있던 곳을 보았다.

상처는 이미 완전히 아문 상태다.

골격이 변함으로 인해 마치 처음부터 이두룡이었던 것처럼 되었다.

1000년 이상 함께 해온 자신의 일부이자, 기능이자, 형제였지 만…… 딱히 그 상처를 보는 눈에는 슬픈 기색이 보이지 않았다.

『GUOOO…….』

그 울음소리를 굳이 사람의 언어로 나타내면, '먼저 가서 기다리고 있어'라는 뜻이 될 것이다.

그렇게 한 마디만을 남기고, [글로리아]는 일어섰다.

파열된 왼쪽 뒷다리도 이미 어느 정도 수복이 진행되었기에 [글로리아]는 다시 대지에 발을 내디뎠다.

하지만 다리가 원래대로 돌아오고 골격이 정리된 상황에서도 HP는 회복되지 않았다.

[글로리아]의 구조가 원래 그런 식이었고, 그런 편이 더 유리한 점도 많기 때문이다.

뿔 세 개 달린 머리가 지닌 스킬의 이름은 《기사회생》.

HP에 반비례하여 자신을 강화시키는 스킬이다.

자신의 3분의 1을 잃을 정도로 큰 대미지를 입음으로써 그 스킬은 피가로와 전투를 벌였을 때보다 강한 효과를 발휘하고 있다.

『………….』

그때, [글로리아]의 《절사결계》는 누군가가 침입하는 기척을 포착하고 있었다.

[글로리아]는 다음 적이 코앞까지 다가왔다는 것을 곧바로 알아차렸다.

──그 직후, [글로리아]의 주위에서 수많은 공격마법이 작렬했다.

그것들은 모두 물리 방어력에 큰 영향을 받지 않는 성질을 지닌 번개 공격마법이었다.

차원이 다른 END를 지닌 지금의 [글로리아]를 고려한 공격수단이며, 실행한 자는 굳이 말할 필요도 없이 〈월세회〉였다.

『SHEEEAAAAA!!』

《절사결계》를 담당하는 뿔 두 개 달린 머리가 주위를 뛰어다니는 서른네 명의 적을 감지하고 울부짖었다.

뿔 하나가 건재했을 무렵, [글로리아]와 싸울 때 치명적인 상황은 숫자를 갖추고 싸우는 것.

하지만 반대로 지금의 [글로리아]가 싸울 때 치명적인 상황이 뭐냐 하면…… 숫자를 갖춰진 적과 싸우게 되는 것이다.

반전된 이유는 다수를 단숨에 소멸시킬 수 있는 브레스가 이미 존재하지 않기 때문이다. 이제 상처를 브레스의 발사구로 만드는 힘도 없고, 《절사결계》가 통하지 않는 레벨 500 이상의 상대 다수와 맞서 싸우면 자신의 몸으로 직접 조금씩 박살 내야만 한다.

지금 [글로리아]는 스테이터스가 매우 높긴 하지만 특수한 공격수단을 가지고 있지 않다.

스테이터스의 강화는 계속 이루어지고 있지만, 공격수단이 빈약하다는 점은 여전하다.

특수함을 무기로 삼는 존재가 〈UBM〉이기 때문에 특수성이 의미를 잃어버린 지금, [글로리아]는 가장 약한 상태라 해도 과언이 아니었다.

하지만 그런 상황에서도 [글로리아]의 스테이터스는 강대하다.

그리고 숫자가 많다 해도 사람은 [글로리아]의 공격력과 비교하면 훨씬 허약하다.

현재 공격력으로는 갑주를 걸친 인간이라 해도 종잇장처럼 찢어버릴 수 있다.

[글로리아]는 이미 《절사결계》 안에서 적들의 움직임을 파악하고 있다.

예외 한 명(암살왕)을 제외하면 모두가 아음속 영역을 벗어나지 못했기에 초음속에 도달한 지금의 [글로리아]라면 쉽사리 따라잡아서 말살할 수 있다.

그것을 실행하려 했을 때.

"《월면제산결계── 박명》."

주위 일대가 '흐린 밤하늘'로 변했고, 가늘게 내리쬐는 달빛이 [글로리아]를 비추었다.

그 직후, [글로리아]는 자신의 몸이 납덩이가 된 것 같은 느낌이 들었다.

『SHUEWOOOO……!』

초음속에 도달한 자신의 속도가 아음속 미만으로 떨어졌다.

"다행이네~. 이거는 제대로 통하니께~."

그것은 카구야의 스킬인 《월면제산결계》의 배리에이션. 구름 사이로 내리쬐는 희미한 빛(박명)과도 같이 밤에 빛나는 달빛을 한데 모아…… **효과를 한정시키는** 스킬.

일반적으로는 카구야에게 '불리한 수치'를 전부 6분의 1로 만드는 스킬이지만, 지금은 카구야가 고른 단 하나의 수치만을 6분의 1로 만든다.

그 대신 레벨이나 스테이터스, 스킬을 이용한 저항은 매우 힘들어진다.

〈SUBM〉인 [글로리아]조차도 저항하는 것이 힘들 정도로.

그리고 지금 츠쿠요가 선택한 수치는 '적대자의 AGI'다.

[글로리아]는 피가로와 전투를 벌이며 자신의 족쇄를 풀고 초음속 세계에 도달하긴 했지만, 지금은 《박명》 효과로 인해 아음

속 미만까지 속도가 떨어진 상태였다.

[글로리아]의 스테이터스는 강대해서 공격 하나하나가 〈상급 엠브리오〉의 필살 스킬과 동등했지만, 그것도 맞지 않으면 의미가 없다.

"마법 직업은 계속 공격~. 전위 직업은 미리 짠 대로 마법 직업의 다리 역할을 하믄서 [젬]으로 공격하는 거여~."

츠쿠요의 지시를 받은 집단 서른세 명이 계속 움직였다.

전투 영역에 도달하기 전부터 그랬듯이, 그들은 모두 마법 직업과 속도형 전위로 페어를 짜고 있다.

그리고 속도형 전위가 마법 직업을 짊어지고 아음속으로 뛰어다녔다.

마법 직업은 아음속 미만의 속도로 떨어진 [글로리아]에게 방어력에 큰 영향을 받지 않는 뇌격 마법을 계속 날리고 있었다.

그와 동시에 전위 직업도 공격을 피하며 어떤 마법 [젬]으로 공격을 가했다.

그들이 날리고 있는 것은 상대방의 방어력에 영향을 받지 않는 고정 대미지 마법이다. 일격에 입히는 대미지가 800에 불과하여 톱 클래스 전투에서는 별로 의미가 없는 마법이지만, 절대적인 방어력을 자랑하는 [글로리아]와의 전투에서 인해전술과 함께 사용한다면 효과적이다.

츠쿠요는 나름대로 가격이 꽤 나가는 그 [젬]을 미리 긁어모았고, 만렙은 아니지만 [젬]을 만들 수 있는 신자에게도 계속 만들게 한 결과, 전위 직업은 그 마법 [젬]을 각자 1000개씩 가지고 있다.

티끌 모아 태산. 마법 직업 열다섯 명의 뇌격 마법과 전위 열다섯 명의 [젬]으로 인해 [글로리아]의 HP도 조금씩 깎여나갔다.

대충 계산해서 최대 7000만 정도로 짐작했던 [글로리아]의 HP도 피가로와 전투를 벌이다 입은 대미지도 있었기에 5000만도 남지 않았다.

다시 말해 이 마법과 동등하거나 그 이상인 대미지를 6만 번 정도 맞추면 이길 수 있다는 계산이었다.

하지만 그대로 쓰러뜨리려고 하면 서른 명이 마법이나 [젬]을 계속 쓴다 해도 한 명당 2000개 정도 사용할 필요가 있다(위력이 더 뛰어난 마법 직업의 뇌격 마법도 있기에 조금 줄어들기는 하겠지만.)

물론 마법 직업이 MP를 회복하는 것에도 한계가 있고, [젬]에도 한계가 있다. [글로리아]의 공격으로 인해 데스 페널티를 받는 자도 있을 것이다.

하지만 이 방법으로 깎아내는 것은 [글로리아]의 HP 절반 정도면 된다.

츠쿠요 일행도 지금 [글로리아]가 지닌 강인한 방어력은 뿔 세 개 달린 머리의 스킬 때문이라고 짐작했다.

그렇기에 뿔 세 개 달린 머리만 쓰러뜨리면 〈바빌로니아 전투단〉이 아무런 문제없이 대미지를 입힐 수 있었던 초기 방어력으로 돌아간다.

그렇게 되면 특수능력이 없어진 거나 마찬가지인 [글로리아]

를 일반적인 공격수단으로 쓰러뜨릴 수 있을 것이다.

『SHUWOOOOO…….』

[글로리아]의 뿔 두 개 달린 머리가 짜증이 뒤섞인 듯한 소리를 내며 울부짖었다.

계속 조금씩 공격 마법으로 인해 깎여나가면서도 자신은 그런 공격을 가하는 날파리 같은 인간을 따라잡지도 못하고 있다. [글로리아]도 이렇게까지 일방적으로 당한 적은 없었을 것이다.

게다가 무슨 생각을 하는 건지 공격 마법이 아니라 접근해서 창 반대쪽 끝으로 찌르기만 하는 사람도 한 명 있었다. 그 대머리 남자는 [글로리아]를 찌른 다음 도발하는 듯이 반대쪽 손으로 들고 있던 방패로 〈협곡〉이나 지면을 두드리고 있었다.

그런 행동이 더욱 [글로리아]의 신경을 거슬리게 했다.

한편, 그렇게 시킨 츠쿠요는 츠키카게에게 안긴 채 '패턴 들어 갔당께~'라고 하며 싱글거리고 있었다. [글로리아]가 그녀를 본다면 더욱 분노할 것이다.

"근디 더 빨라졌네~."

카구야의 《박명》이 건 속도 제산(나눗셈)은 지금도 효과적으로 기능하고 있다.

하지만 HP 저하에 따라 스테이터스가 강화되고 있기에 이대로 가면 6분의 1로 만들어도 초음속에 도달할지 모른다.

"슬슬 묶어보까~?"

"분부하신 대로."

이 싸움에 있어서 공세는 앞서 말했듯이 마법 직업 열다섯 명과 전위 직업 열다섯 명이 가하는 고정 대미지 마법과 [젬]이 주축을 맡고 있다.

방어면은 상대방의 공격을 맞지 않는 것이 전제이며, 그렇게 만들기 위해서 츠쿠요가 [글로리아]의 AGI를 계속 6분의 1로 만들고 있다.

그리고 [글로리아]가 다시 초음속에 도달하는 것을 방해하는 역할을 맡은 자는 두 명.

"——《손짓하는 그림자와 죽음(에를쾨니히)》."

《월면제산결계》로 인해 발생한 어둠 속에서 그림자가 수많은 손이 되어 [글로리아]에게 달라붙었다.

그림자 손은 [글로리아]의 움직임을 방해하는 것과 동시에 접촉한 부분에서 [글로리아]의 황금 비늘을 침식하며 대미지를 입히기 시작했다.

온몸에 상처를 입는 것, 그리고 그림자인 것, 만약 상처에서 빛을 뿜어내는 뿔 하나 달린 머리가 건재했다면 절대로 사용하지 못했던 **수법**이다.

하지만 이미 [글로리아]는 빛의 힘을 잃었다.

그리고 또 한 명.

레플리카 황옥마를 타고 달리며 [글로리아]의 비늘을 창 반대쪽 끝으로 찌르던 대머리 남자—— [환수기병] 시지마 이치로도 자신의 〈엠브리오〉 필살 스킬을 사용했다.

"《원하여 잇는 비익의 인연(유노)!!》"

선언한 순간, [글로리아]의 표면…… 창 반대쪽 끝으로 찔러댄

부분에 표식이 떠올랐다.

그와 동시에 방패로 두드렸던 [협곡] 곳곳에도 비슷하지만 색이 다른 표식이 떠올랐다.

직후, [글로리아]의 움직임이 정지되었다.

마치 온몸을 사방팔방 잡아당기는 듯이…… 제대로 움직일 수가 없게 되었다.

그것은 시지마의 〈엠브리오〉인 유노의 능력, **인력 각인**.

창 반대쪽 끝의 표식(메일)과 방패의 표식(피메일)이라는 두 종류의 각인.

스킬이 발동되면 창 반대쪽 끝의 표식이 방패의 표식 쪽으로 강하게 이끌리기 시작한다.

한 쌍 분량의 각인은 STR이 2000 정도라면 떨쳐낼 수 있을 것이다.

하지만 시지마는 SP가 남아있는 한, 그 표식을 계속 새길 수 있다.

사방팔방에서 얽어매면 그 숫자만큼 구속력이 강해진다.

이윽고 상대는 여러 방향에서 작용하는 인력 속에서 꼼짝도 하지 못하게 된다. 상대방이 거대하면 각인을 새기기가 더 쉬워지고, 많은 양을 새기면 〈UBM〉이라 해도 완전히 구속시킬 수 있다.

탈 짐승을 타고 달리며 표식을 새기고 움직임을 막고, 집단으로 토벌한다.

〈월세회〉의 전 전투부대 대장이자 대 거대 몬스터 전투의 스

페셜리스트. 그것이 시지마 이치로라는 남자였다.

『SH, SHWOUUUOOOO!!』

뿔 두 개 달린 머리가 끙끙대며 몸을 움직였지만, 인력을 떨쳐 낼 수가 없었다.

현재 [글로리아]에게 새겨진 표식은 100개가 훨씬 넘었기에 신화급에서 강화된 [글로리아]라 해도 그 구속에서 벗어나는 것은 힘들었다.

표식을 새길 때 SP를 소비하기 때문에 혼자서는 이렇게까지 새길 수 없지만, 이번에는 레플리카 황옥마 뒤에 탄 전체 버프 보조 담당 멤버가 아이템을 사용하여 시지마의 SP를 회복시키는 역할도 맡고 있다. 그 덕분에 표식을 한없이 새길 수 있는 것이다.

그리고 움직임이 멈춘 [글로리아]에게 가하는 멤버들의 공세가 더욱 강해졌다.

그림자 손도 뿔 세 개 달린 머리를 태우면서 졸라댔고, 시지마도 표식의 숫자를 더욱 늘리고 있었다. HP가 떨어져서 STR이 강해지더라도 그에 맞게끔 시지마가 표식을 계속 늘렸기에 구속 상태에서 벗어날 수가 없었다.

게다가 시지마가 움직임을 억누른 시점에 츠쿠요도 제산 대상을 STR로 전환했다.

[글로리아]는 꿈쩍도 하지 못했고, 〈월세회〉가 완전히 전투의 주도권을 쥐고 있었다.

만약 뿔 하나 달린 머리가 건재했다면 이렇게 되지는 않았을 것이다. 하지만 그것은 의미가 없는 가정이었다.

이미 [글로리아]는 벼랑 끝에 몰린 상태였다.

그렇게 일방적인 전개가 시작되고 나서 몇 분이 지났을까.

"HP가 50퍼센트 이하로 떨어집니다."

"그려? 괜찮은 페이스인디~."

츠키카게가 《간파》로 본 데이터로는 곧 전체 HP가 50퍼센트 이하로 떨어지게 된다.

지금까지 [글로리아]의 공격에 제대로 맞은 적은 없었고, 약간 움직이는 부위가 날뛴 여파로 인해 날아드는 바윗덩이도 츠키카게의 그림자로 대부분 쳐내고 있다. 다친 사람도 츠쿠요의 마법으로 이미 완전히 회복된 상태다.

지금까지 스테이터스가 올라가긴 했지만, 상황은 변하지 않았고 이대로 상황이 진행되면 [글로리아]의 토벌을 달성할 수 있다.

츠키카게가 그렇게 생각했을 때, 마침 [글로리아]의 HP가 50퍼센트 이하로 떨어졌고.

──츠쿠요와 츠키카게를 제외한 〈월세회〉 멤버 서른두 명이 **즉사했다.**

500레벨의 정예들은 허무하게, 덧없게도 빛의 먼지가 되었다.

"……? 《박명》."

사태가 급변하자 츠쿠요는 한순간 머릿속이 새하얘졌지만, 곧바로 스킬을 다시 사용하여 제산 대상을 STR에서 AGI로 전환했다.

그것은 정답이었다. 츠키카게가 회피한 직후에—— 6분의 1이 되고도 아음속 영역의 기동을 보인 [글로리아]의 발톱이 눈앞을 스쳤으니깐.

"…………거짓말이제?"

츠키카게가 공주님처럼 안고 있던 츠쿠요는 주위 상황을 다시 확인했다.

열다섯 쌍, 서른 명인 마법 공격 페어. 전멸.

전체 버프 보조 담당, 사망.

시지마, 사망. 동시에 인력 각인은 전부 해제.

만들고 있던 상황이 완전히 무로 돌아갔다.

"죽은 건 서른두 명, 살아남은 건 나하고 카게양. ……초급 직업."

현재 상황을 다시 확인하고.

"……레벨로 판정하는 즉사의 결계, HP 저하로 인한…… 강화."

[글로리아]의 능력을 다시 확인하고.

"…………그거, 참말로 치사하네~."

츠쿠요는 상대방이 한 행동을 완전히 이해했다.

즉…….

"스테이터스뿐만이 아니라 **즉사의 결계까지 강화되는 건** 너무 한 거 아니여~?"

미리 예상했던 대로 [글로리아]가 '상상했던 것보다 성질 나쁜 비장의 수'를 가지고 있다는 사실을 이해했다.

◆ ◆ ◆

■???

　[삼극룡 글로리아]의 소체가 된 용은 이 세계에서도 드물게
〈UBM〉 사이에서 태어난 아이였으며, 부모에게 물려받은 두 능
력을 겸비하고 있었다.

　하지만 [글로리아]의 소체가 된 용의 부모도 지금 [글로리아]
처럼 규격에서 벗어난 스킬을 보유하고 있지는 않았다.

　아버지인 [광룡왕 드래그샤인]은 입에서만 브레스를 토해낼
수 있었다.

　어머니인 [사룡왕 드래그데스]도 250레벨 이하까지(몬스터라
면 50이하까지)만 말살할 수 있었으며, 결계 밖에서 날아든 대
미지 무효화에도 한계가 있었다.

　현재 [글로리아]가 부모와 비슷하면서도 그것을 훨씬 뛰어넘
는 스킬을 지닌 괴물로 된 이유는 두 가지다.

　첫 번째 이유는 외부의 신체개조.

　《종극》의 강화, 《절사결계》의 강화, 《기사회생》, 《■■■■》.

　그것들은 전부 [글로리아] 자신이 아니라 〈UBM〉을 담당하는
관리 AI 재버워크가 디자인한 것이다.

　재버워크는 〈UBM〉을 디자인하고 ■■■■■을 이용하여 소
체가 된 몬스터를 〈UBM〉으로 개조하는데…… 일반적으로는 한

번에 하나만 사용하는 ■■■■■을 두 개 이상 사용하여 실행할 경우도 있다.

이론상 ■■■■■을 여러 개 사용하면 그만큼 〈UBM〉의 성능이 강해지지만, 디메리트도 있다.

여러 ■■■■■을 사용하면 재능이 있는 소체라 해도 몸을 구성하는 정보가 붕괴되어 죽음에 이르게 된다.

애초에 하나를 견뎌내고 적응할 수 있는 레벨이어야 겨우 디자인형 〈UBM〉이 될 수 있다. 두 개에 적응하는 난도는 훨씬 높아진다.

재버워크는 모처럼 얻은 소체를 잃을 수도 있다는 리스크가 큰 이 방법을 잘 쓰지 않는다.

2000년에 걸쳐서도 시술한 사례는 100번이 되지 않으며, 성공한 사례는…… 나중에 실행한 '모체와 태아에 하나씩 사용하는' 변칙 패턴을 합쳐도 10번도 안 된다.

하지만 [글로리아]는 달랐다.

[글로리아]는 두 개…… 아니, 그 이상의 ■■■■■을 받아들이고 적응해냈다.

자신의 소질에 따라 성공할 확률이 한없이 낮은 개조를 견뎌내고 그 힘으로 수많은 몬스터와 〈UBM〉을 해치운 뒤 〈SUBM〉에 도달했다.

그야말로 재버워크가 짐작한 대로.

……하지만 재버워크의 예상에서 약간 빗나간 부분도 있다.

그것이 두 번째 이유, [글로리아] 자신이 실행한 스킬 생성.

예를 들어 [신(더 원)] 등으로 대표되는 초급 직업이나 상급 직업 중 일부는 스스로 스킬을 만든다.

〈UBM〉이라 해도 자신의 힘을 승화시켜서 새로운 스킬을 만들 경우가 있다.

그것과 같은 행동을 [글로리아]도 하고 있었다.

피가로와 벌인 전투에서 사용한 《극룡광아권》도 그중 하나. [글로리아]는 이 스킬을 자신 안에서 개발한 시점에서 자신에게 힘을 부여한 재버워크에게도 숨기고 있었다.

하지만 [글로리아]가 짜낸 스킬은 하나 더 있었고, 그쪽은 끝까지 숨길 수 없었다.

그것은 HP 저하에 따른 스테이터스 강화를 《절사결계》에도 짜넣어 《절사결계》의 허들을 끌어올리는 스킬——《진 절사결계》.

부모에게 이어받은 힘과 재버워크에게 받은 힘, 그것들을 합성하여 짜낸 가장 흉악한 스킬.

1000년 이상 전, [글로리아]가 회수되기 전에 〈이레귤러〉와 싸우고, 다치고, 결과적으로 발동시킨 것이 《진 절사결계》였다.

[글로리아]는 그 힘으로 〈이레귤러〉를 즉사시켰다(그리고 [글로리아]는 이때 얻은 리소스로 100의 한계를 돌파했다).

싸움을 모니터하고 있던 재버워크도 마찬가지로 이 무시무시한 스킬의 존재를 알게 되었다.

하지만 재버워크는 '그것 또한 좋다'라고 하며 간과했다.

그렇게 한 이유는 그가 상정하고 있는 '완성된 보스 몬스터'로서 운용하는데 들어맞는다는 점도 들 수 있었다. [글로리아]에게 요구되는 역할로 따지자면 있어서 곤란할 게 없다고 판단한 것이다.

그렇게 [글로리아]는 《진 절사결계》를 보유하는 것을 허락받고 투하되는 때를 기다리게 되었으며…… 1000년의 세월에 걸쳐 〈이레귤러〉를 없애버린 가장 흉악한 스킬이 다시 행사되었다.

◇ ◆ ◇

□■알터 왕국 〈노베스트 협곡〉

무시무시한 빛과 함께 《진 절사결계》를 전개하고 있는 뿔 두 개 달린 머리의 외눈……, 사안을 올려다보며 츠쿠요는 중얼거렸다.

"아, 이거 끝장나부렀는디~."

초음속으로 뛰어가는 츠키카게에게 안긴 채, 츠쿠요는 한숨을 쉬었다.

스테이터스가 신화급을 뛰어넘을 정도로 성장해버린 [글로리아].

괴멸당한 멤버들과 무너진 작전.

그리고 현재 피아전력의 압도적인 차이.

츠키카게는 전투 계열 초급 직업이긴 하지만 화력이 부족했고, 직업 스킬도 거의 대인 사양이었다. 〈엠브리오〉는 집단전에 유리했기에 오히려 지금처럼 [글로리아] 같은 거대한 단독 전력을 홀로 상대할 수는 없다.

츠쿠요는 그런 부분이 더 현저했고, 직업은 기본적으로 회복과 지원, 〈엠브리오〉는 디버프 온리, 게다가 카구야의 필살 스킬이 대 〈마스터〉 한정 스킬이기 때문에 [글로리아]를 상대하는 것은 츠키카게보다 더 힘들다.

더욱 최악인 것은 그런 두 사람이 어떻게든 [글로리아]와 싸우려 하더라도…… 대미지를 입은 [글로리아]가 《절사결계》의 허들을 올려서 초급 직업인 두 사람까지 포착할 것이 거의 확정되었다는 점이다.

"최대치가 몇 레벨인지는 모르것지만, 뿔 두 개 달린 머리를 남겨두면 안 되것제……."

뿔 두 개 달린 머리가 남을 경우를 생각해본다. 최악의 경우, 레벨의 허들이 1000이나 2000 같은 수치를 넘어서서 결계 안에 있는 모든 생물을 말살하고 결계 밖에서 날아드는 모든 공격을 무효화시키며 아예 손을 댈 수가 없는 괴물이 생겨난다.

그렇게 완전한 죽음의 재앙이 된 [글로리아]를 쓰러뜨릴 방법은 없다.

뿔 두 개 달린 머리를 남길 수는 없다. 뿔 하나 달린 머리와 마찬가지로 그렇게 하지 않으면 이길 가능성이 사라지기에, 쓰러뜨려야 한다고 유도한다.

결과적으로 세 번째 머리가 남을 것이며, 스테이터스를 최대로 발휘하리라는 것은 쉽게 상상할 수 있다.

그리고 두 사람만 남은 〈월세회〉가 그것을 쓰러뜨릴 힘은 없다.

"응. 이건 어쩔 수 없는 거여. 뿔 세 개 달린 머리는 못 쓰러뜨리고. 우리 계획은 파탄나부렀으니께 끝장이여."

츠키카게에게 안긴 채 츠쿠요는 무언가를 포기한 듯이 고개를 젓고는.

"그러니께── 뿔 두 개 달린 머리만큼은 온 힘을 다해서 치러 가볼까?"

흉악한 스킬을 지닌 머리를 해치우겠다, 그렇게 흉악한 미소를 지으며 선언했다.

그렇다, 그녀가 포기한 것은 특전 무구를 두 개 얻는 것.

싸우는 것과 승리하는 것을 포기한 것이 아니다.

"뿔 두 개 달린 머리하고 우리는 퇴장. 나머지는 곰양한티 맡길 거여."

'음속의 몇 배에 도달한 괴물을 STR에 올인한 곰양이 어찌 쓰러뜨릴 건지는 모르지만은~'이라고 말하며 뒷일을 슈우에게 떠넘길 속셈이었다.

반대로 말하자면 자신의 역할로서 뿔 두 개 달린 머리만큼은 자신들이 쓰러뜨리겠다고 결심했다.

"카게양. 그걸 쓸 건디 3분 정도만 시간 벌어줄 수 있는가? 그리고 복귀한 뒤에 **재활훈련도~**."

"알겠습니다, 츠쿠요 님.《그림자의 요람》."

츠키카게는 공손히 고개를 끄덕인 다음…… 츠쿠요를 자신의 그림자에 **가라앉혔다.**

츠키카게의 그림자 속은 이공간이었기에 그도 평소에 이동이나 은밀활동에 이용하곤 했다.

하지만 지금, 츠쿠요를 가라앉힌 것은 평소에 츠키카게가 사용하는 것이 아니라 안에 들어간 자를 지키기 위한 그림자. 츠키카게 자신은 사용할 수가 없고, 들어가는 자가 원하지 않으면 성립되지 않는 그림자 셸터.

안에 있는 자가 나오는 것을 원하거나, 츠키카게가 죽지 않는 한 외부에서 간섭할 수는 없다.

즉, 눈앞에 있는 위협…… [글로리아] 앞에서 유일하게 안전한 곳이다.

하지만 그것은 [글로리아]에게 츠키카게가 죽기 전까지의 짧은 시간에 불과하다.

"3분 동안. 후후, 츠쿠요 님께서는 여전히 무리한 말씀을 하시네요."

츠쿠요가 자리를 비웠기에 카구야의 《월면제산결계 박명》도 해제되어 [글로리아]가 음속의 몇 배나 되는 속도를 되찾았다.

그 속도는 AGI형 초급 직업인 츠키카게보다 더 **빨랐다.**

지금 이 순간에도 [글로리아]가 거대한 팔을 츠키카게를 뭉개기 위해 내려치고 있었다.

"하지만 그 무리에 부응하는 것이 제 역할."

츠키카게는 그림자를 조작하여 [글로리아]를 한순간 막아내는 벽으로 만들면서 회피했다.

그렇게 그는 팔을 제대로 맞는 상황을 피하고── 충격파로 인해 왼팔을 잃었다.

잃은 팔을 돌아보지도 않고 계속 이어지는 공격을 회피하기 위해 다리와 그림자를 움직였다.

초음속 기동 중에…… 체감 시간이 늘어난 츠키카게에게 3분이라는 시간은 절대 짧지 않았다.

그럼에도 불구하고 그는 자신의 주인이 내린 명령을 계속 실행했다.

"3분 정도도 벌지 못하면…… 그분 곁에 있을 수 없지요."

다리가 날아가면 그림자로 다리를 만든다.

동맥이 찢어지면 그림자로 혈관을 막아 출혈을 멈춘다.

자신의 몸을 그림자로 바꿔가며 몸을 움직이고 시간을 번다.

"그분께서 시간을 벌라고 명령하시면 이레 낮, 이레 밤이라 할지라도 벌겠습니다."

[여교황]을 모시는 [암살왕]은 흔들림 없는 의지가 깃든 눈으로…… 계속 시간을 벌었다.

그림자 세계에 시를 읊는 듯한 목소리가 울렸다.

──끝없는 길을 성자는 걷는다.

217

──그 길은 구도(求道)이자 구도(救道).

──자신이 믿는 것을 추구하며.

──끝없이 누군가를 구하는 길.

그림자 속에서 츠쿠요가 일본어가 아닌 언어로 무언가를 암송하고 있었다.

그것은 영창.

하지만 일반적인 마법 스킬의 영창과는 근본적으로 다른 것.

일반적인 영창의 내용은 행사자마다 자유롭게 정할 수 있다.

극단적으로는 적당히 목소리를 내면서 MP를 쏟아부으면 그것이 영창이 된다.

──지금 이때야말로 삶의 끝.

──지금 이곳이야말로 길의 끝.

──성자의 걸음의 종착점.

──성자가 돌아가는 반환점.

하지만 지금 츠쿠요가 하는 영창은 다르다.

정해져 있는 영창이 존재하는 세계에서도 몇 개 되지 않는 고대마법(에인션트 스펠).

영창을 계속하는 것과 동시에 달이 뜬 밤 안에서 빛이 생겨났고, 그녀의 손바닥 안에서 구슬이 되었다.

그 빛은 크레밀에서 국교의 성직자들이 만들어낸 천벌의식,

《천벌의 기둥》과 동질적인 것이었다.

　　──지금, 성자는 짐을 내려놓는다.
　　──성자는 원하던 것을 내려놓고.
　　──그 대신 새로운 소원을 품는다.

　하지만 영창이 진행되어감에 따라 빛 구슬의 빛이 품고 있는 질이 변했다.
　햇빛 같았던 《천벌의 기둥》과는 달리, 조용한…… 밤하늘의 보름달을 연상케 하는 빛.

　　──자신의 삶에서 얻은 것을.
　　──자신의 길에서 얻은 것을.
　　──대가로 날리는 소원의 빛.
　　──이 빛은 누군가를 구한다.
　　──그렇게 원하지 않으면 날릴 수 없다.

　이윽고 그녀의 영창은 완성되었고.

　"──《성자의 귀환(울파리아 엘트람)》."
　선선대 문명보다 오래된 언어로 기적의 이름을── 사제 계통 최종오의의 이름을 선언했다.

◇ ◆

3분 동안. 길고도 짧은 시간이 지났을 무렵, 그림자의 일부가
부풀어 올랐다.

그 안에서 나타난 것은 달빛과도 같은 빛 구슬을 품고 있는 후
소 츠쿠요.

그녀는 차분한 눈빛으로 그 빛 구슬을 힐끔 보고는 위쪽을 보
았다.

그곳에는 어떤 그림자가 서 있었다.

"…………."

양손과 양쪽 다리를 잃고, 그것을 그림자로 메꾸고, 몸통에도
치명상을 여럿 입은 남자의 모습.

3분이라는 시간을 벌어낸 츠키카게 에이시로가 그곳에 있었다.

"수고했어야, 카케양."

주인이 노고를 치하하는 데도 대답하지 않고——목에도 구멍
이 뚫려 있었기에 대답하지 못하고——그럼에도 불구하고 그는
미소를 지으며…… 그 직후에 빛의 먼지가 되었다.

심복이 사라지는 모습을 츠쿠요도 마찬가지로 미소를 지으며
배웅했다.

"자, 슬슬 우리가 나설 차례도 끝이여. '[글로리아]의 뿔 두 개
달린 머리'."

그녀가 말을 꺼내자 손바닥 안에 있던 빛 구슬이 고동쳤다.

마치 표적을 록온한 것처럼.

물론 츠쿠요가 그러는 동안에 [글로리아]가 움직이지 않을 리가 없었다.

이미 [글로리아]는 움직이고 있었고.

──그 팔을 가로로 휘둘러 츠쿠요의 몸통을 두 동강 냈다.

하반신을 날려버렸다고 하는 게 더 정확할 것이다.

치명상. [여교황]인 츠쿠요라면 회복마법인 《성자의 자비》로 즉시 회복할 수 있을지도 모르겠지만, 그러는 동안 [글로리아]가 추격타를 날려 이번에는 머리를 박살 낼 것이다.

어차피…… 츠쿠요는 이제 곧 《성자의 자비》를 **사용할 수 없게 되지만.**

『SHUUOOEEAAAA!! ……?』

츠쿠요의 숨통을 끊으려 했을 때, 뿔 두 개 달린 머리의 외눈은…… 자신에게 날아드는 빛 구슬을 보았다.

그것은 매우 느린 속도로 뿔 두 개 달린 머리를 향해 떠오르고 있었다.

그 자그마한 구슬을 보고 [글로리아]는…… 본능적으로 회피했다.

'저건 위험한 것이다'라는 느낌이 들어 거리를 벌렸다.

하지만 초음속으로 물러난 [글로리아]와는 달리 빛 구슬은 **완전히 똑같은 속도**가 추가된 채 접근했다.

거리를 벌리게 두지 않고, 느릿느릿한 빛 구슬의 원래 속도만 큰 다가왔다.

"처음 써봤는디, 저렇게 되는 모양이구만~."

상반신으로만 땅에 등을 기대면서 츠쿠요는 웃었다.

저 빛 구슬이 바로《성자의 귀환》.

[교황]이나 [여교황]이 쌓아온 위계를, 자신의 삶 모든 것을, 단 일격의 마법에 담는 양날의 검.

──**자신의 모든 직업 레벨**을 대가로 날리는 혼신의 최종마법.

그것은 죽음조차 데스 페널티로 무마하는 〈마스터〉에게도 자신이 바친 삶과 시간의 일부를 바치기에 걸맞은 마법.

효과는, **절대추적식 고정 대미지 마법.**

지정한 대상이 아무리 빠르더라도, 반드시 거리를 좁히며 명중한다.

그리고 고정 대미지 마법이긴 하지만, 대미지 수치는 좀 전까지 〈월세회〉 멤버들이 [젬]으로 날려대던 마법과는 전혀 다르다.

대미지는 레벨 1당 3000.

합계 레벨이 1026인 츠쿠요라면, **대미지가 300만**을 넘어서는 파격적인 위력이 된다.

『SHHEEAAAAAAA?!』

[글로리아]도 빛 구슬이 심상치 않다는 것을 짐작하고 있었지만, 막을 수가 없다.

츠쿠요를 죽인다 해도 멈추지 않는다. 마법은 이미 날아가기 시작해버렸으니까.

하지만 츠쿠요도 마찬가지로 데스 페널티를 받는 것이 확정되었다.

《성자의 귀환》이 작렬한 순간, 츠쿠요의 레벨은 0으로 변한다.

그 순간 《절사결계》로 인해 죽을 것이고, 그렇지 않다고 해도 HP의 저하와 방금 입은 치명상으로 인해 죽을 것이다.

츠쿠요의 죽음은 확정되었고, 삶과 죽음 사이에서 천칭이 흔들리고 있는 것은 [글로리아]의 뿔 두 개 달린 머리뿐이었다.

"……그래도 부족한 모양인디."

하지만 아무리 《성자의 귀환》이 파격적인 대미지를 입힌다 해도, [글로리아]의 HP는 말 그대로 자릿수가 다르다. 피가로, 그리고 〈월세회〉와 벌인 전투로 절반 이하까지 줄어들긴 했지만, 그래도 3500만 정도는 된다.

그렇기에 이 일격도 상처를 약간 입히는 것에 불과──.

"그라니께, 부탁허자~."

『그래, 나도 알아. ──《월면제산결계 박명》.』

──한 것이 아니다.

츠쿠요의 〈엠브리오〉이자 메이든인 카구야 자신이 마지막으로 실행한 것은 지금까지 AGI를 대상으로 삼고 있던 《박명》의 대상 전환.

대상은── HP.

그렇다, 《박명》은…… HP도 제산할 수 있다.

멤버가 있는 동안 실행하지 않았던 것은 태세를 갖추기도 전에 상대가 너무 강화되게끔 하지 않기 위해서다.

멤버가 전멸한 뒤에 실행하지 않았던 것은 속도를 떨어뜨리지 않았다면 패배했을 것이기 때문이다.

그리고 HP를 낮춤으로써 즉사할 우려도 있었기 때문이다.

하지만 《성자의 귀환》에 상대방의 속도는 상관이 없다. 이미 죽음과 맞바꾸어 마법을 날린 순간이기에, 《절사결계》의 허들 같은 것을 고려할 필요도 없다.

지금 이 순간, HP가 3500만에서 600만 가량으로 제산된 [글로리아]에게.

"레벨로 사람의 목숨을 재고, 잔뜩 빼앗아가분 것이 너였으니께."

남은 HP의 절반에 해당되는 대미지 300만을 품고 있던 《성자의 귀환》이 명중하였고.

"——레벨로 죽어버리란 말이제."

——뿔 두 개 달린 머리를 흔적도 남김없이 날려버렸다.

뿔 두 개 달린 머리가 소멸되어 《진 절사결계》도 해제되었다.

그와 동시에 레벨이 0이 된 츠쿠요도 HP의 저하로 인해 숨이 끊어졌다. 몸이 빛의 먼지로 변하는 와중에 츠쿠요는 자신의 소

멸을 딱히 신경 쓰지도 않고 창을 조작하고 있었다.

"아, 레벨은 0인디, 직업은 남아 있어야. 한 번 더 처음부터 딸 생각이었는디, 이라믄 재활훈련은 레벨만 올리면 되것네~."

그렇게 확인하는 작업을 하면서 이득봤다며 웃었다.

[여교황]이라는 직업을 다시 얻을 필요도 있을 거라 생각했지만, 어찌 됐든 크레밀에서 국교의 성직자들 중 대부분이 죽었기에 지금 왕국에 자신 말고는 [여교황]을 딸 수 있는 자가 없을 거라고 짐작했다.

"내가 할 일은 다 했으니께, 이제 곰양헌터 다 떠넘길 거여~."

앞으로 기다리고 있을 가장 골치 아픈 상태인 뿔 세 개 달린 머리와의 싸움을 슈우에게 맡기고 만족했다는 듯이 사라져갔다.

하지만 사라지는 순간……

"……왕도를 확실하게 지켜야 혀. 주검을 거두어주지 않으믄 나헌티 혼날 거니께."

살짝 기원하는 듯한 말을 남기고…… 후소 츠쿠요는 현실로 돌아갔다.

□???

『──《양현 5연장 자재포탑(트윈 퀸튜플 캐넌)》과 탄약고를 링크. 모든 포문에 [DD탄] 장전.』
『──《77연장 유도비상체 발사기구(스타더스트 제노사이더)》, [F탄두] 장착. 발사구 전개.』
『──공격 준비, 완료.』
『저 녀석의 재구성이 끝나기 전에…… 때려 넣어라.』
『──라져. [전신함 발드르], 전투 행동을 개시합니다.』

◇ ◆ ◇

□■알터 왕국 〈노베스트 협곡〉

츠쿠요가 뿔 두 개 달린 머리와 동귀어진한 뒤, [글로리아]는 꿈쩍도 안 하고 쓰러져 있었다.
그것은 《성자의 귀환》으로 인해 절반 이상 날아간 몸을 재구성하기 위해서인 것과 동시에 [글로리아] 자신이 내면을 정리하기 위해서이기도 했다.
『…………』

뿔 하나 달린 머리에 이어, 뿔 두 개 달린 머리도 소멸했다.

이제 [글로리아]에게는 뿔 세 개 달린 머리밖에 남지 않았다.

그것은 뿔 세 개 달린 머리…… [글로리아]에게 있어서 태어나서 처음 맛보는 고독이었다.

게다가 [글로리아]는 감각까지 좀 전과는 크게 달라져 있었다.

항상 전개해왔던 《절사결계》조차 뿔 두 개 달린 머리의 소멸과 더불어 소실되었다.

결계 안을 파악하는 힘을 잃었고, 결계 바깥에서 날아드는 공격을 막을 힘도 지금은 없다.

1000년을 넘는 삶에서 처음 맛보는 감각으로 인해 〈SUBM〉인 [글로리아]도 당황하고 있었다.

──그렇기에 그는 그 순간을 노리고 있었을 것이다.

바람을 가르는 소리와 함께 수많은 **미사일**이 [글로리아]에게 날아왔다.

하지만 그 속도는 너무나도 느렸다.

지금 글로리아에게 남아 있는 HP는 약 1700만. 최대치의 4분의 1도 되지 않는다.

하지만 그것을 대가로 삼아 《기사회생》으로 스테이터스가 4배가까이 올라간 상태였다.

16만에 달하는 STR을 비롯하여 차원이 다른 스테이터스. AGI도 음속의 네 배를 획득한 지금의 [글로리아]에게 날아오고 있는 미사일은 너무 느렸다.

그리고 12만이 훨씬 넘는 END, 미사일이 폭발한 정도로는 대미지를 입지도 않을 것이다.

그렇기에 [글로리아]는 여유롭게 미사일을 쳐냈고.

——**작렬한 빛**으로 인해 시력을 빼앗겼다.

미사일에 탑재되어 있었던 것은 폭약이 아니다. 지극히 강력한…… 인체였다면 실명할 정도로 강렬한 빛을 뿜어내는 섬광탄, [F(플래시)탄두].

자신이 빛의 브레스를 토해내기도 해서 빛에 대한 내성이 높은 [글로리아]도 허를 찌른 그 섬광으로 인해 한순간 눈이 타버렸다.

곧바로 눈을 감았지만, 섬광탄을 탑재한 미사일은 차례차례 간격을 두고 날아왔다.

눈을 떠봐도 시야가 빛으로 가득 차서 앞을 볼 수가 없었다.

그렇게 생겨난 빈틈을 찌르려는 듯—— 포탄이 [글로리아]에게 박혔다.

그것은 12만이 넘는 [글로리아]의 END를 무시하는 듯이 HP를 깎아냈다.

포탄은 전부 스킬로 생성된 것이었으며, 효과는 〈월세회〉가 사용했던 마법 [젬]과 마찬가지로—— 상대방의 방어력과 상관없이 고정 대미지를 입히는 [DD(다이렉트 대미지)탄]이었다.

두 번의 전투를 거쳐 1700만까지 줄어들었던 [글로리아]의 HP가 더 깎여나가기 시작했다.

『GULUUUOOOOO!!』

음속을 뛰어넘은 [글로리아]라면 포탄을 보고 피하는 것도 어렵지 않았을 것이다.

하지만 지금은 그러기 위한 시력이 망가진 상태다. 눈을 떠봐도 들어오는 것은 섬광탄의 빛뿐.

좀 전까지의 [글로리아]였다면 결계 바깥에서 날리는 장거리 포격 같은 것은 통하지도 않았겠지만, 지금의 [글로리아]는 뿔두 개 달린 머리를 잃어 방어능력도 겸하고 있던 《절사결계》가 소실된 상태였다.

날아드는 포탄의 비를 몸으로 받아낼 수밖에 없었다.

무엇보다 《절사결계》를 잃은 지 얼마 안 된 [글로리아]는 결계 없이 주위의 기척을 파악하는 것이 치명적으로 서툴렀다. 적이 그 사실을 숙지하고 지금 이 순간에 공격을 가했다는 것을 [글로리아]도 충분할 정도로 이해하였다.

『Gooo……!』

이 포탄으로부터 도망치는 것은 어렵지 않다.

1초만 있으면 1킬로메텔은 이동할 수 있다. 곧바로 유효 사정거리 바깥으로 탈출할 수 있을 것이다.

하지만 그럴 수는 없다.

[글로리아]는 회피하는 것을 허락받았지만, 도망친다는 행위 **를 허락받지 못했다.**

'직진해서 왕도에 도달할 것'과 '적과 싸울 것'.

그것이 [글로리아]에게 새겨진 명령이었고, 예전에 [천룡왕]의 추격으로부터 자신을 구해주고 〈UBM〉으로서의 힘을 준 존재…… 재버워크와 한 계약이었다.

[글로리아]는 자신의 목숨을 구하기 위해 도망치는 행동을 할 수가 없었다.

그리고 만약 그 명령이 없었다 하더라도, [글로리아]는 도주하는 것을 선택하지 않았을 것이다.

그것은 자부심 때문이다.

자신이야말로 최강의 생물이라는 자부심. 아버지보다, 어머니보다, 자신은 강하고……, 부모님을 죽인 [천룡왕]에게도 승리할 수 있는 힘이 있다고 믿고 있기에 생겨난 긍지.

눈앞을 어떤 생물이 막아선다 하더라도 쓰러뜨리고 돌진하는 것 말고 다른 길은 필요 없다고 생각하는 신념이다.

뿔 하나 달린 머리나 뿔 두 개 달린 머리가 건재했다면 조금 달랐을지도 모른다.

뿔 하나 달린 머리는 자신의 빛으로 다른 자를 유린하는 것을 원하는 머리였고, 뿔 두 개 달린 머리는 자신의 몸을 지키기 위해 다른 생물을 말살하는 겁쟁이 머리였다.

하지만 유일하게 남은 뿔 세 개 달린 머리는 그렇지 않았다.

원하는 것은 그저 순수하게 힘을 키우는 것. 힘을 휘두르는 것. 그리고 힘을 증명하는 것.

그렇기에 뿔 세 개 달린 머리만 남은 지금의 [글로리아]는……
후퇴를 선택하지 않는다.

『…………』

[글로리아]는 일부러 몸을 일으켜서 온몸으로 그 포탄을 받아냈다.

차례차례 작렬하는 [DD탄]의 위력은 무시무시했고, 100발 정도 명중했을 무렵 HP가 1500만 이하로 떨어졌다.

『……GAAAAA!!』

그 대미지를 대가로 자신의 몸에 박혀대는 포탄의 각도로부터 포격이 날아오는 방향을 알아냈다.

그 직후, [글로리아]는 시력을 잃은 채 포격을 가하는 상대를 향해 질주했다.

그저 일직선으로, 포탄이 쏟아져 내리는 것도 아랑곳하지 않고.

머리 두 개를 잃고 HP가 위험 영역까지 돌입함으로써 순수한 힘의 화신으로 변한 [글로리아]는 한결같이 자신의 적을 향해 돌진했다.

한 발짝 내디딜 때마다 땅울림을 일으켰고, 길을 가로막는 〈협곡〉조차 힘으로 분쇄하며 내달렸다.

이 기세라면 장애물이 있다 해도 수십 초만에 적에게 도달할 것이며, 그 적을 해치운 뒤에는 곧바로 왕도까지 침공할 것이다.

초급 직업조차 비교 대상이 되지 않을 정도로 높은 스테이터스를 자랑하는 [글로리아]를 막을 수 있는 자는 없다.

——**지금까지는, 아직.**

◇

[글로리아]가 접근한다는 사실을 포격하고 있던 전함—— 발드르 안에서 [파괴왕] 슈우 스탈링도 파악했다.

『오나.』

『——적성 대상, [삼극룡 글로리아].』

『——〈협곡 장애물〉로 인한 감속을 포함하여 계산.』

『——접촉까지 약 32초.』

『생각했던 것보다 빠른데. ……머리 하나만 남아서 스테이터스가 올랐구나.』

자신이 계산했던 것보다 상대방의 전력을 상향 수정하면서……슈우는 인형옷을 벗었다.

속에 걸치고 있던 옷만 남았고, 탄탄하면서도 근육을 압축한 듯한 육체와 긴 머리카락을 나부끼는 미장부의 얼굴이 드러났다.

"[DD탄]은 이제 바닥나는 건가?"

『——잔탄, 15발.』

"고정 대미지가 아닌 탄이면 뚫지 못하겠지. 저 녀석은 파툼의 《산악인형》이나 《초경신기》보다 단단할 것 같아."

발드르는 스스로 탄약을 생성하는 것이 가능한 전함이며, 소재를 필요로 하는 대신 고도의 섬멸 능력도 지니고 있다.

그럼에도 불구하고 지금의 [글로리아]에게 통하는 무기는 빛으로 시야를 망가뜨리는 [F탄두]와 고정 대미지를 입히는 [DD탄]밖에 없다. 소이탄이나 철갑탄이 통할 상대가 아니다.

그리고 포탄이 통하지 않는다면…….

"그렇다면 **치고받는 거로** 결판을 내주지."

그의 또 다른 무기, 〈마스터〉 최대의 STR로 싸울 수밖에 없다.

하지만 이 시점에서 그의 STR은 약 8만, 장비 보정까지 포함해서 10만 이상이라는 파격적인 힘으로도 지금의 [글로리아]에게는 제대로 공격이 통하지 않는다.

게다가 음속의 몇 배에 도달한 상대를 포착할 방법도 없다.

그 반대로 일격이라도 맞으면 슈우는 빛의 먼지가 된다.

그 사실을 알고 있었기에 슈우는 인형옷을 벗었다.

그 세 가지 문제를 단숨에 정리할 수 있는 **최강의 장비**를 걸치기 위해.

"그걸 한다, 발드르."

『──박격결전형태(풀 오펜스 모드), 현 시점에서 60분 연속 사용 가능.』

"충분해."

자신의 〈엠브리오〉가 한 말을 듣고 슈우는 입가에 미소를 띠어 웃고는.

"──《무쌍의 전신(발드르)》."

자신의 〈엠브리오〉의 이름을, 외쳤다.

◇ ◆

[글로리아]는 적에게 직진하는 동안 자신의 눈을 망가뜨리던 빛이 사라졌다는 것을 눈꺼풀 너머로 느꼈다.

눈을 떠보니 희미하게나마 시야가 회복되었다는 것, 그리고 자신의 시야 안에 이미 적이 들어와 있다는 것을 눈치챘다.

그곳에는 어떤 거대한 그림자만이 있었다. 양현에 5연장포 한 쌍을 갖추고, 갑판에 수많은 미사일 발사구를 갖춘 거대한 전함, 또는 거대전차라고 해야 할 병기.

땅 위가 마치 넓은 바다 같다는 듯이 자리 잡은 육상전함은 지금도 [글로리아]에게 포격을 계속 가하고 있었다.

하지만 이제 포격에 명중될 일은 없다.

시야가 회복된 [글로리아]는 초음속 기동으로 그 포탄을 쉽사리 회피했다.

그와 동시에 육상전함을 향해 돌격했다.

『GUOOOOAAAAA!!』

이 일격으로 박살 내겠다는 듯이 육상전함의 브릿지를 향해 자신의 오른팔을 내리쳤다.

[글로리아]는 육상전함의 브릿지가 박살 나는 광경을…… **환상으로 보았다.**

『…………?』

하지만, 현실은 달랐다.

현실에서는 [글로리아]의 오른팔이 브릿지를 박살 내지 않았다.

브릿지를 박살 낼 거라 생각했던 그 오른팔은—— **붙잡혀 있었다.**

[글로리아]는 삼중으로 이해할 수 없었다.

팔을 붙잡힌 기억이 없어서 생겨난 혼란.

자신의 공격을 막아낸 존재로 인한 충격.

그리고 누가 자신의 공격을 막았는가라는 의문.

[글로리아]가 자신의 오른팔을 보자 그곳에 있었던 것은……

강철색 다섯 손가락.

좀 전까지 포격을 가하던 발드르의 5연장포 포신이 구부러져 마치 사람의 손가락처럼 [글로리아]의 팔을 잡고 있었다.

『……?!』

용이 경악한 것과 동시에…… 강철의 전함은 **일어섰다.**

함체의 앞부분을 다리로.

양현의 5연장 자재포탑을 팔로.

브릿지 안쪽에서 얼굴이 나타났고.

마지막에는…… 거대한 인간 형태가 되었다.

마치 사람—— 또는 신과 같이.

그것은 잘못된 표현이 아니었다.

북유럽 신화는, 여러 이야기는 발드르의 모티브에 대해 이렇게 전한다.

발드르란 세계 최대의 배인 흐링호르니를 소유하고 있으며.

──최강이자 무쌍의 몸을 지닌 신이라고.

『──전신함, 박격결전형태 변형 완료.』

발드르는…… TYPE : 가디언 포트리스 기어 웨폰인 〈엠브리오〉는 담담하게 자신의 공정이 완료되었다는 것을 알렸다.

매우 희귀한 사중 복합형(쿼드러플 하이브리드) 〈엠브리오〉, 그 진정한 모습.

그 위용을 묘사할 만한 말은 수없이 많다.

일어선 인간 형태. 기계장치의 신. 공상의 결전병기.

보는 자마다 다른 말로 부르는 것이 지금의 발드르다.

『Gu, OO……!』

하지만 [글로리아]는 그것을 표현할 언어를 가지고 있지 않았다.

그렇기에 [글로리아]의 머릿속에 생겨난 생각을 사람의 언어로 나타낸다면──, '정체불명'밖에는 없다.

우연히도 그것은 일치했다.

그것이야말로 그가…… 슈우 스탈링이 가장 자주 불리는 별명이기 때문에.

『아슬아슬했군. 한 발짝 늦었다면 머리가 박살 나서 끝장이었을 거야.』

『──부정합니다. **현재의 강도**라면 일격 정도는 맞아도 문제없습니다.』

『그러냐. 뭐, 내구도 테스트를 할 생각은 없어.』

발드르가 한 말을 듣고 슈우는 그렇게 중얼거린 다음.

『──속도 테스트를 할 생각은 있지만 말이야.』

정신을 차린 [글로리아]가 내려친 왼팔을 **초음속 기동**으로 회피했다.

『?!』

자신과 비슷하거나 그 이상의 속도로 움직임 발드르를 [글로리아]가 눈으로 좇은 직후.

『──나무 베기.』

전장 100메텔이 넘는 기계거신 발드르는 최강룡 [글로리아]의 목에 자기 〈마스터〉의 주특기인 돌려차기를 때려 넣었다.

『…………Gu?!』

그 일격으로 인해 [글로리아]는 살짝 비틀거렸다.

그것이 바로 발드르의…… 슈우의 일격이 통했다는 증거.

이것이 바로 《무쌍의 전신》.

슈우의 막대한 STR을 기준으로 HP, STR, END, AGI, 전부를 폭발적으로 키워주는 **갑주**로 발드르를 변신시키는 필살 스킬.

그리고 갑주이기 때문에 이 기계거신을 움직이는 자는 바로 슈우 자신이다.

『후우우……!』

발드르의 내부, 브릿지가 변형된 콕핏에서 슈우가 숨을 토해냈다.

그가 숨을 토하며 자세를 갖춘 것과 동시에 발드르도 같은 속도로 연동되었다.

100메텔이 넘는 기계거신이 자기 〈마스터〉의 무술 움직임을 완벽하게 재현하고 있었다.

당연한 것이기도 했다. 발드르는 슈우의 〈엠브리오〉니까.

인기일체를 이루는 데 있어서 이보다 더 뛰어난 조합은 없다.

『…………』

그 모습을 보고 [글로리아] 또한 확신했다.

지금까지 본 어떤 상대와도 다르다는 것을.

유린해온 약자와는 다르다. 숫자에 의존했던 자들과는 다르다.

특수한 힘으로 도전해왔던 다른 〈UBM〉이나 심장과 날개, 뿔 하나 달린 머리의 오른쪽 눈을 빼앗았던 남자와도 다르다.

그리고 자신의 머리를 없앤 두 사람과도 다르다.

자신의 머리를 없앤 두 사람은 종합적인 성능으로 따지면 양쪽 다 [글로리아]보다 크게 부족했지만, 뛰어난 하나를 살려 목을 해치웠다.

하지만 눈앞에 있는 상대는 다르다.

저것은 지금의 자신과 **동등**하다.

공세와 수세의 스킬이 사라지고 그저 신체능력과 스테이터스만 남은 자신과 정면으로 맞붙어서 호각으로 싸울 수 있는 상대다.

그런 상대도, 이런 싸움도…… [글로리아]에게는 처음이었다.

『GUAHAHA……!』

그런 체험으로 인해 [글로리아]는 웃었다.

처음으로 투쟁을 기대하면서 웃었다.

이렇게 **즐거운** 적은 처음이다.

『하핫……!』

그리고 슈우도 마찬가지로 웃었다.

자신이 물러날 수 없는 싸움에 도전하고 있다는 사실을 알고 있으면서.

자신의 패배가 왕국의 멸망으로 이어진다는 사실을 기억하고 있으면서.

그럼에도 불구하고 아주 조금…… 아주 조금은 이 싸움이 **재미있었다.**

마치 학생 시절에 무술을 수련하던 나날이 생각나는 것 같다.

『GUHAHAHAHAHAHAHAHAHAHAHAHAHA!!』

『하하하하하하하하하하하하하하하하!!』

그렇게 웃으면서…… 두 수컷은 마주 보았다.

[파괴왕] 슈우 스탈링, 전신함 박격결전형태.

[삼극룡 글로리아], 단독 최대결전형태(맥스 배틀 모드).

인류 최대의 STR과 몬스터 최대의 STR을 지닌 자들.

그들은 한껏 웃고 나서.

──서로 머리를 분쇄하겠다는 듯이 주먹을 휘둘렀다.

주위에 충격파를 흩뿌리며 기계거신과 최강룡의 주먹이 격돌했다.

그것이 최대의 힘과 힘의 격돌.

왕국의 〈초급〉과 [삼극룡 글로리아], 그 최종전의…… 진정한 개시이었다.

□■'???

기계거신과 최강룡의 싸움이 펼쳐지고 있는 〈협곡〉에서……
아니, 대륙 그 자체에서 도달할 수 없는 곳에…… 그 공간이 있
었다.

이공간이라 해야 할 곳, 마치 우주선의 한 구획 같은 곳에 사
람 몇 명이 모여 있었다.

사람……이라고 하는 건 잘못된 표현일지도 모른다.

그들 중에는 외모가 인간과 동떨어진 자도 있었기 때문이다.

하지만 그들은 외모 같은 것보다 깊은 부분에서 공통된 특징
을 지닌 존재다.

그들의 이름은 관리 AI. 다른 이름은 〈무한(인피니트) 엠브리오〉.

이 〈Infinite Dendrogram〉 세계를 관리하는 존재이다.

그런 관리 AI가 모두는 아니지만 몇 명이 모여서 공간에 떠 있
는 스크린을 보고 있었다.

스크린 안에서는 기계거신과 최강룡이 주먹을 주고받으며 격
돌하고 있었다.

"신기하게도 네가 말했던 것처럼 되었군. 재버워크."

육식 동물 계열 수인과 비슷하게 생긴 몬스터 담당 관리 AI 3
호—— 통칭 '퀸'은 스크린에 뜬 전투를 보고 신이 나서 옆에 있

던 동료에게 말을 걸었다.

"말했던 것처럼이라는 게 무슨 뜻이지? 3호."

"핫. 그야 뻔하지. '뛰어난 인재들이 모여 있는 왕국에 평범한 〈SUBM〉을 투하해봤자 아무 일도 일어나지 않을 것이다'라는 발언 말이야. 그리고 [글로리아]를 투입했는데도 마찬가지란 말이지. 대단한 녀석들이군."

의아한 표정을 지은 재버워크에게 퀸이 계속 말했다.

"〈초급〉을…… 〈초급 엠브리오〉를 늘리는 목적은 달성하지 못했지만, 이런 날도 있는 거지. 뭐, 이렇게 뛰어난 인재가 있는 나라니까. 〈SUBM〉이 개입하지 않더라도 앞으로 〈초급〉 몇 명이 생겨날 테지. 이번에 실패하더라도 너무 신경 쓰지 마라."

퀸은 이번에 동료가 실패한 것을 위로할 생각으로 그렇게 말을 걸었다.

"그렇지. 이번에는 실패했다."

그녀가 한 말을 듣고 재버워크는 고개를 끄덕인 다음.

"다음 [글로리아]는 더 잘할 거다."

아무렇지도 않다는 듯이, 인간이 들으면 절망할 만한 말을 내뱉었다.

혹은…… 들어봤자 이해하지 못할지도 모르는 말을.

"……다음, 이라고?"

재버워크가 한 말을 듣고 퀸이 의아한 표정으로 물었다.

"방금 한 말을 들으니 마치 저 [글로리아]를…… 〈무한(우리)〉에 준하는 힘을 지닌 저 괴물을 양산할 수 있다는 것 같은데?"

"설마, 그렇진 않다. 저건 1000년에 한 번 생겨날 정도로 기적적인 산물이다. 저것을 양산하는 것과 비교하자면 〈초급〉을 늘리는 것이 더 간단하겠지."

재버워크는 고개를 살짝 저으며 부정했다.

그리고 퀸의 오해를 바로잡기 위해 이렇게 말했다.

"그저 [글로리아]는 백업으로 인해 **완전 재생**하는 것뿐이다."

재버워크가 말한 내용은 퀸이 깜짝 놀라기에 충분했다.

"……완전 재생? 코어까지 포함해서 말인가?"

"물론이지. 백업만 무사하다면 어떤 코어가 부서진 시점에서 재생이 시작되고, 나중에는 완전 재생된다. 하지만 단점도 있지. 이 기능을 이용하면 [글로리아]를 늘릴 수 있지 않을까 하는 생각도 들었지만, 코어는 원본이 존재하는 한 복제할 수 없었다. 원래 존재하는 코어가 전부 기능을 정지하지 않는 한, 어떤 코어도 복제할 수 없는 모양이다. 능력 자체는 그에 맞는 코어가 부서진 시점에서 백업으로부터 복원할 수 있으니 완전 재생까지 시간이 그리."

"잠깐, 잠깐만…… 기다려봐!"

[글로리아]의 기능을 구구절절 설명하려던 재버워크의 말을 퀸이 가로막았다. 그녀가 보기에는 이 이야기는 기능에 대한 설명보다 훨씬 더 중대한 문제를 가지고 있다.

"그렇다면 [초투사(피가로)]가 신화급 무구를 내던져서 쓰러뜨린 머리도, [여교황(후소 츠쿠요)]이 자신의 모든 레벨과 맞바꾸어 쓰러뜨린 머리도, 몇 번이고 되살아나는 건가?"

"그렇게 되겠지."

"⋯⋯재버워크, 그건 처음 듣는 말인데."

"말하지 않았으니까. 뭐, 안심하도록. [글로리아]는 몇 번이고 되살아날 테고, 몇 번이고 〈마스터〉들에게 시련을 준다. ──〈초급〉이 모일 때까지 **몇 번이고.**"

재버워크가 너무나도 담담하게 한 말을 듣고 퀸의 등골이 오싹해졌다.

그리고 깨달았다.

자신들과 재버워크는 [글로리아]를 투입하는 태도가 전혀 달랐다는 것을.

퀸 같은 관리 AI들은 '뛰어난 인재가 모여 있는 왕국이기에 강력한 〈SUBM〉을 보낸다'라고 생각했지만, ⋯⋯재버워크는 그렇지 않았다는 것을 이해했다.

[글로리아]만으로 영원히 시련을 계속 줄 생각이었던 거다.

"⋯⋯저걸 막을 수 있는 수단은?"

"물론 마련해놓았다. 내 권한으로 백업 기능을 정지시키는 건 언제든지 가능하다. 그리고 백업을 파괴해도 멈춘다."

"아까부터 네가 말한 백업은 뭐지?"

"이거다."

재버워크는 스크린을 전환시켰다.

거기에 뜬 것은 빛이 없는 지하의 공동.

자연스럽게 뻥 뚫린 공동이기에 알아보기 힘들지만, 스크린에 표기된 데이터에 따르면 깊이가 3000메텔 이상. 공동의 천장까지 높이는 100메텔 이상, 면적도 동서남북, 몇 킬로메텔은 된다. 매우 거대한 공동이다.

그리고 그 공동에는…… 거대한 물체가 드러누워 있었다.

"저건……꼬리인가?"

그것은 돌기 네 개가 달려 있고 금빛 비늘에 뒤덮여 있는 긴 꼬리.

크레밀 전투에서 폴테스라가 잘라낸 [글로리아]의 꼬리다.

"정확히는 [글로리아]의 네 번째 머리…… 왕국의 〈마스터〉들에게 맞춰서 이름을 짓는다면 **뿔 네 개 달린 머리**다. 저 안에 코어도 있다."

[글로리아]의 꼬리── 뿔 네 개 달린 머리는 크레밀 전투 이후에 행방불명되었다.

날개는 남아 있는데 꼬리만 사라졌다는 사실에 의문을 품은 자도 있었지만, 그렇게 거친 싸움이 벌어졌기에 사라져버렸을 것이라는 결론을 내렸다.

하지만 실제로는 본체에서 독립하여 움직였고, 부근에 있던 호수에 몸을 숨기고 있었다.

그런 다음 호수 안에서 땅을 파낸 뒤, 이 지하 공동에 자리 잡고 있었던 거다.

"흐음, 마침 잘 되었군. 뿔 네 개 달린 머리의《기사개생》이 시작된다."

재버워크가 그렇게 말하자 꼬리의 단면이 부풀어 올랐고…… 머리 두 개가 돋아났다.

각각 짧은 외뿔과 두 개의 뿔을 달고 있는 그 머리는…… 미성숙하긴 했지만 틀림없이 [글로리아]의 사라진 머리였다.

[글로리아]의 꼬리는 쌍두사처럼 변하며 지하 공동을 기어갔다.

"벌써, 재생한 건가……?"

"아직 멀었다. 형태만 갖추었을 뿐, 코어가 들어 있지 않아. 지금은 뿔 네 개 달린 머리 자체의 코어뿐이다. 하지만 좀 전에 말했듯이 본체가 완전히 토벌된 타이밍에 다른 코어도 복원된다. 그때까지는 몸만 먼저 재구성하는 형태가 되겠지. 그래, 만약 지금 본체가 쓰러진다면…… **내일쯤** 부활할 수 있을 거다. 뿔 네 개 달린 머리는 재생능력이 뛰어나니까."

"…………."

너무나도 빠르다. 그렇다면 만약 슈우가 뿔 세 개 달린 [글로리아]를 쓰러뜨린다 해도 왕국은 승리와 생존을 기뻐하는 시간조차 가질 수 없게 된다.

백업이 사라지지 않는 한, 싸움은 몇 번이고 되풀이될 것이다.

"The Glory Select Endless Routine."

깜짝 놀란 퀸에게 재버워크가 어떤 이름을── 재버워크가 [글로리아]에게 부여한 코드를 말했다.

"〈초급 엠브리오〉로 진화를 촉진하며 **끝없이 선별을 되풀이한다.** 그것이 [글로리아]다. 저것을 막을 수 있는 상황이라면 저것을 쉽사리 막아낼 수 있을 정도로 〈초급〉을 많이 갖춘 상황이겠지."

"……왕국이 사라지는 것 아닌가?"

"그때는 그때다. 나라가 하나 정도 없어지면 활력소가 될지도 모른다. 그리고 나는 이대로 100개가 모일 때까지 [글로리아]에게 대륙 전체를 습격하게 할 생각도 있다."

그것은 새로운 재앙이다. 〈초급〉이 모일 때까지 한없이 계속 되는 유린의 재해.

그것은 자칫하다간 지금까지 잡아온 균형을 크게 무너뜨리게 된다.

퀸 말고도 이야기를 듣고 있던 관리 AI 중 몇 대가 자신의 본체를 써서 지하에서 계속 재생하고 있는 네 번째 머리를 파괴해 야 할지 생각하기 시작했다.

하지만 다른 관리 AI가 이번 일에 개입하려 한다면 재버워크 가 막을 것이다.

그것은 다시 말해, 보안 담당인 관리 AI 10호 밴더 스내치와 더불어 관리 AI 중에서도 최강급이라는 남자와 싸움을 벌이게 되는 것이다.

아니, 최악의 경우에는 그 밴더 스내치도 [글로리아] 타도를 막으려는 쪽으로 돌아설 것이다.

그것은 목적을 달성하기 위해 수단을 고른다는 사고 자체가 없는 기계이니 재버워크 쪽에 붙을지도 모른다.

그들이 어떻게 해야 할지 고민하고 있었을 때.

"재버워크."

그 자리에 있던 관리 AI 중 하나── 잡일 담당 관리 AI 13호 체셔가 재버워크의 이름을 불렀다.

체셔가 재버워크의 이름을 부르자, 다른 관리 AI는 재버워크를 설득하고 권한을 써서 백업을 정지시키려 한다고 예상했다.

하지만…… 아니었다.

"한 가지만 충고할게~."

그것은 단순한 조언.

"나는 너보다 〈마스터〉를 접할 기회가 많으니까~. 그 경험을 통해 말하는 건데."

"뭐지?"

재버워크가 묻자, 체셔는 고양이 얼굴로 씨익 웃고는…… 이렇게 말했다.

"그들은 자유니까── 우리 생각대로 움직여주는 사람이 더 적단 말이지~."

그리고 체셔가 그렇게 말한 직후.

『──[삼극룡 글로리아]의 백업에 〈마스터〉가 접근.』

상황의 변화를 알리는 누군가의 목소리가 흘러나왔고.

"〈마스터〉? 저런 땅속에 대체 누가?"

재버워크의 물음에 대해 그 목소리는.

『──[범죄왕] 젝스 뷔펠.』

──**범인**의 이름을 알렸다.

◆ ◆ ◆

■알터 왕국 지하 공동

시간을 약간 거슬러 올라간다.

그것은 거대한 꼬리였다.

크레밀 방위전에서 폴테스라가 잘라낸 꼬리.

그것이 바로 네 개의 돌기…… 뿔을 지닌 [글로리아]의 뿔 네 개 달린 머리였다.

『…………』

입도 없어서 어떠한 말도 할 수 없는 그 머리.

하지만 그 머리의 절단면에서…… 소리를 낼 수 있는 자들이 돋아났다.

『FLUYUUSHH…….』

『SHUOOOOW…….』

피가로와 후소 츠쿠요에게 소멸당한 뿔 하나 달린 머리와 뿔 두 개 달린 머리이다.

마치 머리가 두 개 달린 뱀과 같은 Y자 형태의 몸이었다.

정확하게 말하자면, 그것들에 비해 마치 알에서 막 태어난 것 같은 파충류처럼 미숙한 머리였다. 뿜어낸 힘도 본체와 비교하면 훨씬 약했다.

하지만 서서히 비대화, 경화를 거듭하고 있어서 시간이 지나면 **같아질 것**이라는 걸 쉽게 상상할 수 있었다.

그것이 바로 뿔 네 개 달린 머리의 힘——《기사개생》이다.

꼬리는 본체인 [글로리아]로부터 필요에 따라 분리할 수 있는 구조였다.

만약 폴테스라가 잘라내지 않았더라도 강적과 맞서게 되면 자동으로 끊어진다.

그리고 꼬리만 자취를 감추고, 본체가 소멸되면 재생시킨다.

숨은 그 뿔 네 개 달린 머리를 쓰러뜨리지 않는다면, [글로리아]는 죽지 않는다.

몇 번이고 되살아나며, 몇 번이고 싸움을 벌인다.

그것이 바로 가장 완성된 몬스터인 [글로리아]의 마지막 비밀이다.

영원히 계속 선별하는 〈SUBM〉……, 최악이라 해도 과언이 아닌 존재다.

『…………』

지금, 최대의 힘을 발휘한 본체가 최후일지도 모르는 싸움을 벌이고 있다.

그 승패를 뿔 네 개 달린 머리가 알 수는 없지만, 본체가 이기면 언젠가 본체가 죽을 때까지 잠들게 되며, 지게 되면 여기에서 재생한다. 그러기만 하면 된다.

단, 재생되는 [글로리아]는 지상에서 싸운 [글로리아]보다는 조금 약해질 것이다. 꼬리 [글로리아]의 전투 경험은 지상에서 꼬리가 잘렸을 때 멈췄으니까.

그렇다, 이 재생 루프 시스템이라면 완전히 재생하였을 때 꼬리…… 뿔 네 개 달린 머리를 스스로 잘라 숨겨두기만 하면 된다.

그렇게 하지 않는 이유는 본체의 전투 경험을 뿔 네 개 달린 머리에도 쌓아두기 위해서다.

간단히 말하자면 게임의 세이브 데이터를 담은 메모리 같은 것이다. 지금부터 재생할 [글로리아]는 [뇌룡왕]이나 왕국의 티안을 해치운 전투 경험을 가지고 있다.

하지만 절단된 뒤…… 〈마스터〉와 전투를 벌인 경험은 사라졌다. 레벨도, 전투 기술도, 지금 지상에서 싸우고 있는 [글로리아]보다 조금 떨어지는 개체로 재생한다.

하지만 문제는 없다. 경험 같은 건 다시 쌓으면 된다.

어찌 됐든, 본체가 사라진 뒤에는 제2의 [글로리아]로서 재생하여 왕국을…….

『──아, 역시 있네요.』

그때, 물방울이 떨어지는 듯한 소리와…… 남자의 목소리가 지하 공동에 메아리쳤다.

빛이 없는 어둠 속이었지만, 이미 뿔 두 개 달린 머리를 재생하여 《절사결계》를 얻은 뿔 네 개 달린 머리는 결계를 통해 그것을 감지하고 있었다.

지하 공동의 천장 균열을 통해 흘러내린 액체, 그것이 말하기 시작했다는 것을.

액체는 한 곳으로 모여…… 곧바로 인간 형태를 이루었다.

어디에나 있을 법하고 검은 테 안경밖에 특징이 없는 남자의 얼굴.

하지만 뿔 네 개 달린 머리는 이미 이해하고 있었다.

눈앞에 있는 상대가 본체의 머리를 없앤 자들보다 결코 뒤떨어지지 않을 정도로 무시무시한 존재라는 것을.

"이미 뿔 하나 달린 머리와 뿔 두 개 달린 머리가 되살아나려 하고 있네요. **역시나** 재생 능력을 가지고 있었나요?"

남자── [범죄왕] 젝스 뷔펠은 자신의 육체로 만든 안경을 고쳐 쓰면서 이해했다는 듯이 말했다.

의뢰를 받은 시점에서 젝스는 [글로리아]의 구조를 이해하고 있었다.

주로 세 가지 이유가 있다.

첫 번째, 전투 기록과 전투 결과의 불일치. 그 전투에서 폴테스라가 [글로리아]의 날개와 꼬리를 잘라냈는데도 불구하고 전장에는 날개만 떨어져 있었다는 것.

두 번째, 자신의 성질과의 비교. 젝스는 슬라임이기에 어느 정도 커다란 덩어리라면 찢어진 부분에서 온몸을 재구성하는 것도 가능하다. 슬라임이 할 수 있는 일이니, 〈SUBM〉이…… 전장에서 사라진 [글로리아]의 꼬리가 똑같은 일을 하지 않는다는 보장이 없다.

세 번째, [천룡왕]의 힌트. [천룡왕]은 이 대륙 상공 곳곳에 자신의 분신인 언데드…… 영체 드래곤을 날려 그 시야를 공유하고 있다. 그 정도로 뛰어난 정보 수집 능력을 지닌 [천룡왕]이 [글로리아]가 여럿 존재한다는 듯한 낌새를 풍기고 있었다. 그렇다면 틀림없이 존재한다는 뜻이다.

이런 이유로 인해 꼬리에서 재생하는 두 번째 [글로리아]의 존재를 확신하고, [천룡왕]의 눈이 닿지 않는 공간── 지하나 물속을 크레밀과 가까운 순서대로 찾아다니고 있었다.

그리고 지금, 젝스가 재생하는 [글로리아]를 발견했다.

"찾아냈습니다."

『크크큭……, 예상이 맞았나.』

젝스가 혼잣말을 중얼거리자, [천룡왕]의 목소리가 대답했다.

물론 그곳에 [천룡왕]이 있는 것은 아니었지만, 그 대신 젝스의 손안에 비늘이 하나 있었다.

그것은 [천룡왕]의 비늘이었고, 이것도 [천룡왕]이 자신의 고유 스킬로 혼을 나누어 만든 언데드이다.

평소에는 젝스를 〈천개산〉으로 초대할 때 사용하던 물건이다.

그리고 [천룡왕]의 분신이라 할 수 있는 언데드이기 때문에 《절사결계》 안에서도 사라지지 않는다.

"예상했던 대로 지하였네요. 이런 곳에서는 [플레어]가 싸울 수 없겠죠."

『그래. 최악의 경우 왕국의 지반 그 자체가 녹아버릴 테니 말이다. 게다가 그 녀석은 그런 상황에서도 죽지 않을 것 같으니 웃을 수도 없겠군. 크크크크큭.』

"웃고 계시잖습니까."

수만 도나 되는 초고열을 구사하여 '항성룡'이라고도 불리는 [휘룡왕 드래그플레어]. 그가 이곳에서 전투를 벌이면 왕국에 지각변동을 일으킬 수도 있다.

그렇기에 가장 자유롭게 **전력을 조정**할 수 있는 젝스가 토벌을 의뢰받은 것인데.

"그런데 돋아난 게 뿔 하나 달린 머리와 뿔 두 개 달린 머리뿐인가요? 쓰러진 머리뿐이라는 거군요."

『그런 모양이로군.』

이미 [글로리아]의 뿔 하나 달린 머리와 뿔 두 개 달린 머리가 토벌되었다는 사실은 [천룡왕]의 전언을 통해 젝스도 파악하고 있었다.

"슈우가 결판을 내기 전에 쓰러뜨리지 않으면 꽤 위험해지겠는데요."

그리고 젝스는 방긋 웃은 다음.

"그러니 바로 시작하죠. 이 어둠 속에서…… 저와 당신의 사투를."

——초음속으로 뿔 네 개 달린 머리를 향해 파고들었다.

"《셰이프 시프트》—— 검(슈비에트)."

젝스는 자신의 오른쪽 손목 아래를 신화급 금속과 맞먹는 경도를 지닌 칼날로 변형시켰다.

그와 동시에 오른쪽 팔을 손목까지만 슬라임으로 되돌려 마치 칼날이 달린 채찍처럼 휘둘렀다. 그렇게 파고드는 동작도, 공격에도 망설임은 전혀 없었다. 젝스는 마치 빛이 없는 공간이라 해도 확실하게 보인다는 듯이 움직였다.

젝스의 공격은 뿔 네 개 달린 머리도 지니고 있던 비늘의 방어력――― 3만 정도에 달하는 END를 쉽사리 찢어발기고 대미지를 입혔다.

『…………!』

대미지를 입었다는 사실에 뿔 네 개 달린 머리는 매우 자연스럽게 '위험하다'라고 생각했다.

아직 뿔 세 개 달린 머리가 본체에 있는 이상, 뿔 네 개 달린 머리가《기사회생》을 이용하여 HP 저하에 따라 스테이터스를 증강시킬 수는 없다. 그러기는커녕, 나머지 두 머리도 아직 코어를 지니고 있지 않았기에 상처를 변화시키거나《진 절사결계》를 사용할 수도 없다.

가능한 것은.

『《OOOVVERRRDDRRIVE》!!』

재생된 뿔 하나 달린 머리로 날리는, 본체와 동일한 위력을 지닌《종극(오버 드라이브)》.

재빨리 회피한 젝스가 그 직전까지 있던 공간을 빛의 브레스가 관통했고, 빛이 없던 지하 공동을 대낮처럼 비추면서 암반을 증발시켜나갔다.

"이거 깜짝 놀랐는데요."

젝스는 시원스러운 표정으로 그렇게 말하면서 공격을 다시 가했다.

뿔 네 개 달린 머리는 그동안에도 뿔 하나 달린 머리에게 브레스를 토하게 했지만, 명중하지 않았다.

재생된 뿔 하나 달린 머리가 날리는 빛은 본체의 빛에 비해 가늘었다. 위력은 동일했지만, 범위가 좁아서 상대방을 맞추지 못하고 있었다.

게다가 젝스는 알지 못했지만, 《절사결계》도 약해진 상태였다. 지금은 반경 100메텔 이내의 250레벨 이하인 존재를 말살하는 정도의 결계였다.

〈UBM〉으로서 지니는 코어가 아직 재생되지 않았기 때문에 뿔 하나 달린 머리도, 뿔 두 개 달린 머리도 부모에게 이어받은 수치까지 약해진 상태인 것이다.

그럼에도 불구하고 상대는 고대전설급 특화능력을 두 개나 지니고 있는 신화급 괴물이다.

하지만 젝스는 질 생각이 전혀 없었다.

오히려 이렇게 생각하고 있었다.

──분명 제가 제일 편한 거겠죠.

완전한 전력을 지니고 있던 [글로리아]와 싸웠던 피가로보다.

절대적인 죽음의 힘이 극에 달했던 [글로리아]와 싸웠던 츠쿠요보다.

지금, 순수한 최강이 된 [글로리아]와 싸우고 있는 슈우보다.

분명히 자신의 싸움은 편할 것이라고.

그렇기에 질 수는 없다고.

"《셰이프 시프트》── 기관포(마쉬넨 카노너)."

젝스가 왼쪽 손목 아래를 개틀링포로 변형시켰다.

복잡한 기구를 지닌 기계라 해도 젝스는 조건에 따라 자신의 몸을 변형시킬 수 있다.

날아간 탄환은 검만큼 위력이 강하지는 않았는지 비늘에 튕겨져 나갔다.

개틀링포의 화력으로는 그 방어를 뚫을 수 없었다.

하지만 그래도 상관없다.

『······?!』

뿔 네 개 달린 머리가 자신의 몸 표면에서 위화감을 알아차렸다.

튕겨낸 줄 알았던 탄환이 몸 표면에 달라붙어 조금씩 비늘에 상처를 입히고 있었기 때문이다.

그 탄환은 어느새 검은 액체── 슬라임으로 변해 있었다.

개틀링포가 변형시킨 젝스 자신인 것처럼, 날아간 탄환 또한 젝스이다.

착탄된 직후에 탄환에서 슬라임으로 돌아와 밀착한 뒤 상처를 입힌다.

『············!!』

입이 없는 뿔 네 개 달린 머리가 몸부림쳤고, 재생된 두 머리도 괴로워하며 비명을 질렀다.

젝스는 그 틈을 타 [글로리아]에게 빠른 속도로 접근했다.

이번에는 좀 전보다 가까이 다가갔고, 채찍이 달린 검보다 안쪽으로 파고든 간격.

"《셰이프 시프트》── [파괴왕]의 오른팔(레히트 아름)."

세 번째 셰이프 시프트로 인해 젝스의 오른팔이 그의 팔이 아닌 오른팔로 변했다.

그보다 훨씬 우락부락한 그 오른팔로 [글로리아]의 몸 표면을 두들겼다.

그 직후, [글로리아]는 지금까지 받은 것 중 가장 큰 대미지를 받은 것처럼 몸을 구부렸고, ……그와 동시에 젝스의 오른팔도 그 반동으로 인해 찢어졌다.

"슈우는 STR이 너무 높아서 부분 변신으로는 열화 버전이라 해도 반동 때문에 팔이 떨어져나가버리네요."

찢어진 오른팔을 슬라임으로 되돌려서 회수하며 젝스는 냉정하게 말했다.

검, 기관총, 그리고 [파괴왕] 슈우 스탈링의 오른팔.

이러한 변형은 모두 한 스킬을 이용하여 해낸 것이다.

《셰이프 시프트》.

젝스의 〈초급 엠브리오〉인 눈의 액티브 스킬이다.

눈은 《셰이프 시프트》와 패시브 스킬인 《액상 생명체》, 그리고 필살 스킬까지 포함해도 스킬을 네 개밖에 가지고 있지 않다.

변형(셰이프 시프트)이라는 이름처럼 젝스의 육체를 변형시키는 이 스킬.

평소에는 인간 형태를 이루고 있는 것처럼 변형만 하는 것뿐이지만, 사실은 그 한 단계 위.

변형한 대상…… 인간이나 〈엠브리오〉의 힘조차 획득하는 스킬이다.

현재, 젝스는 왼팔을 슈우 스탈링의 〈엠브리오〉, 그 제2형태로 변형시키고 있다. 《셰이프 시프트》는 변신한 대상의 장비 스킬까지 획득할 수는 없지만, 아이템이 아니라 〈엠브리오〉라면 얻는 것도 가능하다.

『…………!』

[글로리아]가 자신의 거대한 몸으로 휩쓸어버리려는 듯이 젝스를 공격했다. 젝스는 그 공격에 맞서 다시 [파괴왕]의 오른팔로 카운터를 맞추면서…… 공격을 당하고는 흩어졌다.

하지만 산산조각 난 줄 알았던 그 몸은 곧바로 재생하여 원래대로 돌아왔다.

재생 능력이 뛰어나고 물리 공격을 거의 무력화시키는 《액상 생명체》의 효과이다.

자유자재로 변형하며 능력까지 획득하는 《셰이프 시프트》, 재생 능력이 뛰어나고 물리 공격을 무력화시키는 《액상 생명체》, [범죄왕]의 유일한 스킬이자 오의인 패시브 스킬, 《범죄사(월드 레코드)》.

이 세 종류의 스킬을 병용함으로 인해 공격과 방어, 양쪽 모두 빈틈이 없다.

그것이 [범죄왕]의 기본 전투 스타일이다.

하지만 파격적인 만능성을 지닌 눈에게도 단점이 세 가지 존재한다.

첫 번째는 《셰이프 시프트》를 사용할 때 대상과의 레벨 차이가 변형의 정확도에 영향을 준다는 점. 비슷한 레벨이라 해도 능력은 5할 정도에 불과하며, 완전히 동일한 능력을 획득하려면 상대방의 레벨보다 두 배 정도 높은 레벨이 필요하다. 〈엠브리오〉도 마찬가지라 제7형태의 절반 이하…… 제3형태까지만 완전한 능력을 획득할 수 있다.

두 번째는 능력의 자세한 내용을 파악하지 못한 스킬은 변형해도 사용할 수 없다는 점. 알지 못하는 경우에는 애초에 변형할 때 기능에 포함시킬 수가 없다.

그리고 세 번째는…… 리소스 부족.

만능의 변형능력인 《셰이프 시프트》, 강력한 방어능력인 《액상 생명체》. 어느 한쪽만 놓고 봐도 강력하고, 〈엠브리오〉 하나의 능력이라 해도 이상하지 않을 만한 능력이다.

그렇기에 양쪽 모두 가지고 있는 눈은 다른 부분에서 다른 〈엠브리오〉보다 매우 뒤떨어진다.

그것은 〈마스터〉에게 주는 스테이터스 보정.

눈은 매우 희귀하게도── 모든 스테이터스에 **마이너스 보정**을 주는 〈엠브리오〉이다.

모든 스테이터스가 반감되는 마이너스 보정.《셰이프 시프트》를 쓸 때는 SP를 소모하기 때문에 변형 시간에 제한까지 걸리는 형태다.

누구도 될 수 있는 대신, 기본적인 성능은 다른 〈마스터〉들보다 큰 핸디캡을 떠안게 된다.

그것이 젝스 뷔펠이라는 〈마스터〉다.

하지만…… 그러한 세 가지 단점을 모두 **이미 해결했기에** [범죄왕] 젝스 뷔펠이 두려움을 사고 있는 것이다.

『크크큭.』

"어라, 또 즐거운 듯한 목소리가 들리는데요. 왜 그러시죠?"

『아니. 네 친구는 정말 기분 좋게 싸우고 있구나. 이러한 싸움은 [패왕]이나 선선대의 [용제(드래고닉 엠퍼러)]가 있던 시대 이후로 처음이다.』

"저도 그 싸움을 조금 보고 싶어지네요. ……?"

재생하는 중이었던 [글로리아]와 싸우면서도 젝스는 아직 [천룡왕]과 이야기를 나눌 여유가 있었지만, 그 표정이 약간 변했다.

젝스는 갑자기── **자신의 몸을** 갈가리 찢어 주위에 흩뿌렸다.

──그 직후, 수많은 빛의 실이 지하 공동을 이리저리 가로질렀다.

[글로리아]가 본체보다 가늘게 입에서 뿜어내던 《종극》.

그것이 지금, 더욱 가는 빛으로 변하여── **빛의 실 수백 개가**

되어 지하 공동에 난무했다.

[글로리아]가 뿜어낸 빛은 위력은 그대로, 숫자는 훨씬 늘어나 지하 공동 그 자체를 녹이고 자르기 시작했다.

"이건……."

[글로리아]는 스스로 새로운 스킬을 만들 수 있는 몬스터다.

그 사실은 재생된 [글로리아]…… 뿔 네 개 달린 머리라 해도 마찬가지다.

뿔 네 개 달린 머리는 눈앞에 닥친 젝스라는 궁지에 맞서…… 오리지널보다 약해진 뿔 하나 달린 머리의 힘을 더욱 분할하는 새로운 스킬을 짜냄으로써 면 제압력을 더욱 끌어올렸다.

《확산종극(스프레드 오버 드라이브)》이라고도 할 수 있는 그 새로운 스킬은 지하 공동 전체를 휩쓸었고, 미리 분할하여 피했던 젝스의 몸을 2할 정도 증발시켰다.

하지만 부피와 HP가 대폭 깎이면서도 젝스의 파편은 《확산종극》이 사그라든 직후에 집합하여 재생했다.

다시 팔을 개틀링포로 변형시키고 [글로리아]에게 자기 자신을 연사했다.

하지만 그 탄환은 [글로리아]에게 닿지 않았다.

[글로리아]에게 닿기 직전에── 빛의 먼지가 되었다.

지금 [글로리아] 주위에는…… 눈에 보일 정도로 진한 결계가 전개되어 있다.

그것은 《절사결계》.

전개 반경 50센티메텔로 압축된 《절사결계》이다.

그것은 예전처럼 넓은 범위를 섬멸하는 힘이 아니었다.

그저 자신의 주위에 들어온 생물 모두를 말살하여 몸을 지키기 위한 힘.

지금의 《절사결계》──《압축절사결계》라면 레벨이 1000 이상인 사람이라 해도 쉽사리 말살시킬 수 있을 것이다. 젝스의 분신인 총탄이 소멸했다는 것이 그 증거다.

게다가 결계가 압축됨으로써 방어능력에도 빈틈이 없었다.

예전의 《절사결계》라면 압축시킬 수 없었겠지만, 힘이 약해짐으로써 오히려 압축하기 편해진 상태였다.

《확산종극》과 《압축절사결계》.

이렇게 짧은 시간에 재생체인 [글로리아]는 뿔 하나 달린 머리와 뿔 두 개 달린 머리의 비장의 수에 맞먹는 힘을 획득했다고도 할 수 있다.

원래는 있을 수 없는 일이지만…… 그렇게 된 원인이 있다.

상황이 **[글로리아]에게** 너무 안 좋았기 때문이다.

여전히 머리 세 개의 코어는 복원되지 않아서 전성기와는 동떨어진 상태.

상대는 정체나 능력의 끝을 알 수가 없는 [범죄왕].

백업인 자신이 사라지면 물러날 곳이 없다는 상황.

그렇게 경험해본 적도 없었던 역경, 생명의 위기에 [글로리아]의 생존본능이 지금 가진 힘을 재구성하여 두 스킬을 짜낸 것이다.

출력만 놓고 보면 가장 떨어지지만, 재주가 뛰어난 [글로리아]

로서…… 뿔 네 개 달린 머리는 새로운 전투 스타일을 얻었다.

"가는 광선을 더욱 가늘게 만들고 확산시킨다. 그리고 결계의 범위를 더욱 좁힘으로써 치사 대상을 늘렸다, 그런 건가요?"

젝스는 안경을 고쳐 쓰면서 냉정하게 [글로리아]의 수법을 간파했다.

지금은 젝스에게 매우 위험한 상황이다.

젝스에게는 자신의 몸을 무기로 삼아 싸우는 것밖에 방법이 없었기에 《압축절사결계》는 천적이다.

게다가 《확산종극》의 공격 범위를 감안하면 언젠가 젝스의 온몸이 날아가게 된다.

"그렇군요. 잘 생각했어요. 창의, 요령, 멋진 것 같습니다. 특히 결계의 변화가 훌륭해요. 난공불락, 뚫을 수 있는 자는 얼마 되지 않겠죠."

그렇게 형세가 역전된 상황에서 젝스는 감탄한 듯이 말했다.

그리고 방긋 웃은 다음.

"그러니 그건── '결계까지 통째로 **파괴**해라'라는 뜻이죠?"

확인하려는 듯이 그렇게 물었다.

"그런 거라면 저도 잘 알고 있습니다. 친구의 특기가 그런 전법이니까요."

『…………?!』

뿔 네 개 달린 머리가 뭐라 말할 수 없는 위압감에 당황했다.

젝스가 보여준 태도에는 감탄, 놀라움이 있긴 했다.

하지만 뿔 네 개 달린 머리가 얻은 두 힘…… 조금도 위협적으로 여기고 있지 않았다.

마치 이미 **대처할 방법**을 가지고 있다는 듯이.

『들리나, 젝스.』

"어라, 왜 그러시죠?"

비늘을 통해 [천룡왕]의 말을 듣고 젝스는 무슨 일이 생겼을까 생각하며 대답했다.

『슬슬 위에서도 결판이 나려는 것 같다.』

"그렇군요, 그거 문제네요."

젝스는 결판이 나려는 것 같다는 말을 '슈우가 승리할 것 같다'는 뜻으로 받아들였다.

그 정도로 젝스는 슈우의 역량을 신뢰하고 있다.

하지만 본체가 사라지만 이 재생 [글로리아]에게도 뿔 세 개 달린 머리가 돋아나게 된다. HP가 저하될수록 스테이터스가 상승하는 머리까지 포함해서 이곳에 [글로리아]가 모두 모이게 되어버린다.

그렇기에 이제 장기전을 벌이진 않는다.

"그럼 결계에 대처해야 하니 **그런 저**로 금방 결판을 내도록 하죠. 여러모로 빌리겠습니다. **슈우**."

그렇게 말한 직후, 젝스의 기척이 변했다.

눈앞에 있는 인간 형태이면서도 인간이 아닌 것의 정체를 알 수 없는 느낌이 두려움을 유지하며 전혀 다른 것으로 바뀌어 간다는 것을 뿔 네 개 달린 머리도 느끼고 있었다.

그것은 마치 밤바다가 대해일로 변해가는 듯한…… 압도적인

힘의 기운.

『후후후——.』

젝스는 인간 형태를 잃고 액체로 돌아가고 있었다.

그와 동시에 부피가 팽창하기 시작했다. 젝스는 천장까지 100
메텔 이상 떨어져 있는 광대한 지하 공동이 좁게 느껴질 정도로
팽창했다.

[글로리아]가 《확산종극》으로 공격했지만, 팽창하는 속도가
소멸시키는 속도보다 훨씬 빨랐다.

마치 막대한 HP를 가지고 있는 무언가가 되려는 것처럼.

그리고 부풀어 오르는 도중에 자신의 외모를, 내면까지 변하
게 하면서…… 젝스는 단 한 마디를 입에 담았다.

『《나는 만 가지 모습에 마땅하다(눈)》——■■■■.』

그 직후, 어두운 액체가 어떤 형태를 이루었고——.

□■알터 왕국 〈노베스트 협곡〉

모든 사건에는 끝이 있다.

이 왕국에서 벌어진 사람과 [글로리아]의 싸움에도 끝은 있다.

그것이 아득히 먼 훗날이 될지, 몇 분 뒤가 될지는 두 왕의 어깨에 달려있었다.

왕국 지하에서는 젝스가 재생의 순환을 막기 위해 움직였고, 지금 이 〈협곡〉에서는 슈우가 최대의 힘을 발휘하는 본체와 사투를 벌이고 있다.

〈협곡〉가장자리에서 시작된 싸움이 이윽고 〈협곡〉의 중심으로 옮겨가 있었다.

그것은 기계거신(발드르)을 조종하는 슈우가 만에 하나라도 초음속으로 움직이는 [글로리아]를 왕도로 보내지 않게끔 유도한 결과다.

그렇기에 피가로, 츠쿠요가 싸웠을 때와 마찬가지로 알터 왕국의 〈초급〉과 [글로리아]가 벌이는 결전은 이 〈협곡〉 내부에서 이루어지고 있었다.

하지만 만약 이 싸움을 본 자가 있다고 한다면…… 분명히 모두가 이렇게 생각할 것이다.

이 싸움이 끝난 뒤에 〈노베스트 협곡〉은 남지 않을 것이라고.

◇ ◆

『──스킬 사용 타격(하이퍼 블로우) 셋.』

발드르의 기계음성과 동시에 기계거신이 오른팔을 들어 올렸다.

척 보기에도 공격을 준비하는 동작에 맞서 [글로리아]는 두 팔로 연속 공격을 가하며 공세에 나섰다.

하지만 발드르를 움직이던 슈우는 나머지 왼팔을 자신의 팔처럼 움직이며 [글로리아]의 연속 공격을 흘리고 조준을 피했다.

빗나간 [글로리아]의 공격은 발드르가 등지고 있던 협곡의 암벽을 쳤고…… 반경 100메틸이 넘는 거대한 타격 흔적을 만들며 암벽을 무너뜨렸다.

그리고 공격이 빗나가자 빈틈을 드러낸 [글로리아]의 옆구리를 향해.

"《파성추》!!"

파괴자 계통 액티브 스킬을 병용한 발드르의 타격이 꽂혔다.

충전 시간이 필요한 대신 타격 대미지를 6배로 만드는《파성추》로 인해 커진 파괴력은 모조리 [글로리아]에게 박혔고, 100메틸이 넘는 [글로리아]의 거대한 몸을 반대쪽 암벽까지 날려버렸다.

[글로리아]와 접촉한 충격으로 인해 다시 〈협곡〉이 무너졌다.

하지만 어림잡아 100만에 달하는 대미지를 입었을 [글로리아]는 곧바로 붕괴된 토사에서 몸을 일으켜《파성추》로 인해 대미지를 입기 전보다 가속하며 발드르를 덮쳤다.

"치잇!"

기계거신은 그 돌격을 흘리고, 교차하는 순간에 왼쪽 손가락—— 포문으로 얼마 남지 않은 [DD탄]을 [글로리아]에게 날렸다.

그와 동시에 기계거신의 오른쪽 다리는 스킬 공격 충전에 들어갔다.

파괴자 계통 액티브 스킬 중 대부분은 발동될 때까지 충전 시간이 필요하다.

연속으로 공격을 가하는 것이 그 특성상 불가능하다. 그 사실은 전투에 있어서 치명적인 빈틈이며, 파괴자 계통이 전투에 부적합하고 대물 파괴가 특기인 이유이기도 하다.

하지만 슈우가 움직이는 발드르는 상대방의 공격을 그 동작으로 막으며 스킬을 날릴 시간을 번다.

"《삭암천》…… 지염!!"

위력과 함께 관통력을 끌어올리는 스킬과 동시에 비틀면서 관통하는 발차기가 [글로리아]의 왼쪽 발목을 뚫었다.

비늘을 뚫고, 살을 헤집고, 뼈를 부수는 일격. [글로리아]의 자세가 크게 무너졌고, 기계거신은 다시 추격타를 가하기 위해 스킬 공격을 충전했다.

『GUOOOOOOO!!』

하지만 그보다 먼저 [글로리아]가 한쪽 다리로 뛰어올라 자신의 무게와 힘으로 돌격을 감행했다.

그 속도가 너무 빨랐기에 기계거신은 곧바로 전부 다 흘릴 수 없었다. 막아내지 못한 위력으로 인해 장갑에 큰 균열이 생겼다.

"역시 공격력이 제일 높군. 움직임도 더 빨라졌나? ……하지만 녀석도 스테이터스에 휘둘리고 있어."

자신이 궁지에 처했음에도 불구하고 슈우는 냉정하게 분석하고 최선의 수를 두고 있다.

하지만 그 최선의 수도 점점 쓰지 못하게 되어갔다.

원래는 맞붙어서 공방을 펼칠 때 스킬을 사용하여 타격하지 않고 속도를 우선시한 일반적인 타격을 가했을 것이다. 하지만 지금은 전투 초기 때 보여준 타격전을 벌이지 않고 [글로리아]의 공격을 쳐내며 액티브 스킬을 병용한 타격을 때려 넣는 스타일로 완전히 전환한 상태다.

그 이유는 단순하다.

이미 [글로리아]의 END가── 기계거신의 STR보다 3만 이상 높아졌기 때문이다.

스킬을 사용한 타격이 아니라면 이미 대미지가 들어가지 않는다.

그 사실을 처음부터 알고 있었다.

발드르의 스테이터스는 전투를 개시한 시점이 최대치.

그에 비해 [글로리아]는 아직 더 강해질 수 있다.

HP가 저하되면 《기사회생》으로 인해 [글로리아]가 강화되는 것이다.

한계점은 처음도 아니고 지금도 아니다, 이 너머, 멀리 있는 사선에 존재한다.

그렇기에 발드르의 타격이 완전히 통하지 않게 되는 것도 시간문제다.

동등했던 속도조차 지금은 [글로리아]가 두 배 정도 빠르다.

오히려 그렇게까지 큰 차이가 나는데도 불구하고 호각으로 싸우고 있는 슈우의 기량이 이상할 정도였다.

하지만 그것도 오래 버티지 못한다.

방금 그 공방에서도 이미 발드르…… **기계**의 약점이 드러났다.

기계는 회복마법이나 아이템으로 HP를 회복시킬 수 없다.

황국의 〈마징기어〉가 가지고 있는 단점을 마찬가지로 이 병기인 〈엠브리오〉도 가지고 있다.

그렇기에 장갑의 파손이나 구동부의 열화 같은 약체화를 전투를 벌이는 도중에 회복시킬 방법이 없다.

그에 비해 [글로리아]는 HP를 회복하지 않지만, 손상 자체는 회복된 상태였다. 방금 파괴한 왼쪽 발목도 이미 완치된 상태다.

"핫, 재생 능력이 너무 뛰어난데. 생명력(HP)이 회복되지 않고 형태만 수복시키는 것도 그 재생 속도에 영향을 주는 거겠지만……."

항상 최선의 역량을 계속 갱신하는 최강룡과 열화될 수밖에 없는 기계거신.

이 차이는 전투가 장기화될수록 심각해져만 간다.

그럼에도 불구하고 발드르의 머리에서 자세를 취하고 있는 슈우의 눈빛은 조금도 포기하지 않았다.

『……Guu.』

그와 맞서는 [글로리아]도 '아직 숨겨둔 게 있지?'라는 듯이 기계거신을 바라보고 있었다.

이미 〈협곡〉이라 부를 수 없을 정도로 무너져버린 〈노베스트 협곡〉에서 기계거신과 최강룡이 마주 보았다.

그들도 이미 이해하고 있다.

이제부터 주고받을 공방이 이 싸움의 결판을 좌우하게 되리라는 것을.

"발드르, 양팔 자재포탑의 탄약은?"

『──오른팔은 잔탄 3, 왼팔은 0입니다.』

"그렇다면 왼팔은 그대로 탄약고에 연결시켜."

『──라져.』

발드르에게 지시를 내린 것과 동시에 슈우는 자세를 취했다.

그것은 양쪽 팔꿈치를 옆구리 아래까지 끌어당긴 기묘한 자세.

두 팔을 끌어당겼기에 상대방의 공격을 쳐낼 팔도 없고, 때려 넣을 때 회전력을 더할 수도 없다. 무술로 따지자면 지극히 불합리한 자세.

하지만 [글로리아]는 무술 같은 것을 알지 못했고, 그렇기에 그 자세의 본질을 이해할 수 있었다.

──저것이 가장 두려운 것이라는 사실을.

지금까지 당한 공격 중에서도 가장 큰 위력을 발휘하는 것은 저 자세에서 날리는 일격이라는 사실을.

하지만 그와 동시에 저 자세는 너무나도 공격의 궤도가 뻔했다.

정면에서 제대로 날아든다 해도 저 공격을 맞을 일은 없다.

그 사실은 공격을 날리는 슈우 자신이 그 누구보다 잘 이해하고 있었다.

그렇기 때문에.

"《77연장 유도비상체 발사기구》── 점화."

『──라져.』

그 순간, 기계거신의 양쪽 어깨 장갑이 옆으로 젖히고── 내부에서 수많은 미사일이 발사되었다.

초지근거리에서 날아간 미사일은 [글로리아]뿐만이 아니라 발드르까지 범위 안에 들어가 있었다.

하지만 그것은 위력을 지닌 미사일이 아니었다.

그 미사일의 탄두는 전부── [F탄두].

빛으로 시야를 막아버리는 시력 상실용 미사일이다.

그 직후, 작렬한 미사일이 뿜어낸 빛이 주위 일대를 뒤덮었고, [글로리아]는 아무것도 볼 수 없게 되었다.

필살의 자세를 취하고 있을 기계거신의 모습조차도.

그 빛으로 인해 가려진 세계에서 [글로리아]에게 필살의 일격을 때려 넣을 속셈이라는 것은 명백했다.

『Guuu…….』

'어리석다'라고 생각하며 [글로리아]는 낙담했다.

왜냐하면 [글로리아]는 이미 눈을 감은 채 기계거신의 뒤쪽으로 파고든 상태였기 때문이다.

미사일이 발사된 시점에서 [글로리아]는 이 전개를 예상하고 있었다.

그렇기에 슈우의 마지막 한 수는 빗나가고, [글로리아]가 숨통을 끊는다.

그렇게 생각한 [글로리아]는 기계거신의 뒤에서 두 팔을 내리쳤다.

『……GUU?!』

그 순간, [글로리아]는 아무것도 볼 수 없는 상태임에도 불구하고 눈치챘다.

기계거신 또한 이미 뒤쪽으로 파고든 자신을 향해 자세를 취하고 있었다.

기계거신을 조종하는 슈우는 시야가 막히게끔 하면 [글로리아]가 뒤쪽으로 파고들 것이라는 것까지 예측했다.

"최종오의――."

그리고 그는 그 스킬의 봉인을 풀었다.

파괴, 그 하나만큼은 모든 것을 초월한 초급 직업, [파괴왕].

하지만 역대 계승자 중에서도 극소수만 도달할 수 있었던 최종오의(파이널 블로우).

7만 이상의 STR을 획득한 [파괴왕]만이 도달할 수 있는 경지.

보아라, 이것이야말로── 세계조차 파괴하는 일격.

"──《파계의 철추(월드 브레이커)》."

두 팔로 동시에 타격을 날렸고, 그것은 [글로리아]의 복부를 양쪽에서 두들겼다.

그리고 두 주먹의 타격이 일으킨 파괴가 교차한 점에서── 더욱 커다란 파괴가 휘몰아쳤다.

그 순간, 기계거신의 주먹은── **공간을 박살 냈다.**

자신의 공격력 이하의 파괴 불능 대상을 파괴하는 스킬, 《파괴권한(디스트로이 오더)》. 대상은 내성이나 무효화 능력에 한정되지 않는다. 액체나 기체, 결계 능력조차 포함된다.

그 능력에 최종오의인 《파괴의 철추》를 합쳤을 때, [파괴왕]의 일격은 이 세계가 얹혀 있는 **공간**조차 자신의 힘으로 파괴한다.

하지만 공간의 파괴는 그저 파괴에 그치지 않는다. [글로리아]의 육체까지 통째로 박살 난 공간을 복원하기 위해 급속도로 주위의 공간이 일그러지기 시작하고 있었다.

공간이 **메꿔질 때** 생겨나는 수많은 왜곡은 공간 위에 있는 물체를 강도 따위와는 상관없이 갈가리 찢으면서 공간을 수복시키려 한다.

그것은 생물 최고의 END를 획득한 [글로리아]라 해도 마찬가지.

자신의 주먹이 스킬 발동의 기점이었던 기계거신도 마찬가지
로—— 뒤틀린 공간으로 인해 부서지고 잘려나갔다.

그렇다. 애초에 그것은 최종오의.
사용하면 끝장, 자신의 몸도 멀쩡할 수가 없었다.
이 기술을 사용한 [파괴왕]은 한 명도 예외 없이—— 이 기술
로 인해 죽었다.
공간은 일그러지면서 수복되었고, 최강룡과 기계거신의 몸은
잘리고 부서졌다.
그렇게 공간의 수복이 완료되었을 때, 남아 있던 것은——.

『Gu, oo…….』

공간이 파괴된 뒤에 서 있던 것은…… [글로리아]였다.
[글로리아]는 몸에 커다란 구멍이 뚫렸고, 온몸에 금이 갔고,
HP도 이미 10만 이하로 떨어진 상태였다.
하지만 그럼에도 불구하고 [글로리아]는 살아남았다.
그에 비해 기계거신은…… 사라졌다.
그 공간 파괴 안에서 흔적도 없이 산산조각 났을 것이다. 기계
거신처럼 규격에서 벗어난 존재가 자신의 몸을 희생하여 최후
의 일격을 날렸는데도 불구하고 [글로리아]를 쓰러뜨릴 수 없었
던 것이다.
『………….』

그 최후에 [글로리아]는 아무런 말도 할 수 없었다. 자칫했다간, 한 번이라도 공격을 더 맞았더라면 자신도 마찬가지로 사라졌을 것이기에.

박빙의 승리이자 결코 잊을 수 없는 싸움이다.

그렇다 해도 본체가 죽으면 이 기억은 사라질 것이다.

백업에는 오늘, 이날, [글로리아]가 체험한 결전의 기억은 없으니까.

아마 이 본체도 오래 버티지 못할 것이다.

대미지를 너무 많이 받았다. 지금 상태로는 인간들이 인해전술로 목숨을 버리면서 고정 대미지 스킬을 날린다면 쓰러지게 될 수도 있다.

『Guoo…….』

하지만, 그렇게 되기 전에 해야 할 일이 있다.

자신에게 새겨진 두 가지 사명에 따라 왕도에 있는 적을 없애야만 한다.

죽을 위기에 처한 [글로리아]의 스테이터스는 이제 계측하는 것이 바보 같아질 정도로 상승한 상태였다.

왕도에 도착하는데 1분도 걸리지 않을 것이고, 땅을 두들기면 일격에 왕도를 파괴할 수 있을 것이다.

그러고 난 뒤에는 자유다.

그렇게 되면 우선 〈천개산〉으로 가서 [천룡왕]을 없앨 것이다.

몸에 난 상처를 치유하며 [글로리아]는 자신의 미래를 상상했고.

『―――――감개무량하긴 아직 이르지.』

몸의 심지까지 닿는 것 같은 목소리를 들었다.

잘못 들을 수가 없는 그 목소리는 바로 기계거신의 안쪽에서
들리던 목소리.

[파괴왕] 슈우 스탈링의 목소리다.

하지만 기계거신은 이미 사라졌다.

그렇다면 목소리는 어디에서…….

『…………!!』

눈치챘다, 눈치채버렸다.

알겠다, 알아버렸다.

적이 있는 곳은―――.

『―――**여기**라면 네가 아무리 빨라도 빗나가지 않겠지?』

―――[글로리아]가 방금 치유한 **상처 안**이었다.

언제, 어떤 타이밍에 그가 그곳에 도달했는지, [글로리아]는
알지 못했다.

《파계의 철추》가 발동된 직후였다는 사실을 알 수 있을 리가
없다.

그가 스킬을 발동시킨 직후에 콕핏인 브릿지에서 나왔고, 탄
약고를 통해 텅 빈 왼팔 포신 안을 지나 [글로리아]의 몸속에 박
힌 왼팔 손가락…… 포문으로 몸속에 도달했다는 사실을 알 수

는 없었다.

비장의 수인 최종오의를 날리기 전부터, 두 수, 세 수 앞을 내다보며 움직였다는 사실을.

『커헉…….』

물론 슈우도 멀쩡한 상태는 아니었다.

공간이 파괴되는 곳을 뛰어갔기에 온몸에 중상을 입은 상태였다.

그럼에도 불구하고 그는 목적지에…… [글로리아]의 몸속에 도달했다.

그리고 기계거신은 사라졌지만, 그의 〈엠브리오〉인 발드르는 사라지지 않았다.

──슈우의 왼손에 대포로 변형하여 장착되어 있었다.

그것이 바로 [전신함 발드르]의 제1형태.

지금 이 순간에 [글로리아]를 타도할 수 있는 유일한 무기.

발드르는 힘과 병기를 능력 특성으로 지닌 〈엠브리오〉이며, 그 제1형태가 가진 힘의 이름은 《스트렝스 캐논》.

이름 그대로 슈우 자신의 STR을 증폭시켜 광탄으로 날리는 하루에 한 번만 사용 가능한 필살포.

그 위력은 슈우의 STR의 5배.

아니, 아니다. 그것은 부화한 시점의 수치다.

〈초급 엠브리오〉에 도달한 지금은——— 슈우의 STR의 **35배**를 때려 넣을 수 있다.

장비보정까지 포함하여 10만이 넘는 STR의 35배.

대미지 35만을 제대로 맞게 되면 지금의 [글로리아]가 지닌 END로도 막아낼 수가 없다. 얼마 남지 않은 HP를 확실하게 없애버린다.

그럼에도 불구하고 이 스킬을 마지막까지 아껴둔 것에는 이유가 있다.

이 광탄은 너무나도 느리다. 초음속은커녕, 아음속으로도 쉽사리 피해버릴 것이다.

음속을 훨씬 뛰어넘은 지금의 [글로리아]에게는 절대로 명중시킬 수 없다.

하지만 지금만큼은 예외다.

상대방의 몸속에서 날리는 일격이 빗나갈 리가 없다.

발드르는 기계거신이었을 때 입은 대미지가 남았는지 온몸에 금이 가 있었지만, 그럼에도 불구하고 일격을 날릴 수는 있다.

그 일격으로…… 모든 것이 끝난다.

『GYYYYGAAAAAAAA!!』

자신 안에서 날아들려 하는 힘의 파동을 느끼고 [글로리아]는 몸속에 있는 슈우를 박살 내기 위해 자신의 복부에 주먹을 휘둘렀지만——— 갑자기 멈췄다.

그것은 당연한 귀결.

지금 [글로리아] 몸속에 있는 슈우를 공격하면── 그것은 빈사 상태인 [글로리아]에게 치명적인 일격이 된다.

슈우는 예측했었던 거다.

《파계의 철추》로 [글로리아]를 쓰러뜨리지 못하면 어떻게 될지.

스테이터스가 얼마나 폭발적으로 올라가게 될 것인지. 그리고 처음부터 수치에 차이가 있었던 공격력과 방어력에…… 얼마나 큰 **차이**가 생기게 될지.

[글로리아]는 아무리 큰 상처를 입는다 해도 곧바로 멀쩡하게 회복된다.

하지만 그것은 어디까지나 모양뿐. 생명력(HP)이 빈사 상태라는 점은 마찬가지고, 그렇기에 극대화된 자신의 공격을 맞으면 죽을 수밖에 없을 정도로 약해진 상태다.

그리고 몸속에 있는 슈우를 죽이려면 [글로리아] 자신의 방어력을 뚫을 수 있을 정도로 공격할 수밖에 없다.

자신의 방어를 뚫고, 슈우를 죽이면서도 자신의 생명력을 끝까지 깎아내지 않는다. 그렇게 정밀한 컨트롤은 급속도로 막대한 힘을 얻어버린 [글로리아]에게는 불가능할 것이다…… 좀 전까지 공방을 주고받던 슈우는 그 사실을 파악하고 있다.

그렇다……, [글로리아]는 너무나도 급격하게 **강해져버렸다.**

그렇기에 슈우는 이러한 최후를 선택했다.

슈우의 일격, 또는 슈우를 쓰러뜨리기 위해 [글로리아]가 자신에게 날린 일격으로 [글로리아]를 죽이는 것을.

어느 쪽으로 결판이 난다 해도…… [글로리아]는 이미 끝장난 상태였다.

굳이 이 두 가지 결판 중 어느 쪽에 도달할지 판별한 게 있다고 한다면, 이러한 전개를 알고 있는지 여부뿐.

직전에 눈치채버린 [글로리아]는 주먹을 멈춰버렸다.

그 직후에 적어도 슈우라도 없애겠다며 다시 주먹을 움직였지만…… 그 약간의 시간차가 결말을 선택했다.

"이걸로…… 끝이다."

주먹이 살을 뚫고 슈우에게 닿기 직전에—— 광탄이 날아갔다.

필살의 위력이 담긴 광탄은 발사된 것과 동시에 착탄되었다.

그 순간…… [글로리아]에게 남아 있던 모든 HP를 소멸시켰다.

뿔 세 개 달린 머리를, 머리와 이어져 있던 상반신을, 온몸조차…… 흔적도 없이 날려버렸다.

슈우를 박살 내려 했던 주먹 또한 소실되었다.

용의 몸이 사라진 뒤…… 빛의 먼지가 거대한 빛기둥이 되어 하늘로 솟구쳤다.

그것이 이번 [글로리아] 사건에서 벌어진 싸움들의 결말이었고…… [삼극룡 글로리아]라 불리던 〈SUBM〉의 최후였다.

□■〈노베스트 협곡〉이었던 곳

[〈SUBM〉 [삼극룡 글로리아]가 토벌되었습니다.]
[MVP를 선출합니다.]
[[피가로], [후소 츠쿠요], [슈우 스탈링]…….]

　슈우가 [글로리아]를 토벌한 직후에 그런 안내가 흘러나오기
시작했다.
　하지만 그 안내를 들은 사람은 많지 않았다.
　〈UBM〉 토벌 안내를 들을 수 있는 사람은 MVP로 선출된 자와
파티 멤버뿐이기 때문이다.
　피가로도, 츠쿠요도 이미 사라졌고, 슈우는…….
　"…………."
　눈을 감고…… [기절]한 상태로 공중에서 떨어지고 있었다.
　애초에 지금까지 의식이 있었던 것이 이상했다. 기계거신을
뛰어넘을 정도로 파격적인 스테이터스를 지닌 [글로리아]와 신
경이 닳아버릴 정도로 치열하게 벌인 격전.
　게다가 종반에는 공간이 파괴되고 있는 한복판을 뛰어가면서
온몸에 중상을 입었다.
　본인의 의지 이전에 [출혈]과 몸에 입은 대미지로 인해 의식을

잃고 [기절]한 상태였다.

그리고 [글로리아]의 소멸로 인해 몸속에서 공중으로 떨어졌다.

중상을 입은 몸으로 낙법도 하지 못하고 떨어지면 곧바로 데스 페널티를 받는다고 해도 이상하지 않다.

하지만 그렇게 되지는 않았다.

지상에 격돌하기 직전에 슈우의 몸이 둥실 떠올랐다.

그리고 천천히, 이불에 눕듯이 지면으로 내려갔다.

"…………."

땅바닥에 누운 슈우를 한 사람……, 아니, 한 존재가 내려다보고 있었다.

그 존재는 알 껍질처럼 얇고 타원형인 막으로 둘러싸여 여자처럼 생겼다.

그 존재는 관리 AI 2호 험프티 덤프티였다.

그녀는 다른 사람이 보면 무슨 생각을 하는지 알 수 없는 표정으로…… 슈우가 잠든 모습을 보고 있었다.

"이번 사건. 당신을 고의로 따돌린 점은 이걸로 때우도록 할게."

그 말은 [글로리아]의 투입 타이밍으로 슈우가 왕국을 떠나 있었던 때를 선택했다는 뜻이다.

슈우도 따지고 들었던 그 사실에 대해 그녀 나름대로 슈우에게 약간 껄끄럽다는 생각을 하고 있었다.

그렇기에 전투를 마친 슈우를 데스 페널티로부터 구해냄으로써 자신 마음속에서 청산을 마쳤다. 그걸로 조금이나마 풀어지는 건 어디까지나 자신의 마음뿐이라는 것을 그녀도 알고 있었지만.

"……어머."

험프티는 무언가를 눈치채고 시선을 움직였다.

"당신도 왔구나, 도마우스."

시선 끝에는 눈을 감고 있는 거대한 햄스터…… 제3왕녀 테레지아의 애완동물인 도가 느릿느릿 걸어오고 있었다.

하지만 테레지아의 애완동물은 거짓된 모습이나 마찬가지였다.

실제로는 관리 AI 8호라는 것이 그의 진정한 역할이다.

험프티가 말을 걸자, 도는 외모에 맞지 않게 낮게 깔린 목소리로 말하기 시작했다.

『테레지아의 지시라서. 슈우가 살아 있고 움직일 수 없는 것 같으면 다른 사람들에게 들키기 전에 성으로 데리고 와달라는 부탁을 받았다.』

"그거, 당신 담당하고 완전히 상관없지?"

『뭐. 앨리스를 비롯해서 아바타로는 다른 녀석들도 다들 자기 마음대로 행동하니까. 나도 마음 편한 애완동물 생활을 즐기고 있을 뿐이다. 이것도 하나의 자유라는 거지. 뭐, 토끼가 하는 것처럼 행동하는 건 좀 아닌 것 같다만.』

"어쩔 수 없어. 그건 성격이 안 좋으니까. 성질이 안 좋은 재버워크나 애교가 없는 밴더 스내치와 마찬가지지."

『하하하. 그렇게 따지면 너는 심술궂다고 해야 하나? 마치 좋아하는 아이에게 장난을 치는 어린아이 같은 녀석이라고 예전부터.』

"뭉개버린다?"

『미안, 미안. 좀 봐달라고.』

도는 진심으로 노려보는 험프티에게 사과하면서 쓴웃음을 지었다.

"……뭐, 됐어. 당신이 데리고 가준다고 하니, 뒷일은 맡겨도 될까?"

『음. 내게 맡기거라. 이래 봬도 사람을 태우고 다니는 건 익숙하니.』

"정말 애완동물 생활을 만끽하고 있는 모양이네."

하지만, 험프티도 그렇게 해주면 편하다. 곧 전투가 끝났다는 사실을 안 왕국과 〈마스터〉가 조사하러 올 것이다. 그때까지 슈우를 어떻게 해야 할지 생각하고 있었기에 마침 잘되었다고 생각했다.

"그럼 뒷일은 맡길게."

『음.』

그런 다음, 도는 [기절]한 슈우를 등에 태우고 뛰어가기 시작했다.

그 모습을 잠시 바라보고 난 험프티도 그 자리에서 사라졌다.

그렇게 전장이 된 〈협곡〉에는 아무도 남지 않았고, 조사하러 온 자들은 무너진 〈협곡〉에서 무슨 일이 있었는지 고개를 갸웃거리게 된다.

◇

그 이후로 누가 [글로리아]를 쓰러뜨렸는지 한때 소동이 일어나기도 했지만, 사흘 뒤에 데스 페널티에서 복귀한 피가로와 후소 츠쿠요가 [글로리아]의 이름에서 따온 특전 무구를 가지고 있다는 사실이 밝혀졌다.

두 사람이 같은 전장에 [파괴왕]이 있었다는 것도 증언했기에 알터 왕국의 세 〈초급〉이 [글로리아]를 토벌했다는 사실이 널리 알려지게 되었다.

그 이후로 [글로리아]의 세 머리를 넘어선 자들, 알터 왕국을 대표하는 세 명의 톱 랭커라는 의미를 담아 그들은 〈알터 왕국 삼거두〉라 불리게 된다.

■알터 왕국 지하 공동

[〈SUBM〉 [삼극룡 글로리아]가 토벌되었습니다.]
[MVP를 선출합니다.]
[[피가로], [후소 츠쿠요], [슈우 스탈링].]
[――[젝스 뷔펠]이 MVP로 선출되었습니다.]
[[젝스 뷔펠]에게 [재탄기관 글로리아δ]를 증여합니다.]

『……아, 슈우도 이겨준 모양이네요.』

지하 공동에 젝스의 목소리가 메아리쳤다.

그도 방금 뿔 네 개 달린 머리와의 전투를 마친 참이었다.

그렇기에 뿔 네 개 달린 머리도 그곳에서 소멸된 상태였다.

하지만 지하 공동에는 젝스의 모습도 보이지 않았다.

목소리가 들리긴 하지만, 그의 모습도, 슬라임인 모습도 존재하지 않았다.

『**이런 저**도 위험한 순간이 있었습니다. 그럼에도 불구하고 슈우는 스테이터스가 상승했을 세 번째 머리를 쓰러뜨렸다는 거죠. 역시 대단하군요, 슈우.』

지하 공동에 있는 것은 우뚝 서 있는 **칠흑의 거대한 인간 형태**였다.

질감이 흑철을 연상케 하는 그 거대한 인간 형태는 전투가 종료되었다는 것을 알고 곧바로 줄어들기 시작했고, 이윽고 그 인간 형태는 안경을 낀 수수한 청년…… 젝스로 돌아와 있었다.

"그럼 [천룡왕], 의뢰는 달성했습니다."

『크크큭. 수고 많았다, 젝스. 상을 마련할까 하는데, 가지고 싶은 게 있는가? 용왕의 머리를 원한다면 부하 중에서 적당히 골라보도록 하마.』

"아뇨, 맡기겠습니다. 지금은 딱히 가지고 싶은 게 없으니까요."

『그런가, 그렇다면 이쪽에서 생각해보도록 하지.』

"아, 죄송합니다. 보수는 아니지만 한 가지 묻고 싶은 게 있었네요."

『뭐지?』

"슈우는 [글로리아]와 싸워서 데스 페널티를 받았습니까?"

『아니, 살아 있다. 하지만 [기절]한 모양이로군.』

"그런가요? 감사합니다."

『아니, 오히려 내가 고맙다고 해야겠지. 구경거리로도 재미있었으니.』

"그랬겠죠."

『그럼 언젠가 상을 주도록 하마.』

그렇게 언데드를 통해 나누던 [천룡왕]과의 통신이 끊어졌다.

홀로 남은 젝스는 방금 들은 정보를 곱씹어보았다.

"혹시 슈우는 제가 [글로리아]를 토벌했다는 사실을 모를 수도 있겠네요. 그리고 만약 안내 로그가 사라질 때까지 [기절] 상태에서 깨어나지 않는다면⋯⋯. 아, 그러고 보니 저는 어떤 특전 무구를 얻은 걸까요."

젝스는 그렇게 말하고 방금 자신이 얻은 [글로리아δ]를 보았다.

그것은 알처럼 생긴 액세서리였고, 효과는⋯⋯.

"어라, 이건⋯⋯ 어떻게 해야 할까요?"

신기하게도 젝스를 당황케 하였다.

"멋진 효과이긴 합니다만, 제게는 의미가 없네요⋯⋯. 나중에 라스칼 씨에게 의논해보죠."

효과의 의미에 의문을 품은 젝스는 그와 마찬가지로 지명수배 당한 〈초급〉—— [기신(더 웨폰)] 라스칼 더 블랙오니키스과 의논하기로 했다.

'유적 킬러'라는 별명을 가지고 있으며 수많은 아이템에 정통한 그라면 이 특전 무구를 써먹을 방법도 알아낼 거라고 생각하면서.

"그럼 돌아갈까요."

젝스는 [글로리아δ]를 아이템 박스에 넣고 자신의 몸을 슬라임으로 되돌렸다.

곧바로 액체로서 지하 공동의 균열에 스며든 뒤 지상으로 돌아가기 시작했다.

알터 왕국의 지하 공동.

그곳에는 이제 아무것도 남아 있지 않다. [글로리아]의 백업이 있었다는 사실도, 새로운 위협이 더욱 무시무시한 위협으로 인해 사라졌다는 사실도 알고 있는 자는 극소수에 불과하다.

세계가 이 싸움이 있었다는 것과 이 싸움에서 젝스 뷔펠이 얻어버린 것의 무시무시함을 알게 되는 것은…… 1년 이상 시간이 지난 뒤였다.

□결투도시 기데온 중앙 대투기장

그곳은 중앙 대투기장, 로마의 콜로세움을 연상케 하는 건물 윗부분이었다.

사람이 들어가지 않는 그곳에서 데스 페닐티로부터 복귀한 피가로가 홀로 드러누워 하늘을 올려다보고 있었다. 하늘에는 구름이 약간 있었고, 그것을 눈으로 좇으며…… 무언가를 찾고 있는 것 같기도 했다.

"여, 피가로. 아직 여기 있었어~?"

그런 피가로에게 그날과 마찬가지로 톰 캣이 찾아왔다.

톰은 머리 위에 〈엠브리오〉인 그리말킨을 얹은 채 앉아, 누워 있던 피가로와 눈을 마주쳤다.

"왜 그래? 뭔가 아직 고민하는 것 같은데."

"방금, 샤르카가 왔어."

"샤르카…… 아, 〈바빌로니아 전투단〉의."

"서브 오너를 그만두고 여행을 떠난다더군."

〈바빌로니아 전투단〉의 서브 오너였던 샤르카는 피가로에게 [글로리아]를 토벌해주어서 고맙다는 인사와 작별 인사를 하기 위해 기데온에 왔었다.

샤르카의 말에 따르면 〈바빌로니아 전투단〉은 활동을 쉬게 되었다고 했다.

오너인 폴테스라의 은퇴, 홈이었던 크레밀의 괴멸 등, 이대로 클랜 활동을 계속하는 것이 힘들어졌기 때문이라고 했다.

"자기는 오너를 맡을 수 없다고 했고, 애초에 〈바빌로니아 전투단〉에 계속 남는 게 괴롭다고도 했어. 그러니까 나머지 멤버에게 서브 오너 자리를 양보해서 클랜을 유지만 해달라고 했나 봐."

샤르카는 왕국을 떠나 다른 나라를 돌아보기로 결심했다.

왕국에 있으면 떠오르는 것이 너무 많다. 피가로에게 그런 이야기도 했었다.

나머지 멤버들이 클랜 유지를 맡게 될 것이고, 그중 대표는 결투 랭커 중 한 명이기도 한 마스크드 라이저였다.

그는 어디까지나 '맡아두는 것일 뿐'이라고 하면서 언젠가 폴테스라와 샤르카가 돌아올 날을 기다리며, 그날 지키지 못했던 크레밀 대신 기데온을 지키기로 한 모양이었다.

그 이야기를 듣고 피가로도 샤르카에게 물어보았다.

'언젠가 폴테스라가 돌아오면 너도 돌아올 거야?'라고.

그 물음에 샤르카는 '그렇게 되길 빌겠습니다'라고 대답한 뒤 여행을 떠났다.

"아, 그래서 그랬구나~. 폴테스라 말고도 〈바빌로니아 전투단〉의 결투 랭커가 여러 명 없어졌길래 신경 쓰였거든. ……쓸쓸해지겠어~."

"그렇지."

그들은 중앙 대투기장 앞에 있는 랭킹 게시판을 보면서 지금은 이미 없는 이름을 떠올렸다. 수속을 밟지 않았기에 폴테스라의 이름이 남아 있긴 하지만…… 그것도 한동안 부전패가 계속 이어지면 랭킹에서 사라지게 될 것이다.

"하지만 나는 남을 거야. 계속."

랭킹을 보면서 피가로는 결심했던 것들을 말했다.

"언젠가 폴테스라가 돌아올 때까지…… 나는 결투왕으로 있을 거야."

"응. 나도 그리는 게 좋을 거라 생각해."

결투 랭커 1위와 2위는 더이상 이야기를 나누지 않았다.

모양이 변해가며 흘러가는 구름 아래에서 바뀌어가는 랭킹의 이름을 보면서 피가로는 '나는 지금 이대로, 여기서 기다릴 것이다'라고 결심했다.

◇ ◇ ◇

□〈묘표미궁〉

"레벨 올리기~. 좀 편할 줄 알았는디, 생각보다 힘든 거 아니여~?"

[여교황]……, 아니, [사제]인 후소 츠쿠요는 자신의 비서인 츠키카게와 함께 〈묘표미궁〉을 공략하면서 레벨을 올리고 있었다.

〈묘표미궁〉을 선택한 이유는 츠쿠요가 이번 사건으로 인해 잃어버린 1000이상의 레벨을 되찾기 위해서는 말 그대로 생태계가 일그러질 정도로 사냥을 해야 하기 때문이다.

츠쿠요의 카구야와 츠키카게의 에를쾨니히 콤보로 사냥 자체는 편하지만, 자칫하다간 왕국 지역에 있는 생물을 전멸시키게될 수도 있다.

그런 점에서 신조 던전인 〈묘표미궁〉은 생태계를 무시하고 자동 리젠되기에 편했다.

하지만 그래도 문제는 있었다.

"카구야의 스킬을 쓸 때도 MP랑 SP가 줄어드니께. 오래 못 가잖여~."

지금 츠쿠요는 레벨이 낮은 상태이고, 당연히 스테이터스도 낮다.

카구야는 메이든인 것과 동시에 테리터리 계열인 TYPE : 인베이전 월드인 〈엠브리오〉. 가드너 등과는 달리 스킬을 행사할 때는 기본적으로 츠쿠요의 MP나 SP를 소비한다(일단 메이든이긴 하기에 카구야에게도 스테이터스가 있지만 그녀의 MP로는 뿔 두 개 달린 머리와 최후의 공방을 펼쳤을 때처럼 매우 짧은 시간 동안만 발동시킬 수 있다).

그리고 지금 츠쿠요의 스테이터스로는 〈초급 엠브리오〉인 카구야의 스킬을 거의 사용하지 못한다.

월면제산결계로 주위에 있는 모든 몬스터에게 디버프를 걸면 츠키카게가 몬스터를 쓰러뜨렸을 때 츠쿠요에게도 공헌에 따라 상당한 경험치가 들어오겠지만, 지금은 애초에 그렇게 하는 것 자체가 힘들다.

"이라믄 1년 뒤에 원래 레벨꺼정 돌려놓을 수 있을랑가 모르것네."

츠쿠요는 '휴우', 한숨을 쉬었다.

최종오의를 사용했다는 것을 후회하지는 않지만, 재활훈련이 오래 걸릴 것 같다고 다시금 각오했다.

"적어도 이걸 몬스터헌티도 쓸 수 있으믄 좋것는디 말이여~."

츠쿠요가 꺼낸 것은 눈 같은 장식이 달려 있는 짤막한 지팡이.

뿔 두 개 달린 머리에 해당되는 초급 무구, [절사사안 글로리아β]이다.

"인간 범주 생물 한정으로 100레벨 이하라니, 너무 파워 다운된 거 아니여……? 대신 결계 바깥에서 날아드는 완전 방어는 남아 있지만은."

하지만 그녀가 말한 것처럼 몬스터에게까지 적용된다면 《박명》과 합쳐서 〈UBM〉까지 쉽사리 죽일 수 있게 되어버린다. '노골적으로 조정해부네~'라는 것이 츠쿠요의 의견이다.

혹시나 초급 무구의 출력상 불가능했기 때문에 아예 즉사효과의 재현이 아니라 방어효과의 재현에 리소스를 할당한 건지도 모른다.

"아. 근디 이게 있으믄 내는 참말로 안전한 거 아니여? 항상 중거리 무쌍은 카게양이 지켜주니께 그리 쉽게 다가오지도 못하고. 카구야의 밤허고 에를케뇌히의 그림자로 방어가 더 완벽해지는디?"

"그렇지요. 저보다 빠른 속도로 츠쿠요님에게까지 달려든 녀석이 밤이나 그림자를 없애는 빛의 브레스라도 쓰지 않는 한 괜찮을 겁니다."

"예시가 너무 구체적이라 무서운디……."

그런 잡담을 나누면서 두 사람은 츠쿠요의 재활훈련으로 오랜시간동안 레벨을 계속 올리게 되었다.

여담이지만 후소 츠쿠요는 1년하고도 조금 뒤에 츠키카게가 말했던 것 같은 흐름으로 피가로에게 패배하게 된다.

◆ ◆ ◆

■황도 교외 〈예지의 삼각〉 본거지

"역시 스테이터스 정보는 읽어낼 수가 없는데. 1킬로미터 안으로 들어가면 정찰용 몬스터가 죽어버린다는 점이 문제야. 그렇지 않아도……."

드라이프 황국의 톱 클랜인 〈예지의 삼각〉 본거지, 그 중심부에 있는 오너의 방에서는 [대교수(기가 프로페서)] Mr.프랭클린이 영상을 보며 골머리를 앓고 있었다.

떠 있는 영상은 전부 크레밀에서 [글로리아]와 벌인 전투영상이다.

"왕국에 어떤 전력이 있는지 알고 싶어서 기갑대대에게 정찰용 몬스터를 딸려 보낸 덕분에 데이터를 얻긴 했지만, 이래선……."

영상 중 대부분은 중간에 빛으로 하얗게 물든 뒤에 끊어졌다. [글로리아]의 《종극》으로 인해 기갑대대가 증발했을 때 전부 다 사라져버린 것이다.

남아 있는 영상은 〈바빌로니아 전투단〉이 촬영하고 [글로리아] 토벌을 돕기 위해 〈DIN〉을 통해 유포한 것이었다.

"음~, 뭐. 이 영상으로도 알 수 있는 건 있지."

프랭클린은 들고 있던 펜으로 노트와 책상을 두드리며 자신의 분석을 형태로 나타내려는 듯이 계속 혼잣말을 했다.

"그건 기본 스테이터스 자체는 그리 높지 않아. HP 말고는 각하의 [제로 오버] 강화 전 버전하고 별다른 차이가 없을 것 같고. 하지만 스테이터스 강화까지 포함한 여러 강력한 스킬로 위협도가 올라갔지."

무언가를 노트에 적으면서 계속 분석을 진행했다.

"이렇게 들쭉날쭉한 능력과 출력, 〈UBM〉이 지닌 힘의 원천을 여러 개 가지고 있는 건가? 나도 실제로 본 적은 없지만 삼강시대의 기록에는 남아 있으니 실현할 수는 있을 테고."

〈Infinite Dendrogram〉 시간으로 지금으로부터 600년 전. [패왕], [용제], [묘신]이 패권을 겨루던 삼강 시대. 당시 여러 가지힘을 구사하며 특이하게 강한 〈UBM〉이 전장에 나타났다는 기록은 문헌으로도 남아 있었다.

아마 [글로리아]와 같은 부류였을 것이다.

"나도…… 그런 걸 할 수 있으려나? 저렇게 터무니없는 스킬이 아니라 해도, 그래도 파츠마다…… 최대한 많이……. 그래, 응. 이 플랜으로 좁혀볼까. 그렇게 되면……."

중얼거리면서 생각에 잠긴 프랭클린은 노트에 빽빽하게 메모를 남겼다.

그때.

"프 짱, 뭐해~? 주물주물."

"흐앙?!"

누군가가 갑자기 말을 걸……면서 가슴을 주무르자 프랭클린이 비명을 질렀다.

그리고 프랭클린의 아바타는 남자이기에 주무를 만한 것도 없다.

"AR · I · CA(아리카)…………."

갑작스럽게 스킨십을 당한 프랭클린은 원망스럽다는 듯이 그런 짓을 한 침입자를 보았다.

그 사람은 오른쪽 눈과 왼쪽 눈 색이 다른……, 한쪽 눈이 의안인 여자, [격추왕(에이스)] AR · I · CA였다.

〈예지의 삼각〉 멤버이자 프랭클린의 친구이기도 하다.

"노크는 했는데 말이지. 전혀 대답이 없길래 안을 들여다보니 중얼거리면서 메모하고 있길래 나도 모르게 저질러버렸어!"

"'저질러버렸어!'는 무슨, 정말……."

친구와 단둘이 있기 때문인지 프랭클린도 아바타의 말투가 아니라 플레이어인 프란체스카의 말투로 이야기하고 있었다.

"그래서, 그게 뭔데? 저번에 만들어버린 노래하는 엔진을 사용한 기체 관련 서류야?"

"다른 거야. 그쪽은 한 달 정도 지나면 완성될 거고."

"그렇구나. 그럼 그걸 본 다음에 할까?"

"?"

"그래서, 그건 무슨 아이디어 메모인데?"

친구가 의도를 알 수 없는 말을 하자 고개를 갸웃거렸지만, 그 뒤에 이어진 질문으로 인해 그 의문은 제쳐두게 되었다.

"이 영상, 왕국을 습격한 〈SUBM〉인데. 이걸 참고해서 새로운 몬스터를 만들 수 있지 않을까 했거든."

"아. 프 짱의 다른 게임 같은 느낌이 드는 〈엠브리오〉를 쓰려는 거구나."

"……부정하긴 힘들겠네. 뭐, 그래. 만들게 되면 판데모니움을 쓸 필요가 있을지도 몰라. 하지만……."

"왜 그래?"

"분명 아직 출력이 부족할 거야. 제6형태로는 내가 원하는 성능에 도달할 수 없어."

프랭클린의 〈엠브리오〉는 이때 아직 제6형태. 〈초급〉이 아니었고, 그 때문에 원하는 성능과 실현 가능한 성능에 차이가 있었다.

"그럼 언젠가 〈초급〉이 된 뒤에 만들면 되는 거 아니야?"

"말은 쉽지. ……그럴 수밖에 없겠지만."

"일단 '언젠가 만들 리스트'에 넣어두고, 지금은 이름만이라도 정하는 게 어때?"

"이름…… 말이지. 기계를 사용할 거고, 강한 단어로…… 응, 그리고 역시……."

AR · I · CA가 한 말을 듣고 프랭클린은 잠시 생각한 다음…… 이렇게 말했다.

"이름은…… [MGD(메카닉스 갓 뒤랑)], 어때?"

그것은 '기계'와 '신', 그리고 프란체스카가 예전에 키우던 '애완동물의 이름'을 합친 것이었다.

"멋지다! 그런데 프 짱은 왜 프랑스 출신이면서 영어 이름만 붙이는 거야?"

"……네가 예전에 '프랑스어는 전혀 모르겠는데!'라고 했기 때문이거든?"

그런 다음 프랭클린은 '아하하, 그런 적이 있었나?'라고 하며 웃는 친구를 째려보았다.

하지만 입가에는 조금 즐거운 듯한 미소를 드리우고 있었다.

이것은 왕국과 황국 사이에 전쟁이 벌어지기 반년 전.

그리고 AR·I·CA가 프랭클린의 곁을 떠나기 얼마 전 이야기였다.

◆ ◆ ◆

■왕도 알테어 귀족가

왕도 알테어의 귀족가 구석에 낡은 저택이 있다.

생긴지 100년, 200년은 되지 않을까 할 정도로 낡은 건물이었지만, 마법 실력이 뛰어난 자가 잘 살펴보면 시설 보존과 침입자를 배제하는 마법이 잔뜩 설치되어 있다는 것을 알 수 있을 것이다.

그 저택이 바로 알터 왕국에 그자가 있다는 평가를 받는 [대현자]가 사는 곳이었다.

하지만 지금, 그 저택은 완전히 닫혀 있었다. 창문은 전부 닫혔고, 두꺼운 커튼까지 쳐져 있었다. [글로리아] 사건이 해결된 뒤, [대현자]는 죽은 도제들의 상을 치르겠다며 저택에 틀어박혀 있었다.

성에도 가지 않았지만, 사정을 알고 있는 국왕 같은 사람들은 '선생님에게도 가끔은 긴 휴식이 필요할 것이다'라며 쉬게 해주고 있었다.

하지만 [대현자]는 상을 치르고 있는 것이 아니었고, 쉬는 것도 아니었다.

오히려…… 짓눌려버릴 정도로 많은 작업을 한창 진행하고 있었다.

"[삼극룡 글로리아]. 무시무시한 괴물이었지만, 그것도 '화신'들에게는 조종하는 말 중 하나에 불과한 거겠지. 괴물 놈들."

저택 지하실에서 [대현자]는 어떤 말을 늘어놓으며 작업을 진행하고 있었다.

그것은 [대현자]다운 마법의 작업……이 아니었다.

오히려 이웃 나라에서 자주 사용하는 기계를 이용한 작업이었다. [대현자]라는 이미지에 맞지 않는 작업, 하지만 이 세상의 누구보다도 세련된 동작으로 작업을 진행하고 있다.

"게다가 [글로리아]를 적은 인원으로 격파한 〈초급〉이라는 존재도 있지. 〈초급〉과 '화신'. 모두 적으로 돌리면 완성된 1호로도 이길 수 없다."

그렇게 중얼거리며 단말기에 데이터를 입력하고, 어디론가 송신하는 처리를 계속 진행했다.

"……허나, 이번 사건으로 인해 '화신'은 〈초급〉을 관리하고 있지만, 지배하지 않는다는 사실을 잘 알게 되었다."

[대현자]는 〈마스터〉의 행동이 자유이며, 그것은 그가 적대시하는 '화신'―― 관리 AI도 제한할 수 있는 것이 아니라는 점도 [글로리아] 사건을 통해 이해했다.

"〈초급〉을 이쪽으로 끌어들일 수 있다면 이야기가 달라진다. 어디에 없으려나. 〈초급〉 중에서도 뛰어난 힘을 지니고 있으면서 '화신'에게 적개심을 품고 있는 녀석이."

조건을 늘어놓다가…… [대현자]는 자신이 한 말에 쓴웃음을 지었다.

"……훗. 그렇게 형편 좋은 존재가 있을 리 없지."

[대현자]는 무언가를 포기한 듯이 다시 작업을 시작했다. 그가 조종하는 단말기에는 『대 '화신'용 결전병기 1호 [아르거스 마그나]』라는 코드가 적혀 있었다.

"상관없다. 나는 내 목적을 이루어낸다. 내가 남긴 뜻을 이루어낸다."

그리고 [대현자]는 곱씹는 듯이…… 피를 토하는 듯이 목소리를 냈다.

"우리, [대현자] 플래그맨이 반드시…… '화신'과 그를 따르는 자들을 멸망시키겠다."

2000년 전에 '화신'과 싸우고 멸망한 선선대 문명에서 최대의 번성을 이루어낸 남자…… [대현자] 플래그맨은 자신의 결의를 다시금 소리 내어 말했다.

◆ ◆ ◆

■'감옥'

　[글로리아]를 토벌했다는 소식은 '감옥' 안에서도 화제가 되고
있었다.

　'감옥' 안에서도 바깥으로 안테나를 뻗고 있는 자들은 많다.

　특히 이번에는 이 '감옥'에서도 유명한 [광왕(킹 오브 베르세르크)]
한냐가 친하게 지내는 피가로의 활약을 활짝 웃으며 알리고 다
녔던 것도 큰 이유일 것이다.

　"그런데 대단하네~, 이거. 〈삼거두〉라는 녀석들은 대체 어떤
특전 무구를 얻었을까."

　"그래, 나…… 왕국 출신이었는데. 바깥에만 있었더라면 내가
MVP를……."

　"……너, 레벨 200 정도밖에 안 되잖아. 너무 부족하다고."

　'감옥' 안에 돌기 시작한 [글로리아]의 전투 영상을 보면서 '감
옥'의 〈마스터〉들은 축제를…… 또는 강 건너 불구경하듯이 잡
담을 나누고 있었다.

　그렇게 왠지 느긋한 분위기 속에서.

　"살려줘! 살려줘……!"

　한 〈마스터〉가 비명을 지르며 큰길로 도망쳐왔다.

　주위에 있던 사람들은 그의 모습을 보고 무슨 일이 일어났는
지 이해했다.

남자의 오른팔은 **보이지 않았다.**

묘사 선택이 가능한 〈Infinite Dendrogram〉에서는 리얼, CG, 애니메이션, 이렇게 세 가지 묘사 중 어떤 것도 문제없이 완전한 묘사를 볼 수 있다.

하지만 그 남자의 오른팔은 0과 1의 수열이 드러난 채 노이즈가 끼어 있었다.

변화는 그것뿐만이 아니었고, 노이즈의 영역은 계속 침식을 거듭하며 남자의 아바타를 부수기 시작했다.

그 광경만으로도 다른 〈마스터〉들은 무슨 일이 일어났는지 이해할 수 있었다.

"살려줘! 이게 뭐야?! 내 아바타하고 스테이터스 수치가 이상해졌고, 이름까지……!"

"너, 신입이구나. 여기 왔을 때 **그 던전에** 들어가지 말라는 말 못 들었어?"

"그, 그야 짭짤한 사냥터를 감추고 있다고……."

"멍청아. '그 던전에 들어가지 마라', '피가로 험담을 하지 마라', '밖에서 커플들끼리 염장질하지 마라'. 이건 모두 의미가 있는 경고라고!"

"그, 그런 말을 해봤자……?! 이, 이거 어떻게 안 되는 거야?!"

남자가 침식되어가는 오른팔을 내보였지만, 이야기하고 있던 〈마스터〉는 고개를 저었다.

"포기해라. 그 녀석의 스킬을 맞았으면 살아날 수 없어. 오히려 어서 데스 페널티를 받지 않으면 **늦어버리게 돼.**"

"어? 그게 무슨……."

그 직후에 남자는 뒤에서 목이 잘려 데스 페널티를 받았다.

그렇게 만든 사람도 〈마스터〉 중 한 사람이었지만, 그는 그 남자가 데스 페널티를 받게 한 것을 딱히 기뻐하지 않았다.

오히려 '목을 대신 쳐주었다', '구해주었다'는 마음이 더 강하다.

"……늦지 않았을까?"

"괜찮을 거야. 아직 이 지역에 버그가 걸리지 않았으니까. **후 유증**이 생길 정도로 침식이 진행되진 않았겠지. 그 신입, 레벨하고 〈엠브리오〉의 도달 형태는 나름대로 꽤 되는 것 같았고."

"예전에는 한냐 씨가 구획까지 통째로 박살 내줘서 살았지만, 없을 때는 힘들군."

"적어도 한냐 씨만큼 말이 통하는…… **평소에는** 말이 통하는 〈초급〉이 늘어나 주지 않으면 조만간 억누를 수 없게 된다고."

"……후우타 말이지. 어째서 그런 〈마스터〉가 있는 걸까……."

그곳에 모인 〈마스터〉들은 씁쓸한 표정을 지으며 거주 구획 바깥…… 어떤 던전 방향을 보았다.

정확히는 그곳에 있는…… 재앙이라 할 수밖에 없는 한 〈마스터〉를.

◆

이 '감옥'에 현재 〈초급〉은 두 명 있다.

한 명은 [광왕] 한냐. 금기를 건드리지 않는 한 말이 통하는 사람이며, '감옥' 주민들도 나름대로 따르고 있다.

그리고 다른 한 명은…… 항상 어떤 던전 안에 있었다.

그곳에는 두 사람이 있었다.

한 사람은…… 소년. 너덜너덜한 **초기 장비**를 걸치고 동굴 바닥에 웅크리고 있으며 열 살 정도로 보이는 앳된 소년이다.

다른 한 사람, 소년 옆에 서 있던 사람은 후드를 쓰고 밖을 보기 위한 구멍조차 없는 민무늬 가면으로 얼굴을 가린 남자.

그는 소년을 지키려는 듯이 조용히 그 자리에 서 있었다.

"또 플레이어가 왔어."

소년이 방금 있었던 일을 떠올리며 조용히 중얼거렸다.

"실실 웃으면서, 기대하면서, 여기에 왔어."

그렇게 떠올리면서 피가 흘러내릴 정도로 어금니를 꽉 깨물었다.

"뭐가 그렇게 즐거운 거야……!"

소년은 참을 수 없다는 마음을 담아 벽을 쳤다.

소년의 힘없는 팔로 벽을 부술 수는 없었기에 흙먼지가 조금 떨어질 뿐이었다.

하지만 그 직후에 벽이 변했다. 0과 1이 난무하고, 노이즈가 생겨나고, ……마지막에는 벽에 눈과 귀가 달린 몬스터로 변했다.

하지만 그것은 기묘한 몬스터였다.

그래픽이 조잡해서, 아무리 봐도 〈Infinite Dendrogram〉 안에 있는 몬스터 같지는 않았다. 〈Infinite Dendrogram〉 안에서 이런 말을 하긴 뭐하지만, 마치 **게임**에 나올 법한 몬스터였다.

"이런 게임은, 내가, 반드시 부숴주겠어⋯⋯."

소년은 자신의 공격으로 인해 벽이 몬스터로 변했다는 것 따위는 신경 쓰지도 않고 원망을 토해냈다.

"이런 세계는, 내가, 반드시 멸망시켜주겠어⋯⋯."

온갖 증오를 담아 아무도 없는 공간에⋯⋯ 세계 그 자체에 말을 던졌다.

"⸺반드시."

소년의 눈에 깃들어 있던 것은, 살의.

마치 부모님을 살해한 원수를 보는 것처럼 증오가 담긴 눈빛으로⋯⋯세계를 노려보고 있었다.

그의 이름은 '천도무시(아스트레이 버그)' 후우타.

어떠한 직업도 가지지 않은 **레벨 0의** 〈초급〉은 '감옥' 한구석에서 이빨을 계속 갈고 있었다.

옆에 있는 사도(아포스톨)⋯⋯ [종언침식 아포칼립스]와 함께.

■관리 AI 4호 작업영역 4호 보관고

"⋯⋯⋯⋯⋯."

재버워크는 질감이 신기한 통로를 말없이 걷고 있었다.

이곳은 4호 보관고.

관리 AI 4호 재버워크가 관리하는 〈UBM〉의 보관고이다.

좀 전에 재버워크는 자신의 최고걸작이라 해도 과언이 아닌 [글로리아]가 사라지는 모습을 보았다. 최강의 스테이터스를 얻은 본체도, 새로운 지평을 열려 했던 재생체도, 두 〈초급〉의 손에 의해 사라졌다.

그 순간, 관리 AI들 사이에 생겨난 것은 안심하는 분위기였을 것이다.

단, 그중에서도 퀸만은 재버워크를 신경 써서 보고 있었지만, 재버워크가 딱히 마음에 두지는 않았다.

재버워크에게 '〈초급〉을 늘린다'는 목적으로 풀어놓은 [글로리아]가 그 목적을 한 번도 달성하지 못하고 사라진 것의 의미는 여러 가지였다.

[글로리아]를 완전히 없앨 정도로 지금의 〈초급〉이 재버워크의 생각보다 뛰어났던 것.

최대의 에이스를 결과적으로 전혀 무의미하게 소비해버렸다는 것.

그리고── **교재**가 사라져버렸다는 것.

이번 사건으로 인해 발생한 여러 마이너스를 생각하면서 재버워크는 4호 보관고를 나아갔다.

그 통로 옆을 보자 마치 전함의 독 같은 것처럼 거대한 물체가 여러 개 자리 잡고 있었다.

그것들에게는 각각 이런 이름이 붙어 있었다.

[사령만상 스린].

[오행멸진 호로비마루].

[육문개구 게이트 오브 식스].

[칠요통솔 엘리멘탈 오더].

이윽고 대륙 곳곳에 내려가 유린을 개시할 〈SUBM〉들.

하지만 재버워크는 그것들 앞에서 멈춰서지 않고…… 더 안쪽으로 들어갔다.

그곳에는 한층 더 엄중하게 봉인된…… 관이 있었다.

"[글로리아]가 패배했다."

재버워크가 관을 향해 말을 걸자, 관이 살짝 흔들렸다.

갑자기 관의 일부…… 죽은 자의 얼굴을 보기 위해 달린 작은 창문에 해당되는 부분이 열렸다.

그곳을 통해── 거대한 눈알이 재버워크를 내려다보고 있었다.

"안타깝군. 타이밍만 맞았더라면 [글로리아]로 완성할 수 있었을 텐데."

재버워크가 한 말을 듣고 관 안에 있는 것은 눈알을 두리번거리며 움직였다.

그 모습은 깜짝 놀란 것 같기도, 슬퍼하는 것 같기도, 화가 난 것 같기도…… 아무런 생각도 없는 것 같기도 했다.

"왕국의……, 아니, 지구의 〈마스터〉는 정말 뛰어난 인재가 많아. 역시 대단하다고 해야 하나. 계획과는 별개로, 나도 조금 **즐겁다**."

하지만 '즐겁다'는 재버워크의 말에 따지려는 듯이 노려보았다.

"그렇게 화내지 마라. 반대로 말하자면 아직 최상위를 노릴 여지가 있다는 뜻이니까. 기뻐하라…… **나의 반신이여.**"

관 안에 있는 것을 반신이라 부르며 재버워크는 웃었다.

"지금은 기다려라. 언젠가 **리셋하기 전**보다 강해질 기회는 온다. 네가 나설 차례도 그렇게 멀지 않았다. 10년도 걸리지 않을 거다. 기다려온 시간에 비하면 너무 짧을 정도지."

그리고 재버워크는 무언가를 떠올리는 듯이 눈을 감았다.

그 모습은 마치 10년이 너무 짧을 정도라는 긴 시간을 회상하는 것 같았다.

『…………』

"최악의 경우, 다른 〈무한〉의 데이터로 강화하면 된다. 우리의 강화는 계획 전체를 놓고 보면 군더더기에 불과하고, 본론은 다른 거지만. 괜찮다. 그쪽도 이번에는 뼈아픈 실수를 했지만, 문제는 없다. 반드시 갖출 거다."

눈을 뜬 재버워크는 그렇게 말했다.

"그럼 나는 일을 하러 돌아가지. 너도 지금은 잠들어 있어라──── [에볼루션]."

재버워크는 발걸음을 돌려 관 앞을 떠나갔다.

관 안에 있는 눈알──── [에볼루션]도 재버워크를 보낸 뒤, 그 눈을 감았다.

그렇게 관의 작은 창문은 닫혔고, 내부에 봉인된 존재도 잠들었다.

[무한진화 에볼루션].

재버워크의 반신이자 제1의 〈UBM〉.

그것도…… 지금은 아직 조용히 잠들어 있다.

◇ ◇ ◇

□왕도 알테어 왕성 최심부

『……여긴.』

슈우가 눈을 뜨자 그곳에는 낯익은 천장이 있었다.

[글로리아]와 싸우기 전에도 왔었던 제3왕녀의 방.

슈우는 자신이 그 방, 그것도 침대 위에 누워 있는 모양이라고
짐작했다.

[기절]해 있었기에 바깥 세계의 상황을 알아볼 수는 없었다.

[기절]한 동안, 〈마스터〉의 정신은 아무것도 없는 공간에서
대기하게 되고, 로그아웃도 할 수 없다.

급하게 로그아웃하려면 〈자해〉 시스템을 실행할 필요가 있을
것이다.

단, 데스 페널티를 받지 않았다는 점과 현실 쪽 통지도 딱히
없었기에 〈자해〉하지 않고 깨어날 때까지 기다리고 있었다.

그렇게 깨어나고 보니 제3왕녀의 침대에서 자고 있었으니 슈
우도 의아해졌다.

시선을 옆으로 움직여보니 그곳에는 제3왕녀 테레지아가 슈우

에게 점령당한 침대 대신 도 위에서 이불을 덮고 잠들어 있었다.

도는 천연 모피이고 몸이 손난로 같은 거나 마찬가지라 쾌적하고 따뜻하다.

참고로 도는 일어나 있었고, 슈우를 빤히 바라보고 있었다.

『응?』

슈우는 위화감이 들어 몸을 내려다보았고, 어떤 사실을 깨달았다.

어느새 인형옷을 입고 있었다.

그것은 왕도에서 판매하는 곰 인형옷. 〈Infinite Dendrogram〉에 막 왔을 때 슈우가 구입했던 제품이었다.

어느새 마련한 건지, 아니면 여기로 오는 도중에 도가 입수한 건지.

어찌 됐든 슈우는 곰 인형옷을 입고 있었다.

슈우는 '그러고 보니 테레지아하고 처음 만났을 때도 여러 사정 때문에 곰 인형옷을 입고 있었다'며 회상했다.

그래서 이 인형옷을 입게 된 건가라는 생각을 하고 있자니 도가 몸을 흔들어서 깨어난 테레지아가 몸을 일으켰다.

자다 일어난 슈우와 테레지아는 잠시 마주 보았고.

『이겼다곰.』

"알아."

그런 보고와 대답을 주고받았다.

"성안에서도 큰 소동이 벌어졌어. 아버님하고 알티미어 언니도 바쁜 모양이야."

『그렇구나.』

그래서 또 이 방에 사람이 없는 건가, 슈우는 그렇게 이해했다.

『도에게 부탁해서 나를 여기까지 데리고 오게 한 거야곰?』

"그래."

그때, 방을 나선 시점에서 슈우가 [글로리아]에게 도전할 것을 테레지아도 뻔히 알고 있었을 것이다.

그래서 슈우가 이겼을 때 다른 사람들에게 정체가 들키지 않게끔 돌아온 도에게 회수해달라고 부탁한 것이다.

"당신 덕분에 나도, 그것도 끝나지 않을 수 있었어. 그게 잘된 건지는 나도 모르겠지만."

『……끝내고 싶었어?』

"글쎄."

신기하다는 듯이, 자신도 모르겠다는 듯이, 테레지아는 고개를 갸웃거렸다.

"하지만, 그래."

그저 생각났다는 듯이 말을 이어나갔다.

"좀 전까지 계속 알티미어 언니가 지켜줬어."

테레지아의 언니인 알티미어는 계속 테레지아와 다른 언니인 엘리자베트 곁에서 그녀들을 지키고 있었다.

왕도가 위험해졌을 때 여동생들만이라도 도망치게끔 하기 위해서였는지도 모른다.

알티미어도 강한 힘을 지니고 있긴 했지만, [글로리아]의 《절사결계》에는 맞설 수 없었을 것이다.

[원시성검]의 힘으로도 계속 발생하는 결계는 일시적으로밖에 가를 수 없으니까.

하지만 테레지아는 이 성에서 떠날 수 없다.

그래서 그때, 언니가 어떻게 할 생각이었는지 테레지아는 알 수가 없다.

어떻게든 바깥으로 도망치게 할 방법을 모색하려 했던 것일까.

아니면 자신도 남아서 그 칼날로 마지막까지 테레지아를 지키려 했던 것일까.

아버지 대부터 친구였던 릴리아나에게 엘리자베트를 맡겼으니 후자였을지도 모른다.

"그래서 알테어가 구원받았다는 것을 알았을 때, 알티미어 언니가 나를 안아주었어."

왕도로 다가오고 있던 [글로리아]의 위협이 사라졌다는 것이 밝혀졌을 때, 알티미어는 테레지아를 끌어안았다.

울면서 '네가 살아서 다행이야'라며 여동생을 안았다.

그런 언니의 따스함을 느끼고 테레지아는 생각했다.

"그때는 '끝나지 않아서 다행이다'라고 생각했어."

『그럼, 됐어..』

그렇다면 자신들은 가능성을 붙잡은 것이다, 슈우는 그렇게 생각했다.

이번에 [글로리아]와 벌인 전투는 자신들만으로는 모든 것을 내던지더라도 지금에 도달할 가능성을 쟁취할 수 없었을 것이다, 슈우는 그렇게 생각하고 있다.

폴테스라와 〈바빌로니아 전투단〉이 [글로리아]의 힘을 알아냈고.

피가로가 모든 것을 없애는 뿔 하나 달린 머리를 쓰러뜨렸고.

후소 츠쿠요가 모든 것을 죽이는 뿔 두 개 달린 머리를 쓰러뜨렸다.

그렇기 때문에 슈우는 마지막 싸움에서 이길 수 있었다.

그들 중에서 누가 빠졌더라도 슈우는 승리할 수 없었을 것이다.

슈우가 모르는 사이에 이런 결말에 도달하는 것을 도와준 사람이 있을지도 모른다.

모두의 모든 것으로 가능성을 잡으러 갔기에 이 순간이 있고……, 한 소녀에게 '끝나지 않아서 다행이다'라고 생각하게 만들 수 있었을 테니까.

"목이 마르지? 차라도 준비할게. 성의 물은 맛있어."

테레지아는 자그마한 손으로, 하지만 능숙한 솜씨로 홍차 세트를 만지기 시작했다.

『그래, 그럼 모처럼 왔으니 대접받을게곰.』

슈우는 침대에서 내려와 의자에 앉은 뒤 테레지아가 홍차를 끓이는 것을 기다리고 있었다.

도도 마찬가지로 커다란 몸집으로 의자에 느릿느릿 앉아 홍차를 기다렸다.

기다리는 동안에 슈우와 도 두 사람은……, 〈초급〉과 관리 AI는 이야기를 나누었다.

『도마우스. 이제 왕국에 〈SUBM〉을 투하하는 건 끝난 거냐?』

『원칙대로라면. 하지만 이번 사건으로 잘 알게 된 건데, 재버워크는 수단을 가리지 않는다. 그 녀석이 필요하다고 생각하면 또 무슨 일이 일어날지도 몰라.』

『동료의 폭주를 막을 수 없는 거야?』

『흐음, 우리는 담당 업무에 대해 쉽사리 참견할 수 없게끔 되어 있다. 조언이나 토론을 할 수는 있지만, 최종적인 결정권은 담당자에게 있어. 뭐, 부분마다 겹쳐져 있는 영역은 또 다르지만. 체셔 같은 경우에는 잡일 담당이기 때문에 여러 분야에 걸쳐서 움직이고 있지.』

『공무원이냐.』

『**원래**는 그쪽에 가까웠으니까. 하지만 그 문제를 빼놓고 보더라도 지금 왕국에는 문제가 산더미처럼 쌓여있다. [글로리아] 사건으로 발생한 여러 가지 문제는 앞으로 왕국의 운명을 크게 좌우하겠지. 이제부터 많은 사건이 일어날 거야. 우리가 관여하지 않아도, 티안과 〈마스터〉들만 있어도 말이지.』

『……그러냐.』

그렇다면 언젠가 또 이번처럼 왕국의 운명이 걸린 사건……비극이 일어날 것이다. 그런 와중에 나는 어떻게 할 것인가, 슈우는 그렇게 생각했다.

그리고 내부 시간으로 1년, 현실에서는 넉 달만 지나면 〈Infinite Dendrogram〉을 시작할 자신의 동생도.

『그 녀석은…… 어떻게 하려나.』

슈우는 생각했다.

──그 녀석의 성격으로는 분명히 일어날 비극을 못 본 척하지 않을 거다.
──그러니까 그 녀석에게 내가 알고 있는 것들을 전부 가르쳐주는 건.
──그 녀석의 등에 벗어날 수 없고 묵직한 짐을 짊어지게 한 뒤 뛰게 만드는 거나 마찬가지다.
──그렇다면, 나중에 그 녀석이 덴드로에 들어왔을 때.
──나는 나만 알고 있는 것들을 그 녀석에게 알려주지 않을 거다.
──그 녀석이 무엇을 느끼고, 무슨 생각을 하고, 무엇을 선택할지.
──그 녀석이 스스로 처음부터, 자유롭게 선택하면 된다.
──그 녀석이 잡아낼 가능성은 분명히 그 너머에 있을 것이다.

◇

"어머, 왠지 그림책 같아서 우습네."

홍차 주전자를 든 테레지아가 본 것은 곰 인형옷과 거대 햄스터가 의자에 앉아 홍차를 기다리고 있는, 마치 동화에나 나올 법한 광경이었다.

그 모습을 본 그녀는 쿡쿡대며 웃었다.

『그래. 목이 마르다곰~. 테레지아, 기브 미 티~.』

"네, 네."

광대 같은 말투로 홍차를 요구하는 슈우를 보고 웃으며 테레지아는 찻잔에 홍차를 따랐다.

『잘 먹겠습니다.』

어젠가 또 왕국이나 대륙의 운명을 좌우하는 사건이 벌어진다 해도 지금 이 순간은 평온한 시간.

슈우는 테레지아가 타준 홍차를 느긋하게 맛보았다.

Episode End

독자 여러분, 구입해주셔서 감사합니다. 작가인 카이도 사콘입니다.

이번에는 구성상의 사정으로 후기가 1페이지뿐이라 평소에 보시던 후기는 쉽니다. '체셔 일행의 이야기가 없어서 아쉽다'고 생각하시는 분들께서는 현재 배포 중인 알쏭달쏭 덴드로그램을 봐주시기 바랍니다. 그들이 풀보이스로 후기 같은 이야기를 나누고 있습니다.

2020년 2월 발매 예정인 제12권에서는 이쪽에도 후기가 돌아올 거라 생각합니다.

또한 이번 권 발매에 앞서 이마이 카미 선생님의 만화판 제6권과 La-na 선생님의 외전, 크로우 레코드 제1권이 발매 중이니 봐주시면 감사하겠습니다.

내년 1월부터 드디어 이 작품의 애니메이션이 방송될 예정입니다. 발표한 뒤 약 1년, 오래 기다리셨습니다. 이 작품을 애니메이션이라는 형태로 보내드릴 수 있다는 것을 스탭과 성우진을 비롯한 관계자분들, 그리고 이 작품을 지탱해주신 여러분께 감사드립니다.

앞으로도 인피니트 덴드로그램을 잘 부탁드립니다.

카이도 사콘

안녕하세요. 천선필입니다.

이번 인피니트 덴드로그램 11권, 재미있게 읽으셨는지 모르겠습니다.

지난 10권 후기에서 미리 말씀드렸다시피 이번 11권은 그동안 꾸준히 언급되어왔고, 작중 언급으로도 본편에서 진행되는 이야기에 큰 영향을 미친 〈글로리아〉 사건 이야기입니다. 레이의 이야기, 즉 본편이 아니기에 외전이라 할 수 있겠지만 그런 것 치고는 분량이 상당하죠. 보통 외전의 경우 3권이나 10권에서 다룬 내용처럼 짧게 끊거나 별도로 책을 내는 경우가 일반적일 것 같은 느낌인데 이 〈글로리아〉 사건 이야기는 넘버링을 그대로 이어서 11권, 그것도 다른 내용이 전혀 없이 한 권을 통째로 잡아먹었습니다. 그만큼 본편과 밀접한 관련이 있고, 중요한 내용이라고 볼 수도 있을 것 같습니다.

그리고 앞서 3권이나 10권 등에서 다룬 외전과는 달리 이번 이야기는 본편 이전의 내용만을 다룬 이른바 프리퀄이었습니다. 본편이 어느 정도 진행되면서 세계관, 캐릭터 등이 정립되고 그것들을 존재할 수 있게 한 사건, 캐릭터 등의 요소를 프리퀄로 넣어 작품을 더욱 탄탄하게 만드는 시도는 매우 효과적으로 작용할 수 있기도 합니다. 그리고 그렇게 보강된 내용들이 앞으로 전개될 내용을 더욱 재미있게 만들어준다면 더할 나위 없겠죠. 저는 곰 형님이 매우 마음에 드는 캐릭터라서 더욱 그런 기대가 커지고 있다는 걸 느끼고 있습니다. '오, 이랬구나. 그래서 그런 거였고. 그럼 나중에는?'이라는 느낌이라고 해야 할까요. 그런 면에서 보면 이번 이야기가 외전이 아니라 그냥 배치 구조만 바뀐 본편의 일부라는 생각이 들기도 합니다.

이 책이 언제 나올지는 정확히 모르겠습니다만, 2020년 초에 방영될 애니메이션으로 이어지는 이야기이기도 하기에 더 흥미로울 수 있겠다는 느낌도 듭니다. 4권 초판 특전으로 제공되었던 '곰 형님의 환영 준비'도 분량은 짧지만, 본편과 직접 이어지는 프리퀄이기에 먼저 봐두시는 것도 괜찮을 것 같습니다. 혹시 못 보신 분들께서는 코믹스 3권에도 수록되어 있으니 애니메이션을 보시기 전에 읽어보시면 더 재미있게 즐기실 수 있을 겁니다.

감사의 말씀 드리고 후기를 마치려 합니다. 작가분께서는 후기를 짧게 쓰셨는데 저만 구구절절 이야기를 늘어놓은 것 아닌가 싶기도 하네요.

언제나 고생 많으신 담당 편집자분과 소미미디어 관계자 여러분, 그리고 조카가 태어난 뒤로 웃을 일이 많아진 것 같은 아버지, 어머니, 누나, 매형 가족 여러분. 감사합니다.
매번 말씀드리지만, 누구보다 감사의 말씀을 드리고 싶은 분

들은 독자 여러분입니다. 제가 이렇게 번역을 마치고 후기를 쓸
수 있는 건 여러분 덕분이니까요. 진심으로 감사드립니다.

　다음 12권부터는 다시 레이의 이야기, 본편이 이어집니다. 기데
온에서 개최되는 축제 이야기인 모양인데, 무난하게 넘어갈 리는
없겠죠(…). 12권 사랑의 형태, 기대하셔도 좋을 것 같습니다.

　항상 행복하시고 건강하시길 바랍니다.
　감사합니다.

천선필

Infinite Dendrogram 11
© Sakon Kaidou
Originally published in Japan in 2019 by HOBBY JAPAN Co., Ltd.

인피니트 덴드로그램 11 영광의 선별자

2020년 2월 15일 1판 1쇄 발행
2020년 7월 15일 1판 2쇄 발행

저　　자 카이도 사콘
일 러 스 트 타이키
옮 긴 이 천선필
발 행 인 유재옥
본 부 장 조병권
담당편집자 김민지
편집 1팀 정영길 김민지 조찬희
편집 2팀 김다솜 이본느
편집 1팀 정영길 김민지 조찬희
편집 2팀 김다솜 이본느
편집 3팀 오준영 곽혜민 김혜주
미　　술 김보라 서정원
라이츠담당 김슬비 한주원
디 지 털 박상섭 이성호
물　　류 허석용
발 행 처 ㈜소미미디어
등　　록 제2015-000008호
제 작 처 코리아피앤피
주　　소 서울시 마포구 토정로222, 403호(신수동, 한국출판콘텐츠센터)
판　　매 ㈜소미미디어
마 케 팅 한민지 이주희
경영지원 우희선
전　　화 편집부 (070)4164-3962, 3963 기획실 (02)567-3388
　　　　　　판매 및 마케팅 (070)4165-6888, Fax (02)322-7665

ISBN 979-11-6507-326-8 04830
ISBN 979-11-5710-725-4 (세트)